Seelen - Heil

Vom selben Autor bei BoD erschienen:
Der programmierte Tod
N - Ich
Andere Zeiten - Andere Menschen
Sinnlose Morde
Seelen-Glück

Sachbücher:
Über den Kosmos Reihe:
Ursprung und Evolution
Homo sapiens und Transzendenz
Individualität, Freiheit und Moral

Der Autor

Volker Schopf, wurde 1958 in Gerlingen bei Stuttgart geboren. Nach Schule und Ausbildung lebt er heute im nördlichen Schwarzwald.
Bisher veröffentlichte er erzählende Prosa, Theaterstücke und drei Fachbücher.
Außerdem ist er Naturforscher und setzt sich seit 30 Jahren mit den neuesten wissenschaftlichen Theorien auseinander und er ist der Überzeugung, dass wir in einer Übergangszeit leben, wie er in seinen Fachbüchern 'Über den Kosmos' darlegte.

Volker Schopf

Seelen - Heil

Ein Friedpark Roman

©2018 Volker Schopf

Titelbild: nuvolanevicata/Shutterstock.com

Herstellung und Verlag: BoD – Books on Demand,
Norderstedt.

ISBN: 9783752873412

**Heute bleibt die Küche kalt,
wir gehen in den Friedwald.**

Werbeslogan der Agentur Friedwald, aus der später
das Unternehmen Friedpark hervorging.

17.03.2016 In der Abenddämmerung

Die Stille trieb dahin wie ein träger Fluss. Zeitlos, als wäre sie vom Lebensrhythmus abgekoppelt. Es war diese kurze Spanne der Zeit, in der die Besucher die Hallen verlassen und die Mitarbeiter der Reinigungsfirma ihre Tätigkeit noch nicht aufgenommen hatten. Renick genoss sie, weil sie ihm und seinem früheren Leben gehörte. Die Jahre der Kindheit, als in allen Geschehnissen Gefahren und Geheimnisse lauerten und dann im Verlauf weniger Tage zu Belanglosigkeiten schrumpften, bevor sie sich auflösten ohne sich ihm näher zu erklären. Die ersten Lichter in seinem Viertel flammten auf, lautlos und fern, den Sternen am Abendhimmel gleich, der blassgrau war und langsam dunkler wurde.

In diesen Abendhimmel trat er als Zehnjähriger hinaus; die Hände tief in den Taschen vergraben. Er hörte die Stimmen der Nachbarn, und die Luft roch nach Kohl und Braten. Zu dieser Tageszeit war er oft unterwegs, übte sich im Dosenschießen oder saß einfach auf der Treppe vor dem Haus, beobachtete die Vorübergehenden und hing seinen Gedanken nach. Doch an diesem Abend schlenderte er die Straße hinunter bis zu Hausers Kiosk. Das Sims des Schaufensters war verwaist, seit Werner fortgezogen war, und der freche Vogel zu seinen Füßen hatte längst einen neuen Futterplatz gefunden. Hauser lehnte am Eingang, die Arme vor der Brust verschränkt, und weil der Kiosk hell erleuchtet war, sah er aus wie ein Scherenschnitt, den man auf gelbes Papier geklebt hatte. Er warf Renick einen finsteren Blick zu, schnitt eine Grimasse und stapfte in den Kiosk.

'Hauser war ein merkwürdiger Geselle', dachte Renick. Seine Gefühle waren geprägt von dessen Schlachtruf: „Haut ab!", und der drohend erhobenen Faust. Sie jagte ihm keine Angst ein, dafür aber Hausers Stimme, in der unterschwellig ein zerstörerischer Jähzorn keimte, der beim kleinsten Anlass ausbrechen konnte.

Murr rieb seinen Kopf an Renicks Bein. Er ging in die Hocke und kraulte ihren Kopf, ohne den Blick von der Silhouette der Stadt abzuwenden. „Ja, Murr", flüsterte er mit der Stimme eines Zehnjährigen, „etwas stimmte nicht mit ihm. Doch das ist längst vergangen. Nur damals, an diesem Abend, lag das schreckliche Ereignis noch in der Zukunft."

„Du solltest nicht so viel Zeit mit dir selbst verbringen", ermahnte ihn Lara, und als er sich umwendete, hörte er sie wieder das Lied summen, das ihm seit ihrem Übergang ins Jenseits nicht mehr aus dem Kopf ging.

„Lara." Seine Stimme erinnerte an das Knarren der Dachsparren älterer Häuser. „Seltsam, Murr. Woran man sich erinnert ..." Doch er wusste nicht zu sagen, ob sich die flüchtige Erinnerung auf Lara oder die Geschehnisse von damals bezog.

In der Halle hinter ihm ging das Licht an. Das Geräusch von Gustavos Putzmaschine drang zu ihm herüber und wenig später auch dessen leiser, fröhlicher Gesang. Mit ihm erwachte die andere Seite von Friedpark zum Leben. Sie war für Renick, selbst nach 17 Jahren, ein Paradox. Verstörend, und so ganz anders als er sich das Dasein nach dem Tod vorgestellt hatte. Und als er bereits geglaubt hatte, all die Seltsamkeiten innerhalb der Hallen zu kennen, überraschte ihn Friedpark mit der Rückkehr von Adam. Die Wiedersehensfreude war jedoch nur von kurzer Dauer gewesen, weil Adam, ehe seine Lebensenergie aufgezehrt war, ins Jenseits hatte hinübergehen müssen. Begleitet von Lara, Zoe, Nathalie hatte Adam seine letzte Reise angetreten. Ihm selbst war der Zutritt verweigert worden. Am selben Tag hatte Anton Rubinger seinen Körper in Mitleidenschaft gezogen, und weil er seither von keinem der Bewohner von Friedpark mehr gesehen worden war, hielt der überwiegende Teil ihn für tot. Der Rest vertrat die Meinung, dass er sich in einer Art Koma befinde und nach der Restauration seines Körpers zu neuem Leben erwachen würde.

„Wie", fragte er Murr, „treibt man einen Geist aus, wenn man selbst ein Geist ist?" Murr gab keine Antwort. „Friedpark hat den Prozess gegen Rubingers Angehörige verloren, deshalb wird er seit Tagen aufwendig restauriert. Und das bedeutet nichts Gutes, Murr."

Gustavo fuhr am Durchgang vorüber, den Refrain des letzten Hits von Jörg Drehts laut mitsingend, dessen Zeremonie der Aufstellung am späten Nachmittag stattgefunden hatte.

'Ich bin schon viel zu lange hier. Vielleicht sollte ich mich einfach in meinen Körper zurückziehen und warten - bis die Zeit vergeht.' Renick nahm in Gedanken einen tiefen Atemzug. 'Nur leider kommen wir nicht von der Stelle.'

Renick verließ seinen Platz und folgte Gustavos Gesang.

„Dort drüben", hörte er Birgit Sonntag sagen, die ihm mit ihrer Auszubildenden Leonie entgegenkam und einen kleinen Reisekoffer hinter sich her rollte. „Heiderose Häffner. Sie ist Teil der Themengruppe *'Geschichte der Menschheit'* und verkörpert Marie Curie", entnahm sie dem Datenblatt und bewegte ihre füllige Figur - Hüften und Fußgelenke neigten zur Schwere und Korpulenz - in den Nebengang. Ihr Gesicht war von beispielloser Ausdruckslosigkeit, ohne Mitleid, ohne Heuchelei. Es erinnerte an die feisten, lächelnden Züge von Buddhastatuen.

„Hm", entgegnete Leonie nur, das genaue Gegenteil ihrer Ausbilderin; groß, schlank und auf jeden Gesichtsausdruck der Bewohner von Friedpark wie Lackmuspapier reagierend. „Weshalb tun die Angehörigen ihnen das an?"

„Was tun sie wem an?" Birgits Augen verengten sich zu schmalen Schlitzen.

„Na, ihnen hier! Sie auszustellen ... als ob es sich um Kunstwerke handelt."

„Keine Ahnung. Liebe - Sentimentalität, nicht loslassen können", antwortete sie. Ihr Tonfall war entsetzlicher als jede Grabesleere. „Hier haben wir sie ja, unsere verhinderte Marie Curie." Sie faltete ihr Datenblatt zusammen und stopfte es in ihre rechte Gesäßtasche. „Ausziehen, Haare kämen und neu aufstecken. Gesichtspflege, Schminke, Maniküre", ordnete Birgit an und schüttelte den Kopf. „Vergebliche Liebesmüh. Vierzehntägig wechseln wir ihre Kleider, und weshalb? Das würde ich liebend gerne ihren Mann fragen."

„Was ist daran ungewöhnlich?", wollte Leonie wissen, die erst vor wenigen Tagen ihre Ausbildung in Friedpark begonnen hatte.

„Zwei Blusen, eine mit und eine ohne Rüschen, und dazu zwei Röcke, einen in rot-schwarz und einen schwarz-rot gesprenkelten. Dazu diese klobigen, dunkelbraunen Schnürschuhe, breit wie der Boulevard einer Großstadt ..." Sie verstummte mit einem vielsagenden Augenaufschlag, während sie Heiderose die Bluse aufknöpfte.

„Können alle Kleidungsstücke auf diese Weise geöffnet werden?", fragte Leonie, die am Boden kniete und den Koffer aufklappte.

„Ja. Zum Glück! Das Sorglos-Paket kostet im Monat 23,00 Euro. Dafür müssen wir alle vierzehn Tage antreten, Kleider wechseln, die freien Hautpartien polieren ... Die Geschäftsleitung billigt uns dafür fünfzehn Minuten zu. Da hast du keine Zeit, um lange Knöpfe aufzuknibbeln."

„Und wie werden die Schuhe ausgezogen?"

„Du stellst Fragen, Kindchen. Dafür gibt es ein elektrisches Hebegerät. Was glaubst du, was die Dinger wiegen?"

„Dreißig Kilo, vielleicht?", schätzte Leonie und fühlte, wie das Unbehagen, das Heideroses entblößter Oberkörper in ihr auslöste, ihre Hände feucht werden ließ.

„Mindestens ihr früheres Gewicht", antwortete Birgit und klopfte mit den Knöcheln auf Heideroses Rücken. „Allein das Konservierungsmittel wiegt - lass mich nachdenken, damit ich dir nichts Falsches sage - so an die fünfzehn Kilo."

Das Geräusch von Gustavos Putzmaschine näherte sich, und nur wenige Augenblicke später bog er mit seinem Gefährt um die Ecke. „Ah, hallo Donna Birgit!", rief er bereits von Weitem und setzte sein breitestes Grinsen auf. „Und neue Donna Azubi. Zwei Sonnen, die mein Herz bebrüten", flirtete er, während er, die Augen wie ein verliebter Kater zum Himmel verdreht, mit angezogener Handbremse vorbeituckerte. Aus dem Radio dröhnte der Top-Hit des Friedpark Duos 'Herzinfarkt', der die Ivanowitsch Brüder binnen zwei Wochen auf Platz eins der deutschen Charts katapultiert hatte. „Liebe bis zum Herzinfarkt", sang Gustavo den Refrain mit, „vereint auf ewig im Friedpark."

„Was für ein komischer Kerl", meinte Leonie, die den Kopf so voller Gedanken hatte, dass sie sich nur schwer auf ihre Arbeit konzentrieren konnte.

„Er ist der Liebling der Putzkolonne", erwiderte Birgit kühl und abweisend, „weil er ein Putz-Auto hat", glaubte sie als witzige Bemerkung anfügen zu müssen. Dann bemerkte sie Leonies verständnislosen Blick. „Vergiss es. Du bist zu jung, um die Werbung zu kennen."

Behutsam legte Leonie die Bluse von Heiderose zusammen, tauschte sie mit der rüschenbesetzten und reichte sie Birgit. „Hier!" Mehr kam nicht mehr über ihre Lippen. Ihre Augen weiteten sich vor Furcht und mit einem spitzen, durchdringenden Schrei fiel sie nach hinten. Von panischem Schrecken ergriffen rutschte sie von der fürchterlich aussehenden Gestalt weg, bis sie mit der Schulter an das Schienbein von Karl dem Großen stieß und erneut einen markerschütternden Schrei ausstieß. „Da ... Geist ...!" Die Worte schien sie aus der Kehle zu stoßen, denn ihre Lippen bewegten sich kaum.

Murr sprang fauchend von Renicks Arm und flüchtete an Leonie und Karl dem Großen vorbei in Richtung Halle 9. Birgit drehte sich um, und was sie sah war unaussprechlich. Es erinnerte sie schmerzvoll an den zerstörten Körper von Anton Rubinger. Ihr war, als lebte und lärmte seine Seele noch die unüberwindliche Angst vor dem Urdunkel, den Schrecken von einer alten unsterblichen Stille. „Helft mir", stieß er mit beschwörender Sanftheit in der Stimme hervor. Seine Worte trafen Birgit mit dem Ton äußerster Verzweiflung, traurig und verloren. In seinen Augen glomm ein hilfloses und einsames Licht, so als sei Birgit das Phantom und auf ewig verloren.

'Ich habe es geahnt', dachte Renick . 'Dieser Rubinger bedeutet Ärger. Und noch ist sein Körper nicht vollständig restauriert.'

„Helft mir." Rubingers Erscheinung flackerte.

Zur selben Zeit.

Das Licht der Bildschirme, so schwach sie auch leuchteten, bannte doch die alten, hier seit Jahren hausenden Schatten in die Ecken und Nischen der

13

Empfangshalle. Das Friedpark Duo präsentierte tonlos die zweite Singleauskopplung aus ihrem neuen Album: '*Wa ... wa ... warum liebst du mich?*'

Im Gegensatz zu den Ivanowitsch Brüdern wirkte der Tresen trotz seiner beachtlichen Größe zierlich. Linker Hand, durch die Notbeleuchtung in grünen Lichtschein getaucht, drei Sessel, geometrisch exakt um den runden Glastisch gruppiert. Auf der anderen Seite, lässig an den Tresen gelehnt, warb Bruno, der erste seines Standes, höchstselbst für die neue Produktlinie von Friedpark. Der blaue Overall über dem bunt karierten Arbeitshemd war im Halbdunkel mehr zu ahnen als zu sehen; nur der auf Hochglanz polierte Schutzhelm spiegelte die Werbung der Bildschirme wider. Er lächelte so unbedarft wie ein Kleinkind. Es ging das Gerücht, dass die Kunden bei seinem Anblick für einen Moment glückliche Menschen wurden.

Das Friedpark Duo schmetterte gerade den letzten Refrain 'Wa ... wa ... warum erschießt du mich?', mit der ihnen eigenen Inbrunst in die grölende Menge, als der Neue auftauchte, kaum drei Schritte von Bruno entfernt.

„Ich wusste es! Sie lieben mich", frohlockte jede Nervenfaser in Jörg Drehts. Er reckte triumphierend die Arme in den Himmel und setzte sein strahlendstes Lächeln auf, mit dem er bisher noch jeden niedergestreckt hatte, sogar den missliebigsten Kritiker. „Endlich! Mein bejubeltes Comeback!" Der frisch Geschlüpfte, und daran konnte auch sein aufgesetztes, selbst die hintersten Backenzähne entblößendes Grinsen nichts ändern, besaß ein trauriges, graues, fast plattes Gesicht. Jörg Drehts war weder groß noch klein, weder dick noch dünn, und außer seinem roten Haar hatte er nichts Auffälliges an sich.

„Jetzt!' Plötzlich war er verunsichert und lauschte in die Stille, als warte er auf ein bestimmtes Zeichen. 'Müsste jetzt nicht der Spot aufleuchten?' Er hüstelte und es gelang ihm, selbst dieses beiläufige Geräusch unfreundlich klingen zu lassen. Sichtlich erbost über die laienhafte Inszenierung seines ersten Auftritts nach über sechs Jahren, suchte Jörg Drehts sich abzulenken, indem er die erste Textzeile seines Eröffnungsliedes summte, 'Ich gebe dir mein letztes Hemd', bis er den Geist des früheren, jüngeren und um einiges besser aussehenden Jörg Drehts mit dem in vielen Stunden eingeübten Lächeln auf sich zukommen sah. Es handelte sich um jenes besondere Lächeln, das er sich vor großen Auftritten stets selbst schenkte und das ihn, zumindest für die nächsten zwei Stunden beruhigte. In diesen - für Uneingeweihte kaum merklichen - Minuten, verstand er sich selbst so weit, wie er sich selbst verstehen wollte. Und er glaubte felsenfest an sich und seinen immerwährenden Erfolg, weil ihm dieses Lächeln genau diesen Eindruck suggerierte und ihm überzeugend versicherte, dass der heutige Abend zu den besten seines Lebens gehören würde. Zu seinem größten Bedauern zog sich dieses, ihn wie keine Chartplatzierung oder in einschlägigen Frauenzeitschriften hingeworfene Huldigung in höhere Sphären entrückende Lächeln von ihm zurück, und was ihm blieb war sein jüngeres, um einiges zu schrill gekleidetes Ego, das ihn stier angrinste, als ob ihm gerade erfolgreich ein Gutteil seines Gehirns operativ entfernt worden wäre.

'Du trägst bereits dein letztes Hemd', offenbarte ihm dieser junge Schnösel mit einer Stimme, die verriet, dass ihm gerade eine höchst seltsame und überaus bedeutsame Nachricht mitgeteilt worden war, ehe er an ihm vorbeieilte und in dem von der Notbeleuchtung nur spärlich aufgehellten Dunkel untertauchte.

„Wie jetzt?" Verwundert blickte er sich um, und als seine noch immer emporgestreckten Arme allmählich zu zittern anfingen, überließ er sie der Schwerkraft. Dann bemerkte er die Bildschirme.

Nur wenig später, an anderer Stelle.

Das leise Ticken von Friedpark, das in der Nacht zum Leben erwachte, die wunderliche Vertrautheit der Stimmen an diesem seltsamen Ort, schienen magisch und unwirklich. Die Bewohner hatten keine Existenz außer der, die sie sich selbst verliehen. Herr Heinrich war sicher, dass er gestorben und, er wusste nur nicht genau, wann sein Denken wieder eingesetzt hatte, er wiedergeboren worden war. Alles, so fuhren seine Gedanken fort, was vorher gewesen ist, gehörte zu einer anderen Welt. Die Erinnerung an seine Familie fühlte sich an, als ob sie die Gespenster wären. Unbewusst zwängte er sich aus seinem Körper, und im Gegensatz zu früher, wo er selbst an heißen Tagen gefröstelt hatte, spürte er nicht den geringsten Temperaturunterschied. Er straffte seine Muskeln, obwohl es unnötig war.

Seltsamerweise wollte er jetzt unbedingt die exakte Uhrzeit wissen. Als er jedoch nach seiner Taschenuhr wühlen wollte, musste er zu seinem Schrecken feststellen, dass die Westentasche leer war und seine Hand ins Nichts griff. Unwillkürlich formulierten seine Lippen stets dieselbe Phrase: „Was für eine Nacht."

Herr Heinrich trug einen dunkelgrauen Zweireiher, dazu eine Krawatte, hellgrün mit schwarzen Punkten, dunkle Lederschuhe, und, soviel er in der Glasscheibe zu erkennen vermochte, trug er sein Haar wie gewohnt. Kurz, mit einem angedeuteten Scheitel auf der linken Seite. Er überprüfte schnell den korrekten Sitz der Krawatte. Sie saß ebenso perfekt wie sein neues Gebiss, nur sein Gesicht war von unnatürlicher Blässe - ja eigentlich sah es aus, als sei es von einer Schicht weißen Puders bedeckt -, und das besorgte ihn doch ein wenig.

„Willkommen!", hörte er zahllose Stimmen unterschiedlicher Färbung und Lautstärke rufen. Erst jetzt wurde er der Gruppe ansichtig, die er - und hier stutzte er zum ersten, jedoch nicht zum letzten Mal in dieser Nacht - hinter der Glasscheibe an einer Haltestelle der Friedparkschen Straßenbahn stehen sah.

„War das der Zeitgeist?" Herr Heinrich nahm seine Umgebung näher in Augenschein. Er stand im Mittelgang eines Straßenbahnwagens aus den zwanziger Jahren des letzten Jahrhunderts, unmittelbar neben einer jungen, schlanken Frau von ungefähr dreißig Jahren, mit einem Bubikopf von roten Haaren und rötlicher Haut. Ihre Augenbrauen waren gezupft und dann in verwegener Form nachgemalt worden. Ihr gegenüber eine ältere Frau mit ihrem Mann, beide in trübsinniges Schweigen vertieft, und links, auf der ihm gegenüberliegenden Seite, auf einem Einzelplatz, saß er selbst, das Kinn auf die Faust gestützt, und blickte gelangweilt nach draußen. Bei diesem Anblick durchfuhr ihn ein kräftiger Schauer, der auf Höhe des Herzens aufblitzte, dann gleichzeitig in Richtung Kopf und Füße brauste und an beiden Polen für gehörig Unordnung sorgte. Der Überraschungsangriff zwang ihn dazu, sich am Haltegriff festzuklammern, weil seine Beine sich schlagartig in eine gummiartige Masse verwandelt hatten, während in seinem Kopf ein heftiges Unwetter losbrach, das ihn binnen Sekunden in einen grimassierenden Trottel transformierte.

„Willkommen!", schrie Sally und hüpfte, die Hände über dem Kopf zusammenschlagend auf und ab als wäre sie zufällig mit beiden Füßen in einen Ameisenhaufen geraten. „Jetzt bleib geschmeidig und komm endlich raus, oder bist ein Bergaufbremser?" Wie immer, wenn sie aufgeregt war, verfiel sie in ihren von der Clique geprägten Slang.

„Ist das der Tod?", fragte sich Herr Heinrich, und weil er in diesem Moment in seiner Bewegungsfreiheit eingeschränkt war, lief er in Gedanken den Gang auf und ab. „Oder bin ich bereits im Jenseits? Doch da war weder ein Tunnel noch eine Brücke ... Hermine." Betrübt seufzend betrachtete er sich selbst und, war trotz sämtlicher Ungereimtheiten in Bezug auf seine Situation mit seinem Äußeren leidlich zufrieden. Plötzlich dachte er: 'Der

18

Beobachter des Beobachters?' Der Gedanke irritierte ihn zuerst, dann amüsierte er ihn aber und zuletzt ertappte Herr Heinrich sich dabei, dass er darüber nachgrübelte, wie er ihn zu interpretieren gedachte. 'Wie es aussieht, bin ich tot. Folglich werde ich in der mir bekannten Welt nicht mehr existent sein - aber was ist stattdessen? Der Aufenthalt in einem Wagen der Straßenbahn aus dem vorigen Jahrhundert?' Er musste lachen. Ein Fremder, der Herrn Heinrich nicht von früher her kannte, hätte ihn aufgrund seines Heiterkeitsausbruchs mit Sicherheit als etwas seltsame, zumindest einfach strukturierte Person betrachtet. „Ich will zu meiner Hermine", seufzte er und blickte irritiert auf die wie Puppen in einem Marionettentheater angeordneten Menschen. Die vertrackte Situation belastete ihn. Ein beängstigender Druck lastete auf seinem Herzen und ließ ihn sich nach Hermine sehnen, um diese entsetzliche Bürde nicht alleine tragen zu müssen. 'Da stimmt doch etwas nicht. Ich muss sachlich bleiben und die Fakten noch einmal von Anfang an überdenken.'

„Jetzt aber! Nicht so schüchtern. Wir beißen nicht", sagte Sally in seine Richtung, die plötzlich hinter ihm auf dem freien Sitzplatz auftauchte, dort mit überkreuzten Beinen saß und bei jedem Wort mit dem Fuß wippte. Herr Heinrich wendete langsam den Kopf. Ihr Gesicht von Ausschweifungen gezeichnet, grau und mager, als ob sämtliche Feuchtigkeit herausgepresst worden wäre um den schmalen Mund spielte steif ein hölzernes Lachen.

„Was ist das hier?"

„Endstation Sehnsucht. Spaß beiseite, das hier

ist Friedpark. Vielleicht hast du bereits darüber gelesen. Wir sind das Empfangskomitee."

„Aha", erwiderte Herr Heinrich verwundert. Er zitterte, schwitzte und wäre am liebsten neben seiner Hermine aufgewacht, doch dieser Wunsch erfüllte sich nicht.

„Tja, das ist die Stornokarte. Heute Nachmittag wurdest du in einer echt coolen Party aufgestellt. Würdevoller Anfang."

„War ... war meine Hermine auch dabei?" Sein Blick geisterte durch den Straßenbahnwagen wie ein Schatten. „Sie ist eher klein, gedrungene Figur, große Nase und sie trägt ihr Haar immer hochgesteckt."

„Ja - ich erinnere mich. Grauer Hosenanzug ... weinte unaufhörlich ..."

„Das ist meine Hermine! Hat sie etwas gesagt?"

„Nur die üblichen Phrasen. Alles Gute für den Neuanfang. Ich komm dich jeden Tag besuchen. Du wirst dich hier bestimmt schnell eingewöhnen und neue Bekannte finden. Richtiges Martinshorn. Am Ende, nachdem der Pfaffe und die Herren und Damen von der Verwaltung gegangen waren, hat sie noch Ihr Namensschild poliert, und sich mit einem Klapps auf Ihre Schulter verabschiedet. Sollte mal zu einem flotten Harrschopfchrasher. Auf der Treppe wäre sie fast noch gestürzt."

„Eindeutig meine Hermine", bestätigte Herr Heinrich und verlor sich etwas in Gedanken, wobei eine Frage, die ihn noch vor wenigen Augenblicken beschäftigt hatte, irgendwie abhandengekommen war. „Wenn ich nur wüsste, was genau mit mir passiert ist."

„Keine Sorge", beruhigte ihn Sally. „Gerade bei den älteren Semestern, oder wenn sie in den letzten Tagen unter Drogen gestanden haben, dauert es gewöhnlich ein paar Tage bis die Erinnerung zurückkommt."

„Danke." Plötzlich entsann sich Herr Heinrich seiner Frage von vorhin. „Wie war doch gleich Ihr Name?"

„Nenn mich einfach Sally. Ich stehe in Halle fünf. Themengruppe 'Geschichte der Kunst'. Ich verkörpere dort den Ritter in Dürers 'Ritter, Tod und Teufel'. Allerdings fehlt uns noch der Tod. Jammerschade."

„Schön." Er wirkte nachdenklich. „Und Sie sind tatsächlich der Meinung, dass mein Gedächtnis vollständig genesen wird?"

„Vertraue mir. So, und jetzt sollten wir das Empfangskomitee nicht länger warten lassen."

„Aber ... was wird denn von mir erwartet? Doch nicht eine Rede?"

Ein markerschütternder Schrei zerriss nicht nur den abendlichen Frieden, sondern unterbrach auch Herrn Heinrich, der mit offenem Mund mit ansehen musste, wie Sally verblasste und sich praktisch in Luft auflöste.

Noch immer zur selben Zeit.

„Helft mir", flüsterte Rubinger so leise, dass Birgit die Worte von seinen zerfledderten Lippen ablesen musste. Er streckte ihr seine verletzte Hand entgegen, als bedürfe es zu seiner Rettung nur der flüchtigen Berührung mit einem Lebenden. Sein Gesicht war gezeichnet von den Schatten des Todes, eines weiteren Todes. Sein rechtes Auge war halb geschlossen, umwoben vom ewigen Schlaf und bereits glasig vom Blick in jene andere Welt.

„Helft mir! Rettet euch", flehte Rubinger. Birgit fühlte, dass der Sterbende sich nicht länger von der Hoffnung auf Genesung zum Narren halten ließ; sie wusste, dass er es wusste, dass er dem Ende nahe war. Dieses Wissen hatte ihm zweifelsohne neue Kräfte verliehen, ungeahnte, kaum vorstellbare Kräfte, die aus der Resignation stammten und die das fürchterliche Gefühl des Entsetzens und der Verzweiflung überwanden. Rubinger hatte sich mit dem Tod abgefunden und er würde ihn voller Demut annehmen, damit er endlich Erlösung fand. Von plötzlicher Rührung überwältigt, streckte sie ihm wie in Trance ihre Hand entgegen.

„Nicht!", schrie Leonie, die ihren anfänglichen Schock überwunden hatte, noch immer am Boden kauernd, das harte Schienbein von Karl dem Großen im Rücken. Rubingers Gestalt flackerte als unterliege sie Spannungsschwankungen, ehe sie verblasste.

Renick näherte sich der Stelle, an der Rubinger gestanden hatte. „Das riecht nach Ärger!" Er ging in die Hocke und fuhr mit der Hand über den Boden. „Warm. Gefährlich warm." Er wechselte den Ort.

Gustavo hielt am Ende des Ganges, und als er Leonie mit ihrem kalkweißen Gesicht am Boden kauern sah, auf dem sich der ganze Schrecken der letzten Minuten eingenistet hatte, parkte er seine Maschine, sprang vom Sitz und eilte ihr zu Hilfe.

„Mamma Mia! Ist passiert Unglück? Donna Azubi nicht gehen gut?", bestürmte er sie mit Fragen, als er neben ihr kniete. Besorgnis sprach aus seinem Blick.

„Nein. Danke ... alles in Ordnung. Ich habe nur das Gleichgewicht verloren und bin dann über den Koffer gestolpert."

„Kommen, Blume meines Herzens. Ich helfen dir aufstehen." Behutsam, als müsse er ein rohes Ei mit seinen, im Verhältnis zum Körper, großen Händen unbeschadet in Sicherheit bringen, nahm er ihre Hand und half ihr auf. „Leicht wie Feder. Mamma Mia! Du zittern wie Laub von diese Baum, eh. Was passiert? Ihr gesehen Geist?"

Durch Leonies Aufschrei fiel Heiderose aus ihrem Körper. Sie erblickte Rubinger, den sie bisher nur aus Berichten kannte. Ihr Schrei verfing sich heiser und hart in ihrer Kehle, wodurch er zu einem hysterischen Seufzer degradiert wurde. Ihr war, als hätte das Herz zu schlagen aufgehört, als wäre sie an Körper und Seele erstarrt. Gebannt, voller Unglauben blickte sie auf Rubingers entstellten Körper. Bis zu dessen Auflösung war sie sich ihrer selbst nicht bewusst gewesen. Ihr Atem ging schwer und auf ihrem grobknochigen Gesicht lag ein Ausdruck von seelischer Qual. Das starke Kinn hing leblos herunter. So fand Karl von Stetten sie vor.

„Ist ihnen nicht wohl, Verehrteste?", fragte er Heiderose, wobei seine Worte durch die ungewohnte Art seiner Betonung, die ihm eigen war, mehr zu sein schienen als eine gewöhnliche Frage nach ihrem Befinden.

„Dort." Heiderose hauchte das Wort aus, gleich ihrem letzten Atemzug vor geraumer Zeit. „Rubinger ... glaube ich ... den schweren Verletzungen nach."

„Rubinger? Sind Sie sich dessen ganz sicher?"

„Ja. Er war hier ... und sah ... schrecklich zugerichtet aus ..."

„Danke, Gustavo", sagte Leonie jetzt, „es geht wieder." Sie schloss kurz die Augen, als könne sie damit das Bild der übel zugerichteten Erscheinung aus ihren Gedanken verscheuchen. Nachdem sie tief Atem geschöpft hatte, sah sie zu Birgit hinüber, die sich in Zeitlupe umdrehte, mit fahrigen Bewegungen Heideroses Bluse vom Boden aufhob, sie um deren knochige, weiß glänzende Schulter legte und mechanisch verschloss.

„Reich mir bitte den Rock." Birgit schnippte mit den Fingern.

„Alles gut? Mamma Mia! Herz von Gustavo solche Ärger nicht gewohnt. Wird zerspringen wie Glas, wenn fällt auf Boden. Armer Gustavo. Wird vermissen seine Sonnen im Herzen. Armer Gustavo", wiederholte er wie zur Bekräftigung seines bedauernswerten Zustandes, bestieg sein Gefährt und fuhr, bereits wieder einen seiner Lieblingstitel summend, den Gang hinunter.

„Rubinger?", antwortete von Stetten verspätet, als wären Heideroses Worte erst jetzt in sein Bewusstsein eingesickert. „Nicht umzubringen, der Knabe. Alle Achtung! Ja, der Körper ist zäh. Gelebt und gestorben, durch Millionen von Geburten, Leben und Tode hindurch, gezeichnet durch dunkles Vergessen. Da hat dieser Rubinger bis über den

Tod hinaus gestrebt, gekämpft, gehofft und war, so sah es zumindest aus, ein weiteres Mal Opfer des ewigen Mahlstroms, ausgelöscht wie das Zeitgefühl selbst. Und jetzt wird es für ihn zum unheimlichen Traum, der womöglich niemals endet."

„Gehen wir!", sagte Birgit zu Leonie, die eiligst Heideroses Kleider im Koffer verstaute und dann ihrer davoneilenden Chefin folgte.

Heiderose schreckte auf. „Wie? Was für ein Albtraum ... Entschuldigen Sie, was haben Sie gesagt?"

„Nichts! Nichts", beeilte sich von Stetten mit der rechten Hand abwinkend zu erwidern, während weitere Bewohner von Friedpark am Ort des Geschehens auftauchten, um ihre Neugier zu befriedigen oder auch, um neue Hoffnung zu schöpfen in ihrem Ringen um Erlösung.

„Wer ist dieser Rubinger?"

Von Stetten war ganz in die Betrachtung von Heideroses Statue versunken. Auf dem dünnen, nicht vollständig entwickelten Hals saß ein schmaler, hochstirniger Kopf mit dichtem schwarzbraunem Haar, das ein hageres Gesicht wie eine Kuppel überwölbte.

„Hören Sie! Wer ist dieser Rubinger?"

„Der Mann vom Amazonas."

„Was ist mit ihm geschehen? Wer hat ihn so übel zugerichtet?" Heideroses Angst, welche bis zu diesem Augenblick mit Rubingers Erscheinung beschäftigt gewesen war, ergriff sie nun hart und erbarmungslos. „Ich kann das nicht länger ertragen! Warum musste meine Mutter mir das antun?"

„Beruhigen Sie sich, Frau Häffner", sagte von Stetten, der, bevor er einen Vortrag über die weibliche

Psyche anschließen konnte, mit ansehen musste wie Heiderose sich auflöste und einzig den Nachhall ihrer Worte zurückließ.

„Hast du ihn gesehen?", wurde er gefragt.

„Nein, Lothar."

Der Mittvierziger, klein, Junggeselle, war von seinem Onkel altmodisch dandyhaft gekleidet worden. Sein Haar voll, an den Schläfen bereits ergraut und wunderbar frisiert. Die stark hervortretenden gelben Augäpfel suchten zwischen den Statuen nach Rubinger. „Soll kein schöner Anblick gewesen sein. Hat er was gesagt? Man, hier in Friedpark ist alles so geheimnisvoll."

„Nur dass er Hilfe benötigt. Oh, wie bekannt ist mir dieser Zustand der Hilflosigkeit", übermannte ihn einmal mehr sein Schicksal. „Nach meiner Erkrankung, die mich in den Rollstuhl zwang ... also die ersten Wochen ... da war nur Dunkelheit; eine Dunkelheit, schlimmer als jene, die ich bei meinen Rückführungen zwischen Tod und Wiederverkörperung durchschreiten musste. Selbst eine Welt ohne Sonne könnte eine solche Dunkelheit nicht erzeugen; es war eine alte Dunkelheit aus früher Urzeit, vermutlich nur sich selbst vertraut. Damals suchte ich verzweifelt nach einem Hoffnungsschimmer ... Oh, ich weiß, was Rubinger erleidet."

„Wird er wiederkommen?", wollte eine ältere Frau wissen, die erst vor wenigen Wochen zu den Landfrauen gestoßen war und, infolge der bescheidenen Mittel ihrer Familie, kräftig die Werbetrommel für den robusten Mixer von Homework rühren musste.

Lothar zuckte mit den Schultern.

„Dass er jetzt auftaucht ist kein Zufall. Das hängt mit der Restauration seiner Statue zusammen. Die Energie der Arbeiter eröffnet ihm gewisse Möglichkeiten", vermutete von Stetten.

„Schön. Und was will er so Wichtiges mitteilen?"

„Dass er eine Gefahr darstellt? Ich habe keine Ahnung, Lothar."

„Ist ja schrecklich! Das muss ich sofort meinen Freundinnen erzählen." Die Dame mit dem unverwüstlichen Mixer, der vor keinem Teig kapitulierte, verblasste zitternd.

„Ich sollte Renick informieren", verabschiedete sich von Stetten und ließ einen verängstigten Lothar an dem mittlerweile verwaisten Tatort zurück.

Minuten später in der Empfangshalle.

„Unser besonderes Angebot für Schulen und Auszubildende in Pflegeberufen", pries die junge Frau in freundlichem Ton ein neues Angebot des Unternehmens an, während sie auf eine in Form eines Sarges gestaltete Kiste wies. Sie besaß eine der Werbung angepasste blasse Haut mit hübschen Sommersprossen und einen schmalen, humorvollen Mund.

„Unser Übungskoffer '*Ich bin dann mal weg*' ist eine überall einsetzbare Trainingsbox für werdende Trauernde von 6 - 80 Jahren und solche, die es noch werden wollen. Auf spielerische Weise werden die Seminarteilnehmer durch eine Vielzahl informativer Karten und Requisiten zum Kennenlernen und Ausprobieren der Thematik '*Abschied, Umzug, Trauern und Pflege*' des künftig in Friedpark lebenden Angehörigen herangeführt. So werden Hilfen zum Umgang mit dem neuen Lebensabschnitt der geliebten Person angeboten und soziale Kompetenz wie Empathie gegenüber Gleichgesinnten gestärkt.

Sämtliche Requisiten, die sich in der farbenfrohen Kiste befinden, können in die Hand genommen und mit allen Sinnen erfahren werden. Hörrohr, Federn und Streichhölzer beleuchten den Übergang in den neuen Lebensabschnitt von der fachlichen Seite. Berührungsängste können zudem leichter überwunden werden, wenn die Seminarteilnehmer zum Beispiel mit Schminke, Sonnenbrille und schwarzem Hut mit Schleier die Begrüßung ihres geliebten Angehörigen in Friedpark in einem Rollenspiel vorab üben. Unser Übungskoffer eignet sich auch für Anfänger", endete sie mit einem Fingerzeig auf die geschmackvoll gestaltete Übungsbox und einem verheißungsvollen Lächeln, das Besucher sofort an einen Umzug in den Friedpark denken ließ.

„Wie jetzt?", stieß Jörg Drehts irritiert aus, während auf dem Bildschirm ein kurzer Kameraschwenk über die Themengruppe 'Geschichte der Menschheit' eingeblendet wurde. Verwundert schloss er die Augen, und im Widerschein seines eigenen inneren Lichts wurde er sich eines Ereignisses von universaler Bedeutung bewusst. Die Blicke tausender Fans ruhten voll heiliger Scheu auf ihm. Er antwortete darauf mit einem nervösen Schluckauf.

„Verdammt! Ausgerechnet in diesem bedeutsamen Moment." Eingehüllt in die Liebe und Opferbereitschaft seiner treuesten Anhänger erlebte Jörg Drehts seine persönliche Lebensschau. 'Ein herrliches Leben und Werk', sangen Engelschöre im Hintergrund und er wurde sich ein weiteres Mal seines Ruhmes bewusst. 'Das Werk eines Genius, das der Menschheit zu zeigen vermochte, zu welchen Höhen des Menschen Geist sich erheben kann, wenn ihn edle Gefühle erfüllen.'

'Es war Jörg Drehts', las er die Schlagzeilen, die wie eine Kohorte Soldaten an ihm vorbeidefilierten, 'und die grazile Schönheit seiner Texte und Verse, die seine Fans schätzten und bewunderten.' Gerührt konzentrierte er sich auf einen anderen Text. 'Der betörende Flug seiner Gedanken, die geordnete Harmonie seiner Lieder, die wundervollen Proportionen der einzelnen Strophen, dieser überreiche und zugleich schlichte Stil, diese bekömmliche Schönheit seiner Liedphilosophie, welches Denkmal könnten wir Jörg Drehts errichten, das ihm gerecht würde?' Ein weiblicher Fan, die ihren korsettgepanzerten Körper schwer gegen den seinen presste, hauchte seinen Namen nur noch hin, kaum hörbar, feierlich leise: 'Jörg.' Er spürte ihren heißen Atem auf seiner Haut, und wie Weihrauch der Verehrung kamen drei weitere Worte aus ihrem Mund: 'Ich liebe dich.'

'Bin ich nicht selbst ein Kunstwerk und den Skulpturen der Antike durchaus ebenbürtig?' Die magischen Augenblicke, die er mit wenigen Worten selbst heraufbeschwören konnte, verfehlten auch jetzt ihre erhoffte Wirkung nicht und, als er die Augen langsam öffnete, blickte er auf seine

Fans herab, die in gespannter Stille seinem Auftritt entgegenfieberten, erfüllt von der Energie ihrer Liebe zu ihm.

„Ah! Der unvergleichliche Jörg Drehts!"

„Wie jetzt? Muss ich raus?" Die profane Frage zerstörte die Illusion der ausverkauften Halle und offenbarte ihm das Gesicht eines Mannes in den mittleren Jahren. Es war füllig, weiß, die runden Wangen mit einem grünlichen Schimmer; ein seltsam verschlafenes, fast dümmlich wirkendes Gesicht. Selbst die Augen sahen stumpf und schläfrig aus.

„Wie jetzt?" Die Magie seiner Vorstellungskraft zerbröckelte.

Der Mann lehnte scheinbar am Tresen und gab in dieser Haltung eine groteske Figur ab.

„Hier treiben Sie sich herum", stellte Wotan Knoblauch mit einer raspelnden Fistelstimme fest, die in wenigen Sätzen ganze Wälder in Sägespäne verwandeln konnte. „Sie wurden bereits vermisst. Wissen Sie das?"

„Wie jetzt? Ich?" Jörg Drehts wandte sich verwundert um. „Ich muss mich verlaufen haben. Hier scheint der Besuchereingang zu sein." Er lachte kurz auf, mit dem Ansatz erlösender Hysterie. „Die Halle ist bis auf den letzten Platz ausverkauft ... nicht wahr?"

„So würde ich es nicht formulieren", erwiderte Wotan, der zu Lebzeiten in der Kommunalpolitik tätig gewesen war, vage und vielfältig interpretierbar, den wahren Sachverhalt verschleiernd.

„Schön! Ein paar freie Plätze hier und dort - schließlich habe ich zehn Jahre kein Konzert gegeben.

Mein Comeback ... jetzt werde ich noch einmal richtig durchstarten. Die Welt wird erfahren", drohte Jörg Drehts, „was sie an mir hat. Kennen Sie meine neueste Single?"

„Meine Sie 'Atemlos'?",fragte Wotan und fuhr fort: „Mit dem sperrigen Refrain, den man erst nach einer Flasche Rotwein fehlerfrei mitsingen kann?" Ungerührt stand er vor Jürgen Drehts wie die Nemesis, ein erbarmungsloser Zensor seiner Unzulänglichkeit. Und als Jörg Drehts, um den Anblick nicht länger ertragen zu müssen, die Augen schloss, hockten anstatt der Fans die Gespenster von Schmerz und Lieblosigkeit auf den Stühlen und der Geist der Unfruchtbarkeit schwebte über ihnen. Ihr trockener Hass, das Gift ihrer Herzen, hatte sich auf ihn geworfen, sich in ihm festgesetzt. Das aufkeimende Wissen schnürte ihm die Kehle zu, und die Zukunft drang, in Dunkelheit gehüllt, in seine Gedanken.

'Ich werde nie wieder ein Glas Wein trinken, seinen Geschmack auf meiner Zunge genießen, nie wieder eine Zigarette rauchen, ihren Rauch aufsteigen sehen, nie wieder ein Konzert geben, den Jubel der Fans ...' Berühmt und reich hatte er werden wollen, die Fähigkeit dazu lag, das wusste er seit frühester Kindheit, unauslöschlich in seinem Blut, und obwohl das alles der Vergangenheit angehörte, er nicht sagen konnte, welchem Schicksal sein Dasein jetzt zustrebte, erblickte er in seiner Zukunft eine ihm bisher unbekannte Freiheit. An all das dachte Jörg Drehts an diesem sonderbaren Ort und sah sich bereits als erfolgreicher Entertainer.

18.03.2016 Am Morgen

Sylvia Bolter und ihr Bruder betrachteten interessiert die jugendliche Gestalt, die gelassen am Tresen lehnte und die Kunden von Friedpark auf kindlichnaive Weise anlächelte.

'Bitte setzen Sie den Kopfhörer auf', forderte das Hinweisschild ihn auf, 'und reichen Sie Bruno die Hand.'

Klaus griff nach dem Kopfhörer.

„Lass das doch, Klaus! Du bringst noch alles in Unordnung.“

„Aber hier steht ausdrücklich, dass man es machen soll.“ Unbeeindruckt von der Ermahnung seiner Schwester ergriff er Brunos Hand.

'Guten Tag', begrüßte Bruno den Interessenten mit einer angenehm modulierten Stimme. 'Mein Name ist Bruno und ich lebte, bis zur Aufnahme meiner Tätigkeit bei Friedpark, mit meiner Mutter in einem großen Wohnhaus. Dort gab es viele freundliche Nachbarn, die ich artig grüßte, wenn ich sie zufällig auf dem Gang oder im Fahrstuhl getroffen habe. In meiner Freizeit lag ich oft stundenlang auf dem Boden und hörte Musik - ich liebe Volksmusik. An manchen Tagen, wenn ich dabei so richtig in Schwung geriet, lauschte ich auch den Klängen von Marschmusik. Letztere durfte ich allerdings nur abspielen, wenn Mutter nicht zu Hause war.'

„Was für ein Idiot!“, konnte Klaus sich nicht zurückhalten, als er den Kopfhörer zurücklegte.

„Frau und Herr Bolter, nehme ich an!" Herr Heiligenmann rief schon von Weitem und reichte den jungen Leuten mit gemischten Gefühlen seine Hand. „Heiligenmann. Wenn ich Sie zu meinem Schreibtisch bitten darf." Er wies mit der Hand in die einzuschlagende Richtung, nickte der Dame am Empfang kurz zu und setzte sich dann an die Spitze des kleinen Trupps.

„Wie ich sehe, führten Sie bereits ein Vorgespräch mit meinem Kollegen Kiesewetter. Ein Bild des Herrn Vaters liegt ebenfalls vor und", er scrollte auf dem Bildschirm nach unten, seine Kunden dabei aus den Augenwinkeln taxierend, als handelte es sich bei ihnen um Kühe, die zum Verkauf standen. „Ihr Herr Vater liegt im Koma ... und wie Sie am 3.01.2016 angegeben haben, wird er ... Gut! Dann ist der Herr Vater nun bereit, seine ganze Schaffenskraft in den Dienst unseres Unternehmens zu stellen", folgerte Heiligenmann angesichts ihres Besuches und sah auf.

„Wir konnten Liesel, seine Frau, davon überzeugen, dass es für alle Beteiligten das Beste wäre, wenn die lebenserhaltenden Geräte abgeschaltet würden. Deshalb ..." Sylvia Bolter stockte. „Es geht um seinen Platz hier ... Liesel ... sie kann an dem Gespräch heute leider nicht teilnehmen und lässt sich entschuldigen ... äußerte den Wunsch, obwohl sie als praktizierende Katholikin ihrem Unternehmen eher ablehnend - ich meine, nicht gerade positiv gegenübersteht, dass ihr Mann einer seinem bisherigen Leben entsprechenden Tätigkeit nachgehen sollte."

Herr Heiligenmann wischte sich mit dem Taschentuch über sein dunkelrotes, von kurzen Stoppeln und einem mächtigen Doppelkinn eingerahmtes Gesicht.

„Vater ist ein Idiot und sein Wunsch, hier ... wie drückte er sich aus, noch einmal eine neue Herausforderung anzunehmen, ist völliger Blödsinn."

„Ich bin der festen Überzeugung ...", begann Heiligenmann, die Bemerkung des ungehobelten Klotzes von Sohn geflissentlich ignorierend. Er atmete tief ein, als müsse er sich seines eigenen Lebens versichern, "... dass wir gemeinsam ein für sämtliche Familienmitglieder zufriedenstellendes Arrangement finden. Ihr Herr Vater war, seiner Fotografie nach, ein" - den Begriff 'grobschlächtig' konnte Herr Heiligenmann im letzten Moment unterdrücken, - „kräftiger Mann und - eine Sekunde bitte, er hat bis zu seinem tragischen Unfall als Steinmetz in seinem eigenen Betrieb gearbeitet."

„Bolter Grabmale!" Klaus Bolter schreckte für die Dauer der Zwischenbemerkung aus seinem lethargischen Desinteresse auf, als habe ein unsichtbarer Akteur auf ein vereinbartes Stichwort hin seinen Körper zum Leben erweckt.

Bereits als Heiligenmann die Fotografie von Franz Bolter aufgerufen hatte, war ihm in einer Vision die bullige Gestalt Franz Bolters als fellumhüllter Neandertaler erschienen, und - dies fand Heiligenmann zutiefst verstörend - hatte die Hände über die Häupter der Gläubigen zu ihrer Segnung erhoben, und ihm, Ludwig Heiligenmann, mit der Stimme seines Vorgesetzten zugerufen: 'Du bist der Auserwählte!'

'Sollte ich', kämpfte sich der Gedanke aus den Tiefen des Unbewussten in sein Denken, 'derjenige sein, der diesen Ladenhüter endlich an den Mann, die lieben Hinterbliebenen bringt?' Heiligenmann bemerkte im nachlassenden Glanz der Erleuchtung noch, dass Franz Bolter gravitätisch nickte, oder sank ihm aufgrund seines etwas beeinträchtigten Allgemeinzustandes nur der Kopf - auf die Brust herab?

„Ich ... wir ... könnten Ihnen für den Herrn Vater ein, wie ich glaube, lukratives Angebot unterbreiten ... es ist praktisch auf ihn zugeschnitten."

„Steinmetz!", stieß Sylvia Bolter intuitiv und freudig erregt aus, ehe ihr Bruder mit schläfrigem Blick murmeln konnte: „Das passt." „Bist du jetzt völlig von Sinnen? Das kannst du Liesel nicht antun - so schlimm war Vater nun auch nicht." Anschließend setzte sie ein Lächeln auf, und sagte an Heiligenmann gewandt: „Worin bestünde seine Tätigkeit im Einzelnen?"

„Nun," Heiligenmann versuchte, ihr die Tätigkeit möglichst schonend näher zu bringen. „Nun ... er würde im Rahmen unserer ... übrigens sehr erfolgreichen ... Themengruppe 'Geschichte der Menschheit' einen der Letzten, und ich darf betonen überaus begehrten, Plätze praktisch kurz vor Toresschluss ergattern." Unbemerkt tastete Heiligenmann nach der Packung Kleenex, die er für sensible Kunden stets griffbereit in der obersten Schublade aufbewahrte.

„Oh! Und welchen der bedeutenden Männer der Weltgeschichte soll er verkörpern?"

Heiligenmann schrumpfte auf seinem Sitz merklich zusammen. Bleich und zugleich fest entschlossen, das einmal betretene Feld der so schwer vermittelbaren Themengruppe mit Zähnen und Klauen bis zum letzten Atemzug zu verteidigen, holte er tief Luft und tippte Daten in den Computer, bis Sylvia Bolter der Geduldsfaden riss.

„Ist dieser Platz mit irgendwelchen Auflagen verbunden? Oder gibt es bereits mehrere Interessenten für dieses Engagement?", fragte sie und deutete mit dem Kopf auf ein Plakat an der Wand. „Es handelt sich doch nicht um eine Tätigkeit als Vertreter? Wenn ich mir vorstelle, was Liesel sagen würde, wenn sie ihren Mann als Vertreter für Haushaltsgeräte wiedersehen würde."

Ihr Bruder grinste blödsinnig, ehe er auf seinem Stuhl gefährlich in Schieflage geriet. „Das passt!"

„Bist du verrückt? Du weißt, wie Liesel diese Vertreterfritzen, diese grünen Kobolde, hasst, wenn sie wie Soldaten in Reih und Glied vor ihrem Stand angetreten sind, um in Feindesland ihr Terrain nicht nur zu verteidigen, sondern mit gezielten Attacken zu vergrößern,"

Heiligenmann verhielt sich ruhig und brachte es mit etwas innerer Kraftanstrengung immerhin fertig, unglaublich rasch und mühelos die passenden Worte zu finden. Er wandte diesen Trick einer mit Engeln kommunizierenden Psychologin stets in heiklen Situationen an, und wenn er dann, nach den ersten, noch holprig vorgetragenen Argumenten, den seichten Uferbereich verlassen hatte und vom Redefluss fortgerissen wurde, fand nicht nur er selbst sich unwiderstehlich. „Nun", betrat er behutsam das gefährliche Terrain, als fürchte er, auf einen spitzen Stein zu treten, „wie gesagt ... im Rahmen unserer Themengruppe 'Geschichte der Menschheit', können wir Ihrem verehrten Herrn Vater die Rolle des Homo neanderthalensis anbieten." Bei der Rollenbezeichnung 'Homo neanderthalensis' verhinderte ein plötzlich aufkeimender Hustenreiz kurzfristig seine Verständlichkeit, sodass Sylvia Bolter Homer und Ilias zu verstehen glaubte.

„Sie stellen hier in Friedpark den Trojanischen Krieg nach? An welche Rolle dachten Sie, Herr Heiligenmann? Achilleus, Hektor, den Dichter selbst?"

„Homer Simson - lustig", fand ihr Bruder, der allmählich unter Heiligenmanns Schreibtisch verschwand.

„Äh ... Sie müssen ... mich missverstanden haben, Frau Bolter. Ich ... wir ... dachten an eine geschichtlich weiter zurückliegende Periode ..."

„Ein Jünger Jesu, Pharao ..."

„Bitte ... nein!", unterbrach Heiligenmann sie gestenreich und begann die Rolle, die ihr Vater in ihrem Ensemble übernehmen sollte, wie saures Bier anzupreisen. „Ihr Herr Vater würde einen bedeutenden Nebenzweig des heute lebenden Homo sapiens verkörpern, sozusagen in dessen Fell ... äh ... Haut schlüpfen. Die Rolle besitzt ... wenig Text ... allerdings möchte ich nicht von einer Nebenrolle sprechen. Sie erfordert eher einen ausdrucksstarken Charakter. Ihr Herr Vater ist prädestiniert dafür, für den Homo neanderthalensis ... nun ja ..."

„Vater als Neandertaler! Sie müssen ihn heimlich beim Essen beobachtet haben", kreischte Klaus

Bolter prustend los, klatschte sich mit beiden Händen auf die Schenkel und landete endgültig zu Heiligenmanns Füßen. „Entschuldigen Sie", bat er, als sein Kopf wieder über der Tischplatte auftauchte.

„Ich ...", sagte Sylvia Bolter bekümmert, „könnte mich damit anfreunden, allerdings, ob Liesel ...? Sie sprachen vorhin von einem lukrativen Angebot."

'Jetzt habe ich sie an der Angel', frohlockte Heiligenmann. „Richtig, das sagte ich." Erschöpft von dem Gespräch sah er mit halbherzigem Eifer auf den Bildschirm, um ihrem jetzt auf 'Geiz ist toll' geschalteten Blick auszuweichen. „Ihr Herr Vater wird übrigens mit einem gesunden Weibchen zusammenleben", erläuterte Heiligenmann, der, weil sein Liebling und hoch prämierter Zuchthund 'Waldemar von Hirschhausen' gerade erfolgreich seiner Bestimmung gefolgt war, auf das falsche Gleis geraten war. „Erstklassiger Stammbaum, und wirft - an dieser Stelle bemerkte Heiligenmann seinen Irrtum und legte gedanklich den Hebel an der nächsten Weiche um - nun ja, Friedpark würde die Kosten für Kleidung und Logis übernehmen. Zudem könnte ich Ihnen, aus den Einnahmen des Merchandisings, einen zusätzlichen, noch näher zu spezifizierenden Prozentsatz überlassen, sofern Sie sich mit der Vermarktung Ihres Herrn Vater einverstanden erklären."

„Also ich weiß nicht. Gibt es eventuell andere Möglichkeiten?"

„Begrenzt. Sehr begrenzt", antwortete Heiligenmann, der schon die erforderlichen Daten in den Vertrag eintrug. „Im Rahmen unserer Aktion 'Grenzenlos sauber' wäre es unter Umständen möglich,

ihm ein Produkt der Firma Engelmacher Schädlings-
bekämpfung an die Hand zu geben. Ich werde mich
diesbezüglich mit der Firma Engelmacher in Verbindung setzen und Ihnen den Vertrag noch heute zu-
stellen lassen. Über die Vertragsbedingungen wurde
Frau Bolter bereits in Kenntnis gesetzt. Ja, alles in
Ordnung. So bleibt mir für den Moment nichts weiter als Ihrem Herrn Vater einen möglichst angenehmen Umzug zu wünschen, in der Hoffnung, dass das
von Ihnen ausgewählte Engagement seinen Vorstellungen entspricht und er - etwas salopp formuliert -
völlig in seiner Rolle aufgeht."

Heiligenmann erhob sich, reichte Sylvia Bolter
die Hand und wartete sichtlich genervt, bis ihr Bruder sich aus dem Sitz geschält hatte und, gleich
einem Hundertjährigen, der unmittelbar vor seiner
Übersiedlung nach Friedpark stand, seine dargebotene Rechte fand.

Drei Tage zuvor.

Sein Mund stand offen. Joe sah aus, als hätte er
sich gerade den Musikantenknochen gestoßen. Sein
Gesicht war bleich und der kalte Schweiß stand
ihm auf der Stirn. Er wischte ihn mit dem Ärmel
ab. „Der sieht mal übel zugerichtet aus." Angewi-
dert betrachtete er die Statue von Rubinger und
rückte dabei seine Schiebermütze zurecht.

„Ob wir den überhaupt restaurieren können ...",
sagte Heinz, rülpste ausgiebig und entkorkte dann
zwei Flaschen Bier. „Hier, Joe! Danach lässt sich
sein Anblick besser ertragen."

„Danke!" Er leerte die Flasche in einem Zug. „Ah! Genau das habe ich gebraucht. Die Mieze von der Putzkolonne, du weißt doch, Heinz, die Blonde mit dem ordentlichen Stapel Holz vor der Hütte, na jedenfalls hat die mir heute an der Stempeluhr zugeflüstert, dass sie den Indiana-Jones-Verschnitt gestern in Halle neun gesehen hat."

„Geschwätz, Joe. Wahrscheinlich hat sie ein Auge auf dich geworfen und versucht anzubändeln."

„Nee, mein Lieber. Die wollte nur nicht zum Gespött ihrer Kollegen werden. Ihre Busenfreundin, diese Dunkelhäutige, behauptet ohnehin ständig, dass es hier nicht ganz geheuer ist."

„Die sehen sowieso überall die Gespenster ihrer Toten. Liegt denen im Blut", behauptete Heinz und nahm einen kräftigen Schluck aus der Flasche.

Joe hob zweifelnd die Schultern. „Und was hältst du von solchen Dingen?"

Schwerfällig kämpfte Heinz sich hoch. „Mannomann", säuselte er leise und kratzte sich an seinem kantigen, von einem Dreitagebart zugewachsenen Kinn. „War wohl doch keine so gute Idee am frühen Morgen. Keine Ahnung, Joe. Im Grunde meines Herzens glaube ich nicht an Geister und all das Zeug. Tot ist tot! Da gibt es für mich nichts zu rütteln. Du liegst zwei Meter tief in der Erde und verrottest allmählich. Schluss, aus, basta."

„Glaubst du an Gott?", fragte Joe ihn, denn die Vorstellung, dass mit dem Tod sein Leben endgültig beendet sein sollte, verursachte ihm regelrecht Magenschmerzen.

„Tot ist tot", wiederholte Heinz. „Aber ... vielleicht sind die Seelen ja doch noch da drin. Sozusagen gefangen." Er nickte langsam und blickte dabei in das unbeschädigte Auge von Rubinger. „Mannomann! Als ob ich dir in die Augen sehen würde, Joe ... Weißt du das? Als Kind habe mal ein Buch gelesen, von so einem König, der alles, was er in die Hand nahm, in Gold verwandelt hat. Ja und so ähnlich ist es mit unserer Arbeit; wir verleihen den Körpern ein überirdisches Dasein."

„Glaubst du das wirklich?"

„Was?"

„Na das mit den gefangenen Seelen."

„Lass man gut sein, Joe. Seele ist nicht. Apropos Scherz. Mutter, wo bringst du mich hin? Sie: Nach Friedpark. Er verzweifelt: Aber ich lebe doch noch. Sie ganz gelassen: Dann warte mal, bis wir dort sind", erzählte er Joe den neuesten Friedpark-Witz und brach in schallendes Gelächter aus.

Joe schüttelte nur mit versteinerter Miene den Kopf. „Du und deine blöden Witze." Behutsam knöpfte er die Überreste von Rubingers Jacke auf. „Und wenn sie doch ... Ich meine, wenn er hier herumspukt, dann sucht er doch bestimmt seinen Körper, oder?"

„Er wird dich schon nicht fressen", erwiderte Heinz grinsend und stellte die Flasche in den Kasten zurück. „Also schauen wir mal, was wir für diesen komischen Heiligen tun können."

18.03.2016 Vormittags

Herr Heinrich saß sich selbst, seinem noch immer schneidigen Körper, gegenüber. Er fühlte eine Traurigkeit, die, als wäre sie ein Bestandteil seines Körpers, seit Stunden in dem Geflecht seiner Nerven zirkulierte. 'Ich war mein Leben lang ein Trauernder', dachte er, ohne es begründen zu können. 'Und jetzt, eingesperrt in den kunstvoll präparierten Schädel, werde ich zudem einsam sein. Ein Verlorener inmitten einer WG von Gespenstern.' Er begriff, dass die Menschen im Grunde einander stets Fremde sein würden, dass keiner von ihnen es erreichte, den anderen so weit wie sich selbst kennenzulernen. 'Zu Beginn unseres Daseins treten wir als Gefangener aus dem Schoß unserer Mutter, ohne zuvor ihres oder das Gesicht unseres Vaters gesehen zu haben. Als Fremder werden wir in ihre Arme gelegt, und selbst im Tode entrinnen wir nicht dem rätselhaften Kerker des Seins, unabhängig davon, wie viele Tode wir bereits in unserem Leben erdulden mussten.' Herr Heinrich dachte an seine Hermine und es wurde ihm nicht wärmer um das erkaltete Herz.

'*Josef Maria Heinrich*', las er den Text auf seinem Namensschild. '*Besitzer einer Fabrik für Toilettenartikel*', und klein darunter: '*Finanziert durch Produktwerbung*'.

„Hermine!", stieß er mit einem lang anhaltenden Seufzer aus. „Können wir uns nichts Besseres leisten als irgend so ein Hanswurst, so ein Hungerleider wie Volker, den Mann deiner Schwester, der in seinem ganzen Leben keine drei Monate am Stück gearbeitet hat? Wenn es zumindest ein Produkt unserer Firma gewesen wäre ... Aber nein! Ausgerechnet für Diele Staubsauger. Meine liebe, Hermine, ich weiß, woher der Wind weht. Von diesem fürchterlichen Frauenzimmer, das sich deine Schwester schimpft. Jetzt ist die Bahn ja frei für sie. Oh Gott, Hermine. Was wirst du jetzt erdulden müssen, so ganz ohne mich." Die Tränen rannen ihm über das Gesicht, dank seiner noch frischen Erinnerung an das Leben.

Erst jetzt bemerkte er das ganze Ausmaß seiner Präsentation. Oberhalb seines Sitzplatzes, neben dem Hammer, mit dem im Notfall die Scheibe eingeschlagen werden konnte, war ein Werbeschild der Firma Diele angebracht worden, auf dem er ein rot-weiß gestreiftes, schlichtes Hauskleid trug, das ihm fast bis zu den Knöcheln reichte, die unter den dicken braunen Wollstrümpfen spitz hervorstachen. Dazu unförmige Schuhe Marke Lastkahn, von der unsinkbaren Sorte, die bei jeder Witterung Sicherheit versprachen. Über dem Kleid eine blau-weiß gepunktete Schürze und ein dazu passendes Kopftuch. Er sah aus wie Heidi Kabel in Tratsch im Treppenhaus. Leicht nach vorne gebeugt, die Augen fest auf den Betrachter gerichtet, saugte Herr Heinrich; mit der Inbrunst eines räudigen Hundes, ein Stück blauen Teppichboden. '*So einfach zu bedienen, dass selbst Opa die Finger nicht davon lassen kann*', versprach Diele mit dem Hinweis auf den unglaublich günstigen Preis dieses Markenproduktes.

Äußerlich gefasst, herrschte in ihm beim Anblick dieser Groteske das pure Chaos. Es erinnerte ihn an die Zeiten, als die Schwester seiner Hermine sich bei ihnen einquartiert hatte, weil bei ihr Zuhause wieder einmal der Haussegen schief hing. 'Dieses Miststück! Nur sie kann dir den Floh mit der Produktwerbung ins Ohr gesetzt haben', fluchte er. 'Zu meinen Lebzeiten hat mich ihr Geschwätz zu Tode ermüdet, und selbst jetzt bin ich anscheinend noch nicht am Ende der Müdigkeit angekommen. Mein Gott, Hermine! Weshalb hast du dir von diesem Weibsstück ... mir fehlen die Worte.'

„Ich liebe Diele", hörte Herr Heinrich die Schwester seiner Hermine in seinem Hinterkopf flüstern, während er sie im Geiste vor sich sah, draußen an der Haltestelle. Im Schein der Notbeleuchtung sah ihr Gesicht aus, als werfe der Mond seinen fahlen Schein durch grünes Dickicht auf sie herab. Er glaubte sogar den Moder des Sumpfes zu riechen, der sie umgab.

„Wie gefällt dir deine neue Tätigkeit, Heini?", vernahm er ihre süßlich klingende Stimme im hinteren Neokortex.

„Nenn mich nicht Heini!"

„Nicht doch, Heini. Vor Wochen sagte ich schon zu Hermine, dass du sehr blass aussiehst, aber jetzt, Heini ..." Ihre Gestalt löste sich auf, trat in den Hintergrund, wurde wieder zu dem Ladenhüter, der über die Jahre im Regal verstaubte.

Die letzten Minuten hatten in ihm eine Erinnerung an Hermine wachgerüttelt, und plötzlich, als käme es ihm hier und jetzt zum ersten Mal zu Bewusstsein, empfand er sie als wirklich schön; verantwortlich dafür war der Abstand, ein tiefer und kostbarer Abstand der Seele, der nicht mit irdischen Metern gemessen werden konnte. Zwischen ihnen lagen jetzt mehr als ein paar Wände - es war das Leben selbst, und trotzdem, einen unerklärlichen, wundersamen, in der Schwebe hängenden Moment lang war er ihr näher gewesen als in den vielen schlaflosen Nächten, in denen er die Einsamkeit oft bis zur Neige auskosten durfte.

„Ach, Hermine ... Wäre ich noch am Leben." Ihm wurde schwer um das Herz. „Eine Heimsuchung ist das ... Nein, es ist schlimmer als eine gewöhnliche Heimsuchung, es ist das Werk deiner Schwester." Herr Heinrich versank in dumpfem Schweigen.

Eine Halle weiter.

Heiderose Häffner plumpste aus ihrem Körper. Sie sah sich um und atmete erleichtert auf.

„Endlich allein!" Sie musterte ihr neues Outfit. Allein der Anblick des groben Wollstoffes verursachte ihr Juckreiz. Ihr Gesicht, das seit der Pubertät keines noch so flüchtigen Lächelns fähig gewesen war, wirkte ausgezehrt. Von den ausgeprägten Wangenknochen führten zwei beachtliche Furchen zu den tief in den Schädel eingegrabenen braunen Augen. Die Nase, klein und schmal, blähte sich in ihrer Erinnerung bei jedem Atemzug zu doppelter Größe auf und erweckte damit das Bild eines Heißluftballons, an dem der Mund hing wie ein schlecht geflochtener Korb. Während Heiderose ihren konservierten Körper betrachtete, knete sie mit den Fingern der einen Hand die der anderen.

„Hallo", stellte Bruno sich höflich vor, so wie er es von seiner Mutter über die Jahre eingetrichtert bekommen hatte, „mein Name ist Bruno."

„Schön für Sie", erwiderte Heiderose in Gedanken versunken. 'Warum musstest du mich öffentlich zur Schau stellen?'

„Ich wurde 1987 geboren ...", begann Bruno frisch drauflos zu erzählen, und als sein Gegenüber keine Reaktion erkennen ließ, fuhr er in seiner frühreifen, an aufgeweckte Sechsjährige erinnernden Sprechweise fort: "... aber daran kann ich mich nicht erinnern. Mutter hat mir zwar Fotos gezeigt, auf denen ein Baby zu sehen ist, also muss mein Leben wirklich so angefangen haben. Obwohl, wenn ich die Bilder so betrachte, das verschrumpelte Gesicht, die winzigen Hände und auch die Haare so ganz anders, dann frage ich mich schon ... Aber ich kann Mutter doch nicht der Lüge bezichtigen."

„Ja ... nein." Heiderose fühlte sich durch Brunos Anwesenheit bedrängt und wäre am liebsten wieder in ihren Körper zurückgeschlüpft. „Welcher Tätigkeit gehen Sie noch einmal nach?", fragte sie mehr aus Höflichkeit als aus Interesse und driftete schon wieder in ihr eigenes Schicksal ab.

„Ich arbeitete in einer Fabrik", berichtete Bruno, der ihre Frage falsch verstanden hatte, wahrheitsgetreu und spulte, analog zu seiner Statue am Tresen im Empfangsbereich, die nächste Sprachdatei ab. „Dort war ich das Mädchen für alles. Obwohl?

Eigentlich bin ich mir in diesem Punkt ziemlich sicher, dass ich kein Mädchen, sondern ein Junge bin." Ungelenk hakte er die Daumen in Brusthöhe hinter seine in den Nationalfarben bedruckten Hosenträger. „Nein ... kein Mädchen. Davon habe ich mich immer wieder von meinem Spiegelbild überzeugen lassen. In der Firma war ich für alles zuständig. Papier aufräumen, die Mülleimer leeren, und wenn ein Kollege Hilfe brauchte, dann war ich sofort zur Stelle - ein Mann für alles. Aber ich war zufrieden. Über das Leben habe ich nicht viel nachgedacht, erstens verursacht das Denken schlimme Kopfschmerzen, zweitens wird darüber so vieles in unverständlichen Worten erzählt und drittens ist das Leben ja eine Eigenschaft, die ich ohne mein Zutun von Geburt an besaß. Und so konnte ich es eigentlich ganz gut, dieses Leben. Irgendwie" - und ohne, dass Heiderose es bemerkte bohrte er, ganz kurz und wirklich sehr unauffällig, in der Nase - „war es doch mein Eigentum, gehörte es doch zu mir wie meine widerborstigen Haare, die Zehennägel, die so gern Löcher in die Strümpfe bohren ... Es ist einfach meins." Er verstummte, als hätte jemand die Stopptaste gedrückt.

'Themenbereich 'Geschichte der Menschheit'', flüsterte Heiderose eine innere, lieblos klingende Stimme zu. 'Reklusin in einem Nonnenkloster'.

Bruno trat einen Schritt näher an Heideroses Statue heran. „Reklusin?" Nachdenklich kratzte er sich an der Nase. „Ist das eine interessante Arbeit?"

„Was wollen Sie eigentlich von mir?", erwiderte sie in schroffen Tonfall und verschränkte die Arme vor der Brust; ein menschliches Bollwerk, gefeit gegen jede Form der Annäherung.

„Wie ich bereits sagte, arbeitete ich in einer Fabrik. Mülleimer leeren, den Kollegen helfen ...“

„Ach hören Sie auf, Herr ... Wie war doch gleich Ihr Name?“

„Einfach Bruno. Das bin ich gewöhnt. Auf diesen Namen bin ich programmiert und springe darauf an wie ein neues Auto. Früher auf der Arbeit, da habe ich, wenn ich gerufen wurde, nur mit dem Kopf genickt, weil es doch in der Maschinenhalle so laut war, und alle haben mich verstanden. Mehr brauchte es nicht. Wie einfach alles sein kann“, stellte er verwundert fest, wobei er die letzten Worte aussprach wie bei einem Schulwettbewerb für Silbentrennung.

Heiderose musterte die schlaksige Gestalt, den blauen Overall, das jugendliche Gesicht mit den hellen Augen und den geröteten Wangen, die entweder seine Aufregung verrieten oder auf ein gesundes, starkes Herz schließen ließen. Trotzdem konnte er ihren angeborenen Argwohn nicht restlos vertreiben; er zog sich ein Stück weit zurück und blieb wachsam.

„Eine Reklusin ist eine Frau, die völlig zurückgezogen lebt. Einige von ihnen haben sich in winzige Zellen einmauern lassen, ausgestattet nur mit einer kleinen Öffnung, um sie mit etwas Speisen und Wasser zu versorgen.“

„Aha! Davon habe ich gehört ... Wasser und Brot. Schatzinsel! Ich lese auch Bücher“, sagte er mit vor Stolz geschwellter Brust. „Natürlich nur am

Wochenende. Nie bei der Arbeit. Und nur wenn das Wetter sich von seiner schlechten Seite zeigt. Krimis. Sagenhaft ... und wie der Kommissar jedes Mal den Mörder überführt." Bruno war begeistert. „Oft liege ich mit meinem Täter völlig daneben. Doch ich habe inzwischen gelernt, dass es nicht immer der Gärtner oder der freundliche Nachbar ist. Trotzdem gelang mir bisher kein Treffer. Einmal ... war ich ganz nah dran, an dem Hauptverdächtigen und dann wurde er plötzlich selbst ermordet. Bis heute kann ich nicht verstehen, dass mein Verdächtiger nur ein Trittbrettfahrer gewesen sein soll, der den wahren Mörder nur kopiert hat, um seine Frau ... Aber so ein bisschen schuldig war er doch", meinte Bruno und freute sich insgeheim über den buchstäblich auf der letzten Seite erfolgten Zugriff des Kommissars. „Ich bin fasziniert von Geheimnissen. Weil so vieles in meinem Leben geheimnisvoll ist, und ich habe mal gelesen, dass Gleiches sich gegenseitig anzieht ... Vielleicht verbirgt sich hinter mir ein Geheimnis?"

Plötzlich, als fiele Heiderose einem bösen Streich ihrer Schüler zum Opfer, die mit einem Beamer das Bild des verletzten Rubingers an die Wand geworfen hatten, schrie sie gellend auf. Für den Bruchteil eines Gedankens blickte sie in dessen verunstaltetes Gesicht. Mit einer Mischung aus Schmerz und Überraschung begegnete er ihrem Blick, bis er verblasste. Sally, die zufällig auftauchte und das Entsetzen in Heideroses Gesicht sofort bemerkte, warf ihre ohnehin schwach ausgebildete Rücksichtnahme über Bord und kicherte prustend los.

49

„Wer war das? Ich weiß genau, wer das war!"

„Die kriegt ein Raster", sagte Sally zu Bruno.

„Du ... du ...", stotterte Heiderose und deutete mit der Faust zu Sally. „Du ... garstiges Kind! Deine Sorte kenne ich. Nichtsnutze! Verbrecher allesamt. Im Gefängnis ... oder in der Gosse enden."

„Kanack mich gefälligst nicht an!" Ungewollt verfiel Sally in die Sprache ihrer Clique und versetzte damit das ohnehin kurz vor dem Überlaufen befindliche Nervenfass von Heiderose in eben diesen gefährlichen Zustand.

„Was ... wie ... nennst du Göre mich? Kanack?! Was hat ein ausländischer Mitbürger ... mit ... mit ..."

„Warst du nicht Lehrerin?", fragte Sally sie und schlug dabei einen versöhnlicheren Ton an, um die Lunte, die sie versehentlich entzündet hatte, nicht doch noch die Explosion auslöen zu lassen.

„Was ... schon ... welche Gemeinheit heckst du jetzt aus?" Heiderose fing mit der rechten Hand ihre linke ein und begann, ihre Aggressionen wegzukneten.

„Kriegst du bei deinen Anfällen kein Schädelbumsen?"

„Du ... ich ... was habe ich mit euch zu schaffen? Es ist alles so sinnlos ..."

„Nichts ist sinnlos", behauptete Bruno einer Eingebung folgend. „Mit Mutter war ich bei einer Wahrsagerin, Madame Morgana. Wir hockten im dunkelsten Winkel der Wohnung. Ich habe Madame Morgana bei ihren Vorbereitungen zugesehen. Zuerst löschte sie das Licht, und ich, das weiß ich noch ganz genau, bekam so ein flaues Gefühl im Magen. Die Kerze flackerte - alles war irgendwie unheimlich, und als mir dieses feenhafte Wesen aus Rundlichkeit und lichten Gewändern die Hand reichte und sagte, ich solle still sein, da hörte ich zwischen mir und dem Rest der Welt einen Vogel singen. Seltsam, nicht wahr? Madame Morgana zog das Tuch von ihrer Kristallkugel, und wie auf ein geheimes Kommando hin leuchtete sie in grünem Licht auf. Kristallkugel", wiederholte Bruno gedehnt, weil in diesem unwirklichen Augenblick, der Homunkulus zum ersten Mal mit Bruno in Kontakt trat. „Mit ihr lässt sich ein Blick in die Zukunft werfen, sagte eine Stimme in meinem Kopf, während Madame Morgana ihre Hände auf die Kugel legte. 'Sie sind 67 Jahre alt ... oh', hatte Madame Morgana die Zarte gezirpt, und Mutter verdrehte die Augen. 'Ich sehe große Veränderungen und ...', hier legte Madame Morgana den Kopf zur Seite, als sei die Last für ein so vergeistigtes Geschöpf zu schwer und nickte und da dachte ich noch, jetzt fällt er ganz ab. 'Ich fühle eine Nähe ...', sagte sie dann und sah mich dabei an. 'So etwas habe ich noch nie ...' In diesem Moment hörte ich wieder das Gezwitscher des Vogels. Sie hat einen Vogel, flüsterte ich Mutter zu, die mich nur böse anstarrte und zischelte: „Pst. Sie ist in Trance. Das kleinste Geräusch kann ihren Geist ins Nichts katapultieren. In dieses Zwischenreich, das uns von den Jenseitigen trennt." „Aha!", antwortete ich ebenso leise und versuchte nun auch einen Blick in das Zwischenreich zu riskieren. Nicht viel los", wiederholte Bruno und kratzte sich verlegen am Kopf, während Sally allmählich der Geduldsfaden riss.

„Sag mal, Bruno. Bist du ein Intelligenzallergiker, oder kommt da noch was rüber, ehe ich mich hier vor Langeweile erden muss?"

„Nichts zu sehen", fuhr Bruno ungerührt in seiner Erinnerung fort. „Kein Jenseitiger und dann wurde ich schlagartig ganz müde, so als ob ich ein Bier zu schnell getrunken hätte, und schlief einfach in Madame Morganas Wohnung ein. 'Bruno!' Ich bin hochgeschreckt. Madame Morgana und Mutter starrten noch immer in das Nichts und Mutter half ihr auf diese Weise, wie mein Homunkulus mir später erklärte, mit dem Nichts Geld zu verdienen. „Was ist? Wer spricht denn da?" 'Ich', antwortete die Stimme direkt in meinem Kopf, und plötzlich schaltete jemand das Licht ein und ich sah mich. „Ich", fragte ich? 'Nicht du ... ich!', antwortete die Stimme verärgert und knipste das Licht aus. „Aha! Mein Gehirn spricht." Ich habe dann tief eingeatmet. Es soll ja Düfte geben, die zu den seltsamsten Erscheinungen führen. Stimmen sprechen aus dem Nichts und so ... Das Nichts! Natürlich habe ich nur in Gedanken gesprochen, weil ich den Schlaf von Madame Morgana nicht stören wollte. „Das Nichts kann sprechen?" 'Könntest du mich sonst hören?', erhielt ich von meinem Gehirn zur Antwort. Tja, und seither spreche ich mit meinem Homunkulus, wie er sich selbst nennt", beendete Bruno seinen etwas langatmigen Ausflug ins Reich der Vergangenheit, zu Madame Morgana, die der Kugel noch einige Belanglosigkeiten und Brunos Mutter 100 Euro entlockt hatte.

„Laberaraber." Sally gähnte demonstrativ. „Was soll uns diese öde Märchenstunde sagen, du Vollkorken?"

„Mein Homunkulus sagt", entgegnete Bruno, der mit einem Teil seines Gehirns die ihm fremden Wörter zu verstehen suchte, „es gibt mehr zwischen dem Tod und dem Himmel, zwischen uns hier und der geistigen Welt."

„Stehst du in Kontakt mit der jenseitigen Welt?", fragte Heiderose ihn etwas widerstrebend, als fehle ihr der Glaube für diesen Bereich des Seins, oder als fürchtete sie sich tief in ihrem Herzen vor den Konsequenzen ihrer Neugier. „Mein Bruder ... ist letztes Jahr gestorben. Er war der Einzige, der mich verstanden hat ... mit dem ich über alles sprechen konnte. Könntest du ...?"

„Was willst du denn mit diesem Vorsokratiker, Heiderose? Du musst restlos paschuke sein, wenn du ihm diese Räuberpistole glaubst. Also ich mache lieber Partisani!" Sally verblasste.

„Ist es dir möglich? Bitte! Ich vermisse ihn so sehr." Tränen rannen ihr über das Gesicht.

Bruno schluckte trocken. Vergeblich versuchte er, den trockenen Kloß in seinem Hals hinunterzuwürgen, und als er beinahe daran zu ersticken drohte sandte er ein Stoßgebet an seinen Homunkulus.

18.03.2016   Gegen Mittag

'Dann hat mich die Liebe meiner Mutter ungewollt von den Toten zurückgeholt', hörte Renick Lara sagen, als er ihrer Statue gegenüber auf einer
Parkbank saß. 'Jetzt stehe ich hier, grün gewandet in
einem Gewächshaus, mit Gießkanne und Weiden-
korb bewaffnet und hege und pflege im jahreszeitli-
chen Wechsel die Pflanzungen von Friedpark. Was
für ein Schabernack! Nur weil sie Pflanzen über alles liebte - ich selbst war eine miserable Gärtnerin,
trotz ihrer ständigen Belehrungen. Meine Melonen
waren so groß wie Orangen, das Gemüse von Schne-
cken zerfressen und meine Blumen verwelkten,
kaum dass sie gesprossen waren. Mutter sang ihnen
Lieder, erzählte von ihrem Tagwerk ...'

„Sie fehlt dir. Nicht wahr, Renick?", fragte Adele in ihrem gelassenen Plauderton, um dessentwe-
gen er sie mochte.

„Ja." Renick wendete den Kopf. Er lächelte die
dürre Gestalt an, die sechzig oder auch schon neunzig Jahre zählen konnte, und nur noch aus Haut und
ein paar Knochen zu bestehen schien. „Nie hätte
ich gedacht, dass ich jemals für eine andere Frau
ein so starkes Gefühl entwickeln könnte ..."

Adele senkte den Blick und betrachtete ihre dünnen, vor Anstrengung zitternden Beine. „Ich muss
mich setzen. Ja, die Liebe ..." Sie faltete die Hände
in ihrem Schoß, sah zu der verwaisten Statue von
Lara auf, und als sie fortfuhr gingen ihre Worte wie

ein lauer Sommerregen auf Renick nieder, durchnässten ihn und weichten seine Trauer auf. „Mit der Liebe ist es so eine Sache. Wenn ich da an meinen Kurt denke. Es begann eigentlich ganz harmlos. Zuerst hatte ich so einen schalen Geschmack im Mund und hier hinten" - Adele beugte sich vor und deutete auf eine Stelle neben der Wirbelsäule - „ja ... wie soll ich es am besten beschreiben? Unangenehm, eine unangenehme Empfindung. Als es immer schlimmer wurde und ich es meinem Kurt erzählte, schüttelte er nur mürrisch den Kopf, weil ich ihn ausgerechnet bei seiner geliebten Sportschau damit stören musste. 'Stell dich nicht so an!', hat er nur geblafft. Tja, so war mein Kurt. Aber wenn er nur einen leichten Schnupfen hatte, jammerte er mir von früh bis spät die Ohren voll, als müssten ihm in einer Notoperation beide Lungenflügel entfernt werden. Jammerlappen! In den nächsten Wochen verstärkte sich die unangenehme Empfindung zu einem beständigen Druck, der sich anfühlte wie ein zu stark geschnürtes Korsett. Natürlich war ich beunruhigt und dementsprechend gereizt ... Ich langweile dich doch nicht mit meiner Krankengeschichte?"

„Nein, im Gegenteil."

„Ach Gott! Wo war ich stehen geblieben? Mein Gedächtnis ist auch nicht mehr das beste ... Ach ja! 'Du warst nie krank', meinte mein Göttergatte, während er das Essen in sich hineinschaufelte. 'Weshalb sollte sich das jetzt ändern? An dir beißt sich selbst der Tod die Zähne aus. Was gibt es zum Nachtisch?' Ja, so war mein Kurt. Ihn interessierte nur sein dämlicher Fußballverein, seine drei Mahl-

55

zeiten am Tag und die fünf, sechs Flaschen Bier, die er abends beim Fernsehen wortlos in sich hineinschüttete. Ich rangierte unter ferner liefen. Drei Monate gab mir der Arzt, im günstigsten Fall, wie er zweimal ausdrücklich betonte, nachdem er mir zwanzig Minuten lang und breit erklärt hatte, was bei mir alles in Ordnung war und für mein vorgerücktes Alter ausgezeichnet funktioniere. 'Ihr Herz, Frau Roth, top! Die Lungen, wie die eines jungen Rehs ... nur Ihre Bauchspeicheldrüse ... die macht mir ernsthafte Sorgen ...', wanderte dieser Quacksalber von Hausarzt bei der Besprechung meines Untersuchungsergebnisses die Serpentinen zum Gipfel hoch, als bedürfe er der Höhenluft, um mir die Wahrheit mitzuteilen. Und was, beliebte mein Kurt zu sagen? 'Der hat doch keine Ahnung. Ist der vielleicht ein Facharzt? Na, also! Nun vergiss diesen Blödsinn. Was gibt es zum Essen?' Menschen, mein lieber Renick, können dumpf werden. Dann kann man sie nicht mehr erreichen, selbst mit einem schmerzlichen Gefühl nicht mehr. Kurt ... Ach, lassen wir das unerquickliche Thema."

Besucher liefen an ihnen vorüber. Ein jüngerer Mann, der seine kleine Tochter an der Hand führte, blieb nur wenige Schritte von Adele entfernt stehen.

„Papa!", krähte die Kleine und sah zu ihm auf. „Warum stehen die so da? Sind sie krank?"

„Nein, mein Schatz. Sie spielen ein Spiel. Und jetzt sei still. Wir reden daheim weiter." Der Mann ließ seine Tochter los, blätterte in dem Ausstellungskatalog und sah dabei immer wieder auf die ältere Frau, die seit wenigen Wochen hier an ihrem Schreibtisch saß. „Emily Fasel - Autorin", las er und musterte sie, die zwischen einem Stapel ihres letzten Romans und einer Tasse Kaffee an ihrer Schreibmaschine saß. Ihr graues, kurz geschnittenes Haar schmeichelte ihrem jugendlichen Gesicht. Ihr konzentrierter Blick und die auf der Tastatur ruhenden Hände riefen bei den Besuchern den Eindruck hervor, als arbeite sie mit Hochdruck an ihrem zweiten Roman, der Fortsetzung von 'Bier ist dünner als Blut'.

„Ok, Papa", meinte die Kleine enttäuscht, trat zwei Schritte vor und tippte Emily Fasel mit dem Zeigefinger an. Das dabei entstehende Geräusch erinnerte sie an einen auf den Boden fallenden Plastikbecher, woraufhin ihr Gesicht einen verdutzten Ausdruck annahm.

„Wie verkauft sich mein Roman?", fragte Emily Fasel den jungen Mann, der, nichts von ihrer geistigen Anwesenheit ahnend, ihre Kurzbiografie studierte. „Weshalb liegt er noch nicht im Souvenirladen?" Sie fuhr mit den Händen durch ihr Haar, schüttelte den Kopf und wandte sich an Adele. „Mein Verleger! Jedenfalls behauptet er das."

„Spielzeug."

„Geh da bitte weg, mein Schatz, und sei jetzt artig. Papa hat gleich Zeit für dich."

„Papa sollte lieber in seinem Büro sitzen und sich um den Verkauf meines Buches kümmern. Und wenn du dich schon hier herumtreibst, dann sieh` bitte zu, dass deine ungezogene Tochter ihre Finger von meiner Person lässt!"

Renick konnte sich eines amüsierten Schmunzelns hinter vorgehaltener Hand nicht erwehren.

„Ich ... ich habe meine Gesundheit, wie jeder unschwer erkennen kann, für diesen Roman ruiniert und du, mein Lieber - was hast du bisher zu meinem Erfolg beigetragen? Nichts? Ah, ich darf überhaupt nicht daran denken."

„Komm hierher, mein Schatz. Papa ist in einer Minute fertig."

„Fertig! Fertig mit was? Mit meiner Person? Aus den Augen, aus dem Sinn ... was! Ich habe mir den Hintern aufgerissen, Lesungen organisiert, mich gegen missgünstige Zeitgenossen zur Wehr gesetzt und ... hörst du mir überhaupt zu?"

„Papa! Ist das ein Automat von dir?"

„Autorin heißt das, Liebes, nicht Automat", erklärte er ihr, ohne den Blick von der Kurzbiografie abzuwenden. 'Fernstudium für brachiales Schreiben', lektorierte er in Gedanken, und wie beim Lesen der unaufgefordert eingereichten Manuskripte überflog er den Text zuerst mit verhaltenem, missmutigem Stocken und mit Pausen zwischen den Wörtern, ehe er, je langweiliger der Roman wurde, immer schneller die Seiten abarbeitete. 'Gründungsmitglied des Vereins 'Wortbrocken''; 'Mitglied im Kulturrat ihrer Heimatstadt'; 'Fördermitglied im Verein 'Auf Kriegsfuß mit der Grammatik'.

„Weshalb schweigst du dich aus? Ich bin ... war", - verbesserte sie sich mit zu Fäusten geballten Händen, - „eine hervorragende Schriftstellerin, und du? Anstatt dich glücklich zu schätzen, dass ich mit meinem Werk deinen mickrigen Kleinstverlag auszuzeichnen versucht habe, hast du es bis zur Unkenntlichkeit zusammengestrichen. Und ... ich habe deine Worte nicht vergessen, du Versager! 'Frau Fasel, um erfolgreich zu sein, müssen Sie Ihren Roman um den einen oder anderen Satz kürzen. Sehen Sie, liebe Frau Fasel, 2478 Seiten sind für ein Erstlingswerk - wie soll ich es Ihnen verständlich machen ... Jedenfalls, und um es frei heraus zu sagen, meine Testleser waren der einhelligen Meinung, dass gewisse Passagen etwas zu explizit ausgeführt wurden. Sehen Sie, Frau Fasel, ich schätze Ihre Wortgewalt, die detaillierten Beschreibungen selbst alltäglicher, für den Handlungsverlauf nicht unbedingt notwendiger Begebenheiten. Zum Beispiel die Gefühlsbeschreibungen von zufällig auftauchenden Personen wie dem Zeitungsjungen oder noch besser, diesem Vertreter für Damenunterwäsche, der sich außerdem noch in der Adresse geirrt hat ... Was ich damit zum Ausdruck bringen will, meine Liebe - ich darf Sie doch so nennen -, also 60 Seiten, um nur ein Beispiel explizit anzusprechen, für den Einkauf von drei Brötchen und einem Liter Milch, sind meines Erachtens - und hier darf ich auf meine doch mittlerweile mehrjährige Erfahrung als Verleger verweisen - und damit auch Ihrer hoffentlich zahlreichen Leserschaft, sicherlich ein klein wenig zu, wie gesagt, ausladend beschrieben. Ich will damit natürlich nichts über die Qualität Ihres Romans gesagt haben, nur sollte der Leser nicht nur diesen Roman zügig bis zum Ende durchlesen, sondern darüber hinaus so begeistert von Ihrem Debütroman sein, dass er sehnsüchtig auf Ihre nächste Veröffentlichung wartet. Bitte, liebe Frau Fasel! Ich kann Ihre Einwände verstehen, aber sollten Sie sich nicht entschließen können, die eine oder andere gut gemeinte Anregung von mir umzusetzen, dann, so leid es mir tut, sehe ich mich leider gezwungen, auf eine Veröffentlichung in meinem Hause abzusehen. Bitte, bitte, Frau Fasel! Ich weiß Ihre Argumente zu schätzen, aber was hat Ihr Roman mit den 'Die Leiden des jungen Werther' gemeinsam? Aber ich bitte Sie! Neuere Forschungen beweisen eindeutig, dass er lediglich für zwölf Selbstmorde verantwortlich zeichnet. Vergessen Sie dabei die Verkaufszahlen nicht und jetzt setzen sie diese in Relation zu den drei Selbstmordversuchen unter meinen insgesamt fünfzehn Testlesern. Ha! Ich habe kein Wort, keine Nuance in Ihrer Stimme vergessen ... ich verfüge nämlich über ein fotografisches Gedächtnis, mein Lieber! 600 Seiten sind übriggeblieben", klärte sie Adele auf, außer sich vor Wut, und deutete auf ihren Herrn Verleger, der sich anschickte, kommentarlos von der Bildfläche zu verschwinden. „Er hat ihn zerstückelt, massakriert ... und mich ins Grab gebracht! Bravo! Tolle Erfolgsstory!" Gestikulierend verfolgte sie ihn.

„Sie wird sich nicht mehr ändern", meinte Adele und spielte damit auf die Selbstüberschätzung über die Bedeutung ihres Werkes an, das kaum mehr war als ein bitterer Ausgleich zu der in der Kindheit erfahrenen Abwertung durch die Eltern.

„Wurde sie nicht in einer Buchhandlung verhaftet, als sie mit einem Stapel ihrer Bücher den Laden enterte, sich dort an einem der Besuchertische setzte und eine improvisierte Lesung veranstaltete?"

„Tun als Flucht, würde von Stetten vermutlich konstatieren", scherzte Adele. „Im Alter verstärkt sich diese Eigenschaft womöglich noch. Die Furcht vor der Vergangenheit verwandelt sich in eine generelle Furcht vor dem Leben. Und was kommt am Ende dabei heraus? Sinnfragen. Dann versiegt die Inspiration. Man hilft mit Aufputschmitteln nach, um überhaupt schreiben zu können und schluckt Schlaftabletten für ein paar Stunden Schlaf. Der übliche Kreislauf. Irgendwann macht dann der Körper nicht mehr mit - traurige Sache."

„Ja. Hast du übrigens schon von Rubinger gehört?"

„Flüchtig. Ich gebe nicht viel auf Gerüchte. Das weißt du, Renick."

„Es ist kein Gerücht. Ich war zufällig anwesend. Und ich habe alles andere als ein gutes Gefühl dabei. Seit sein Körper restauriert wird ..."

„Du machst dir unnötige Sorgen", versuchte Adele ihn zu beruhigen. „Was soll schon groß passieren? Dass er wieder seinen Körper zerstört? Und?"

„Ich kann es dir im Moment nicht erklären, Adele ... aber ... die Art, wie er um Hilfe flehte. Ich konnte seine Furcht spüren ..."

„Furcht vor was?"

„Seiner Fähigkeit - dem Bereich, in dem er seit damals gefangen ist. Ich weiß es nicht. Aber je weiter die Restauration seines Körpers fortschreitet, desto mehr werden wir seine Energie zu spüren bekommen."

„Einige werden in ihm den Erlöser sehen. Indem er ihre Körper zerstört ..."

„Er könnte mehr zerstören als ein paar Körper. Um einiges mehr", prophezeite Renick und rief sich Rubingers Erscheinung ins Gedächtnis zurück. „Er erinnerte mich an Kinder, die trotz ihrer Furcht mit dem Feuer spielen."

„Da wir gerade vom Teufel sprechen, Renick. Dieses Männchen dort, mit dem grauen Kittel und dem zerbeulten Hut, das ist Emilys Mann."

Am Schreibtisch seiner Frau nahm er mit einer fahrigen Bewegung den Hut ab. Fast ängstlich drehte er ihn in Brusthöhe um eine imaginäre Achse und betrachtete seine Frau still und gefasst. Mit einem schnellen Schritt trat er vor und ordnete die Bücher und Manuskripte. „Es muss alles seine Ordnung haben, Emily - auch wenn du der Ansicht bist, hier effektiver arbeiten zu können als Zuhause. Weißt du, mein Uhu, ich hätte es nie für möglich gehalten, dass ich das einmal zugeben würde, aber mir fehlt das Geräusch deiner Schreibmaschine. Das Klappern der Tastatur, dein unentwegtes, nie versiegendes Gemurmel und der Geruch deiner Zigaretten. Weißt du, dass ich in den letzten Tagen angefangen habe, Räucherkerzen aufzustellen? Vorgestern habe ich - ich weiß, du hättest mich wie ein lästiges Insekt verscheucht und als geistlosen Trottel beschimpft, mich an deine Maschine, dieses monströse Ding, gesetzt" - er trat dabei behäbig von einem Fuß auf den anderen, als wüsste er nicht so recht wohin mit sich - „und, da lagen ja noch deine Manuskripte ... Die ersten Seiten von 'Bier *ist besser als Blut*' ... Und was soll ich sagen? Ich hatte plötzlich so eine Eingebung ..."

„Eingebung! Du? Bist du jetzt von allen guten Geistern verlassen?!", schnaubte Emily, die ihren Mann wie ein Tornado umkreiste. „Du Trottel! Du konntest doch noch nicht einmal deine Kündigung fehlerfrei schreiben ... von deinem mangelhaften Talent in punkto Formulierung möchte ich überhaupt nicht sprechen. 'Sehr geehrte Herrschaften, hiermit und aufgrund persönlicher Beweggründe, die nur mich persönlich angehen, kündige ich allerselbst und persönlich meinen Vertrag bei Ihnen und bla bla'. Oh Gott! Womit habe ich dich verdient? Meine Eltern haben mich nicht umsonst gewarnt. Hätte ich nur auf sie gehört, dann wäre mir so manches erspart geblieben. Vor allem dieses Leben hier. Was hast du dir dabei nur gedacht!", brüllte sie ihm ins Ohr. „Wolltest du mich zum Gespött meiner Autorenfreunde machen? Hast du mal gehört, was die Lobgold Autoren über mich sagen, wenn sie mich hier sehen?"

„Ich weiß ja nicht, mein Uhu, ob du mich hören kannst, aber es lässt sich gut an. Dein Verleger, übrigens ein überaus zuvorkommender und höflicher junger Mann, - ich weiß gar nicht, was du immer an ihm auszusetzen hast, war von dem ersten Kapitel sehr angetan. Schön, er bemängelte die Grammatik, das war nicht anders zu erwarten, aber die Handlung, soweit er sie nach den ersten Seiten beurteilen konnte, entbehre, wie er sich ausdrückte, nicht einer gewissen Spannung. Und er schätzt meinen leisen Humor, den ich deinem Kommissar untergeschoben

63

habe. Er lässt ihn anscheinend menschlicher erscheinen. Jedenfalls will er mehr von mir lesen."

„Du Trottel! Du brillanter Legastheniker! Ich fasse es nicht!" Emily wankte benommen, griff sich an die Stirn und wurde erst jetzt wieder ihrer Zuschauer gewahr. „Habt ihr das gehört? Adele ... Renick?"

„Zufällig. Mit halbem Ohr", antwortete Renick, während Adele vielsagend stumm blieb.

„Guido hielt schon die Bildzeitung für ein wissenschaftliches Werk", schimpfte Emily mit sich überschlagender Stimme und zeigte auf ihren Noch-Ehemann. „Der glaubt ... ich kann es einfach ... Mit diesen Händen könnte ich ihn ganz langsam erwürgen. Leider sind sie mir diesbezüglich nicht von Nutzen. Ich ... ich ..." Ihre Erscheinung brach zusammen.

„Morgen, mein Uhu", verabschiedete sich ihr Mann, „werde ich dir das erste Kapitel mitbringen und es vorlesen. Jetzt wünsche ich dir ein gutes Gelingen für deinen neuen Roman und ... ja, dann bis morgen, mein Uhu." Er setzte den Hut auf, rückte ihn zurecht und trabte gemächlichen Schrittes davon.

„Er wird weder der erste noch der letzte sein, der nach dem Tod seiner Frau aufblüht." Adele musste plötzlich lachen, nicht laut, aber hemmungslos. Dabei wiegte sie den Kopf, als ob sie einem heimlichen Gedanken nachhängen würde. „Was willst du jetzt wegen Rubinger unternehmen?"

Renick hörte, wie so oft seit Adams Übergang, das gespenstische Ticken seines Daseins, seine machtvolle Hellsichtigkeit. Und ebendies ängstigte

ihn - diese absonderliche Mischung aus Beständig-
keit und Wandel, jener schreckliche Augenblick
der Machtlosigkeit mit dem Siegel der Ewigkeit, in
dem er sowohl Betrachter als auch Betrachteter war
und sie beide ihr Dasein durchmaßen, inmitten
einer erstarrten Zeit. Immer öfter fühlte er für ein,
zwei Herzschläge diese aufgehobene Zeitlichkeit,
in der sich nichts bewegte. Als hätte ein unbekann-
ter Regisseur plötzlich den Taktstock gehoben und
das ewige Hin und Her wäre daraufhin verebbt, aufgelöst in den zeitlosen Hallen der Themengruppen.
Nur seine Erinnerungen liefen weiter, ohne Anfang
und Ende; sie existierten ohne das Gefüge der Zeit.

„Wie? Warten, Adele. Was könnte ich sonst
tun? Weshalb fragst du?"

„Was hältst du von Pedro?"

„Meinst du Sitting Bull von der Sonderausstellung zu Winnetous Tod? Der im Schneidersitz vor
seinem Zelt thront?" Renick atmete tief ein und öffnete die Augen. „Was ist mit ihm?"

„Er ist ein Schamane. Er spricht ... sprach mit
den Toten. Verstehst du? Er könnte doch versuchen, Kontakt mit Rubinger aufzunehmen", erklärte Adele, wobei eine für ihr Alter ungewöhnliche
Aufregung sich ihrer bemächtigte. Sie biss förmlich
in jedes ihrer Worte und schien sie äußerst
schmackhaft zu finden, also lotete sie jeden Gedankengang bis zum letzten Krümel aus. „Pedro ist ein
Medium. Er hat vor Publikum Jenseitskontakte vermittelt. Und er hat zu mir gesagt, dass es ganz einfach sei. Selbst ich könnte es. Dazu müsste ich nur
meine Schwingungsfrequenz erhöhen und schon

könnte ich die geistige Welt in all ihren Facetten wahrnehmen."

„Hast du es versucht?" Noch nie hatte er Adele so aufgekratzt erlebt wie in diesen Minuten.

„Vorgestern. Aber ich musste dabei immer an diese Madame Morgana denken, von der Bruno ständig spricht. Die mit ihrer Kristallkugel kommuniziert."

„Adele ... Ich habe dich stets für eine patente ältere Frau gehalten, die mit beiden Beinen und der Unterstützung ihres Stocks fest auf dem Boden steht und der niemand so leicht etwas vormachen kann. Sollte ich mich geirrt haben?"

„Es kann doch nicht schaden, oder? Ich war, es muss jetzt zehn Jahre her sein, selbst bei einem Medium, das Jenseitskontakte vermittelt hat. Keine Einzelsitzung. Im großen Saal und, also ich war selbst überrascht, er war bis auf den letzten Platz ausverkauft. Man hätte meinen können, dass Peter Alexander oder Jörg Drehts auftreten. Kurt hielt es für Schwachsinn, reine Geldverschwendung und so war ich froh, dass Hilde, meine Nachbarin, mich begleitete ... mir Beistand leistete. Jedenfalls saßen wir recht weit vorne, so dritte oder vierte Reihe, wenn ich mich richtig entsinne. Zur Einstimmung", - schwelgte Adele jetzt in ihrer Erinnerung, - „gab es Musik. Der Mann spielte auf so einem elektrischen Klavier und seine Frau sang dazu; es klang wirklich wie Sphärenmusik. Dann trat das Medium auf. James White ... ja, genau, so hieß er. Zuerst erzählte er aus seiner Kindheit, dass er da schon Geister sehen konnte, sein verstorbener Großvater ihn besuchte, bevor die Familie am nächsten Tag von seinem Tod erfuhr. Aber er wollte mit dieser Gabe nichts zu schaffen haben, sagte er, und versuchte ein ganz normaler Junge zu sein. Später lernte er Krankenpfleger, und mit 21 Jahren sei er zufällig einer Frau begegnet, die sein besonderes Talent erkannt hat. Doch lange Rede, kurzer Sinn - an dem Abend saß ich wie elektrisiert da. Es war einfach unglaublich. Ich habe hier eine ältere Frau, sagte er zum Beispiel, kurze graue Haare, eine eher zierliche Person, mit resolutem Auftreten. An der Art, wie sie sich mir mitteilt, erkenne ich, dass sie über eine gesunde Portion Humor verfügt. Ich fühle einen dumpfen Schmerz im Magen, und die Frau sagt mir, dass sie an Magenkrebs gestorben ist. Ich höre den Namen Margo oder Margot. Kann damit jemand etwas anfangen? Eine junge Frau ist aufgestanden und sagte, dass ihre Mutter Margot geheißen habe und vor Kurzem an Magenkrebs verstorben sei. Ja, und so ging es weiter. Den ganzen Abend lang. Ich war überwältigt und in den kommenden Tagen fragte ich mich immer wieder, ob ich es glauben sollte ... konnte. Heute bin ich natürlich klüger."

„Bisher habe ich mit keiner Menschenseele darüber gesprochen, aber damals mit Adam ... mit ihm war ich weniger allein", vertraute Renick ihr an, und aus seiner Stimme sprach die gleiche Unbekümmertheit wie damals, als er endlich begreifen musste, dass er das Unausweichliche nicht länger verleugnen konnte. „Ich muss dazu etwas ausholen. Wochen vor meinem Tod bin ich aus einem kurzen Schlummer aufgeschreckt und schlagartig überfiel mich die Erkenntnis, dass ich sterben würde. Von einem Augenblick zum anderen akzeptierte ich mein Schicksal, gab den Widerstand auf. Und von dieser Stunde an dachte ich keine Sekunde mehr an den Tod. Das fürchterliche Gefühl des Alleinseins, das mich seit der Diagnose so bedrückt hatte, war verschwunden. Dafür kehrte die Liebe zu Hanna zurück. Wenn sie mir vorgelesen, sanft meine Hand gedrückt oder mir ihre selbst gekochten Leckereien serviert hatte, um meinen Appetit anzuregen ... dann liebte ich sie mit jeder Faser meines Körpers. Der Schmerz wird wohl nie erträglicher werden ... Als Adam jetzt hinüberging ... Lara, Zoe, Nathalie und ich ihn an den Händen hielten, da ... war es wieder, dieses intensive Gefühl, nicht allein zu sein. Gleichzeitig fühlte ich mich mit euch verbunden. Vermutlich war das der Grund, weshalb mir der Übertritt versagt geblieben ist. Ich habe hier in Friedpark noch eine Aufgabe zu erledigen. Merkwürdig, Adele ... aber ich wusste es einfach, so wie man weiß, an welchem Tag man geboren wurde und dass man irgendwann sterben muss. Seither grüble ich darüber nach und ... in den letzten Sekunden, bevor Adam ... sah er mich an, und ich kann den Ausdruck in seinen Augen einfach nicht vergessen. Liebe sprach daraus ... und das Gefühl, dass alles gut werden wird. Und daran glaube ich, Adele", sagte Renick mit zunehmend leiser werdender Stimme, bis sich zuletzt nur noch seine Lippen bewegten und Adele keines seiner Worte mehr verstehen konnte.

„Hoffentlich trügt dein Gefühl dich nicht, Renick. Trotzdem sollten wir mit Pedro sprechen. Der Versuch kann nicht schaden."

„Reden wir mit ihm."

„Dann kann ich mich zurückziehen. Allmählich wird mir der Trubel hier zu groß." Ächzend stand sie auf, klopfte mit ihrem Stock auf den Boden und schlurfte in ihrer bedächtigen Art den Gang hinunter.

Ungefähr zur gleichen Zeit.

Das Telefon spielte die ersten Takte des Schlagers '*Am Tag als Jonny Kramer starb*'.

„Friedpark GmbH. Guten Tag, Sie sprechen mit ...", meldete sich die Dame vom Empfang und nannte ihren Namen.

„Hallo! Ist dort Friedpark?", schrie die Frau am anderen Ende der Leitung, gefolgt von kurzen Atemstößen, als habe sie gerade einen Marathon beendet.

„Ja. Sie sprechen mit der Friedpark GmbH. Was können wir für Sie tun?"

„Es geht um meinen Mann - Friedrich Wollschläger. Wir waren vor vier Wochen in Ihrem Unternehmen und mein Rudolf wird ja jetzt den Dienst bei Ihnen antreten und deshalb rufe ich an."

„Wann hat sich Ihr werter Gatte für den Umzug entschieden, Frau Wollschläger?", fragte die Empfangsdame und rief die Personalakte von Rudolf Wollschläger auf.

„Er überlegt noch ... ich meine, er atmet noch. Ganz flach ... kaum merklich. Ich musste den Spiegel zu Hilfe nehmen ...", erklärte Frau Wollschläger mit bürokratischer Sachlichkeit.

„Was hat der Notarzt gesagt? Oder befindet sich Ihr Gatte bereits im Krankenhaus?"

69

„Notarzt? Wie meinen Sie das?"

„Nun, wie es scheint, benötigt Ihr Gatte dringend ärztliche Hilfe. Verständigen Sie bitte umgehend den Notarzt."

„Im Vertrag steht aber, und das habe ich eben erst nochmal nachgelesen, dass ich zum Zeitpunkt seines Dienstantritts sofort Ihr Unternehmen informieren soll."

„Bei Dienstantritt", wiederholte die Dame vom Empfang, und ihre Stimme klang dabei ein wenig erschöpft, so als habe sie mehrere Nächte hintereinander nur wenige Stunden geschlafen.

„Ja, aber - er ist nun bereit", antwortete Frau Wollschläger nach ihrer eigenen Beurteilung der Situation wahrheitsgemäß. „Wissen Sie, Fräulein, wir saßen gemeinsam auf dem Sofa, schauten diesen interessanten Film auf KiKa und plötzlich ist mein Rudolf aufgestanden und - wissen Sie, mein Gedächtnis ist ja nicht mehr das beste, und jetzt könnte ich nicht einmal sagen, ob er gelächelt oder verwundert zu mir herunter gesehen hat. Jedenfalls sagte er, und das war wirklich komisch, 'Else, pack den Koffer. Es wird Zeit, dass ...', und dann ist er mitten im Satz umgefallen."

„Frau Wollschläger! Hören Sie! Bitte verständigen Sie den Notarzt. Ich lege jetzt auf."

„Bitte nicht! Frau - jetzt habe ich glattweg Ihren Namen vergessen. Setzen Sie Ihre Leute in Bewegung, damit sie meinen Rudolf abholen kommen, so wie es im Vertrag steht. Und beeilen Sie sich, bitte! Mein Rudolf - ach, ich kann es gar nicht mehr mit ansehen. Hoffentlich gibt sich das mit den

Augen - wissen Sie, früher hat eine Nachbarin immer zu mir gesagt, wenn man schielt und die Kirchturmuhr schlägt, dann bleiben die Augen für den Rest des Lebens so stehen. Sie wissen nicht zufällig, wie viel Uhr es jetzt ist?"

„Frau Wollschläger!", unterbrach die Dame vom Empfang sie genervt und mit zunehmend lauter werdender Stimme. „Hören Sie!"

„Ja! Ich bin noch da. Endlich bekommt mein Rudolf etwas Farbe ins Gesicht. Geht ja nie aus dem Haus. Als ob frische Luft tödlich wäre. Warten Sie bitte einen Moment ..." Schritte drangen durch den Hörer, dann das angestrengte Stöhnen einer älteren Frau.

„Frau Wollschläger! Hören Sie mich?"

„Gleich Rudolf!", hörte sie Frau Wollschläger im Hintergrund sagen, „Bleib ruhig liegen. Deine neuen Kollegen kommen in ein paar Minuten. Und bitte, Rudolf, sieh zu, dass du das Gesicht nicht so in Falten legst. Die bekommen sie doch nie wieder weg, oder es kostet wieder extra. Sind doch alles Beutelschneider."

„Else", ächzte eine männliche Stimme kraftlos. „Ich sterbe ..."

„Schön, Rudolf. Dann kannst du endlich deinen Dienst in Friedpark antreten. Darauf freust du dich doch schon seit Wochen. Deshalb haben wir dir ja auch die neuen Hemden gekauft. Mit den Alten hätte ich dich nicht mehr unter die Leute gelassen. Da musste man sich ja schämen - wie du nur so herumlaufen kannst ist mir schleierhaft. Und jetzt beruhige dich, Rudolf. Ich kümmere mich um alles", erklärte sie ihrem Rudolf in einem sanften, mütterli-

71

chen Ton, in dem ihre ganze Liebe mitschwang.

„Hallo! Sind Sie noch da?", brüllte Frau Wollschläger in den Hörer, dass die Dame am Empfang wie ein Skelett im Windzug klapperte.

„Frau Wollschläger, rufen Sie den Notarzt. Sofort!"

„Aber - wissen Sie, er sollte doch frisch sein - also, Ihr Herr Berater hatte dafür so nette Worte gefunden. Was mit Bereitwilligkeit zum Umzug - und nun ist mein Rudolf bereitwillig, auch wenn er sich, wie immer, wenn es etwas zu tun gibt, Zeit lässt."

„Rufen Sie den Notarzt, Frau Wollschläger. Ansonsten kann ich es für Sie übernehmen. Es gehört zwar nicht zu meinen Aufgaben ... Ihre Adresse liegt mir vor."

„Wenn Sie das für erforderlich halten, Fräulein. Ich packe dann so lange seinen Koffer."

Es klickte in der Leitung und das Belegtzeichen ertönte.

Wenige Minuten danach in Halle 7.

Pedro kauerte im Schneidersitz und mit vor der Brust verschränkten Armen vor seinem Wigwam und blickte in die Unendlichkeit, jenen Bereich, den er in den vergangenen Jahren seines Erdendaseins als Schamane so oft im Auftrag seiner Kunden bereist hatte. Er war mittelgroß, verfügte über einen kräftigen Körperbau und ein Gesicht, das die Besucher sezierte. Wären seine dunkelblauen Augen nicht gewesen, hätte er als Versicherungsvertreter oder Bankangestellter durchgehen können, so aber wirkte sein blasses Gesicht frostig und verstörend. Ein Blick hinein ließ seine Gestalt augenblicklich in einem anderen Licht erscheinen, ungewöhnlich und aus allen Proportionen geraten. Die Arme waren zu kurz, die Brust zu schmächtig und das Gesicht beherrscht von kalter, berechnender Unnahbarkeit.

Pedros Gestik wirkte einstudiert, als versuche ein mittelmäßiger Schauspieler, in einer kleinen Nebenrolle zu brillieren. Er arbeitete auch weiterhin daran, seine Vorstellung eines Schamanen zu verwirklichen, und scheiterte dabei ebenso kläglich wie in seinem bisherigen Dasein. Aus seinen Worten sprach die Esoterikabteilung der örtlichen Buchhandlung, mühsam verknüpft mit den dürftigen Erlebnissen zweier Seminare über 'Engel-Heilung' und 'Jenseitskontakte'. Der Tod hatte ihn bis jetzt nicht verändert.

„Sich setzender Bulle", sagte Pedro zu seinem neben Buffalo Bill drapierten Körper und spähte dabei einem Besucher über die Schulter, um sich aus dessen Katalog über die bedeutenden Eckpunkte seines neuen Lebens zu informieren. 'Medizinmann der Hunkpapa-Lakota-Sioux'. 'Spiritueller Anführer' konnte er noch lesen, bevor der Mann umblätterte und sich die Biografie von Buffalo Bill zu Gemüte führte. „Spiritueller Anführer", wiederholte Pedro mit seiner volltönenden Vorarbeiterstimme, die sich oft in einer schleppenden Sprechweise verlor, wenn er mitten im Satz in einen leichten Trancezustand fiel. Dann konnte es geschehen, dass er komplett ins Stocken geriet und mit verklärtem Blick ins Leere starrte, bis er mit einem einfältigen, zerstreuten Lachen zum Thema zurückkehrte. „Sitting Bull", warf er seinem Körper zum hundertsten Mal vor, „wurde zumindest erschossen, und du? Herzinfarkt. Wie gewöhnlich." Er ging vor seiner Statue in die Hocke. „Mann, Pedro! Der Abend begann so vielversprechend. Das Seminar zum ersten Mal seit Monaten ausgebucht." Kopfschüttelnd schloss er die von Selbstmitleid eingetrübten Augen und betrachtete - einmal mehr - die zumeist älteren Teilnehmer. Langsam, als lese er von Einzelnen deren Leben aus der Akasha-Chronik aus, ließ er seiner Erinnerung den Blick von einem zum anderen wandern. 'Ich darf Sie heute im Namen der geistigen Welt ganz herzlich zu unserem gemeinsamen Engel-Seminar begrüßen', so hatte er sie willkommen geheißen. Dann, nach der Vorstellungsrunde: 'Zur Einstimmung auf die geistige Welt bitte ich Sie nun, die Augen zu schließen, für eine die Gedanken reinigende Meditation. Sie befinden sich auf einem hohen Berg', hörte Pedro sich in Gedanken mit monotoner Stimme sagen. 'Sie atmen tief ein und langsam aus, fühlen dabei die kosmische Energie in Ihren Körper strömen. Jetzt sehen Sie die Treppe, die zum Fuß des Berges führt, und gehen Stufe um Stufe hinab, während Sie weiter tief ein und ausatmen.'

„Gerade als du sie zum Strand begleiten wolltest, hat es dich erwischt", warf er Sitting Bull an den Kopf, der seinen Worten ebenso kommentarlos lauschte wie die vielen Seminarteilnehmer, die er mit Hilfe seines persönlichen Geistführers in die

Dimension der Engel eingeführt und im Umgang mit ihnen unterwiesen hatte. „Das Leben schnappte wie eine Falle zu, und anstelle von Strand und endlosem Ozean lediglich ein kurzer Schmerz in der Herzgegend, ein letzter Blick auf das Regal mit den Engelsuspensionen und dann - Dunkelheit."

„Du!", krähte ein Dreikäsehoch und zerrte an der ihn haltenden Hand. „Warum sieht Winnetou hier ganz anders aus als im Fernsehen?"

„Das ist nicht Winnetou, Tommy. Verstehst du", erklärte die Frau ihm und rückte ihre Brille zurecht, damit sie das Namenschild entziffern konnte. „Das ist Sitting Bull."

„Und wo ist Winnetou!?", unterbrach sie der Kleine. „Ich will jetzt zu Winnetou!"

„Ist ja gut. Komm, gehen wir ihn suchen."

„Ich will zu Winnetou!", brüllte er und begann zu weinen. „Helmut hat gesagt, dass Winnetou und Old Shatterhand am Marterpfahl stehen und ..." Er riss sich los und stürmte in die Themengruppe 'Winnetou', die als Sonderausstellung zum Tode von Pierre Brice gestaltet worden war und in zwei Monaten als Wanderausstellung in Hamburg erste Station machen sollte.

„Tommy! Komm sofort zurück!", rief sie ihm vergeblich hinterher. „Wenn ich das heute Abend deinem Vater erzähle, dann wird er über dein ungezogenes Benehmen nicht gerade erfreut sein", drohte sie ihrem Sohn in der Hoffnung, dass ihn die Autorität seines Vaters, die sie bei der kleinsten Ungehorsamkeit von Tommy in die Waagschale warf, wieder zur Vernunft bringen würde.

Ein älteres Ehepaar blieb vor Pedros Statue stehen. Der Mann hatte ein Gesicht von schrecklicher Normalität, rotfleckig, ausdruckslos, mit grauen schielenden Augen, die dermaßen nach innen gerichtet waren als könnten sie nicht voneinander lassen. Sie trug ein blaues Kostüm, einen altmodischen Hut und darunter ein ebenso alltägliches Gesicht wie ihr Mann.

„Sitting Bull", zitierte der Mann aus dem Ausstellungskatalog, nachdem er seine Brille aufgesetzt hatte, das Leben von Sitting Bull bis zu dessen letztem Atemzug, als er von Indianerpolizisten erschossen worden ist. „Trat auch mit Buffalo Bill im Zirkus auf."

„Was du nicht alles weißt, Männe." Sie tätschelte anerkennend seinen Arm.

„Mit der Geschichte Amerikas kenne ich mich aus. Als junger Spund hatte ich für ein halbes Jahr die Assistenzstelle bei Professor Winkler. Ist doch merkwürdig, dass man sich an Dinge aus der Jugendzeit so leicht erinnert, und auf der anderen Seite überlegen muss, was man vorgestern zum Mittagessen hatte."

„Komm lass uns weitergehen, Männe. Ich möchte noch zu den Landfrauen. Elfriede hat das Thema ganz entzückend gefunden."

Verärgert schüttelte Pedro den Kopf. „Wenn die sich nur selbst reden hören könnten."

Eine junge Frau näherte sich der Sonderausstellung. Sie blieb unweit einer Siouxfrau mit Kind stehen und blätterte in ihrem Ausstellungskatalog.

„Helft mir! Hier ist ...“

Die Frau stieß einen durch Mark und Bein gehenden Schrei aus, schleuderte geistesgegenwärtig den Ausstellungskatalog nach Rubinger, der mühelos durch ihn hindurchflog und dem Siouxkind den Federschmuck vom Kopf schlug.

„Wie beim Tell.“ Der Gedanke flammte in Pedro auf und erlosch sofort wieder.

„Helft mir und euch“, stieß Rubinger heiser aus. Seine Gestalt flackerte, und als die Frau beherzt und jede Vorsicht außer Acht lassend auf Rubinger losstürmte, dabei ihren Rucksack wie das Rotorblatt eines Hubschraubers über ihrem Kopf schwingend, fühlte sich Pedro in seine Jugendzeit zurückversetzt, als im Kino asiatische Kinofilme in Mode gewesen waren.

„Helft ... verhindert ... Körper ...“ Rubingers Erscheinung brach zusammen und bevor der teuflisch schnell rotierende Rucksack einen größeren Schaden anrichten konnte verlor er an Kraft und landete zielsicher wieder in den Händen der Frau. Irritiert starrte sie auf die Stelle, an der vor einem Augenblick noch Rubingers Geist für Aufregung gesorgt hatte.

„Haben Sie den Mann gesehen?“, fragte sie zwei ältere Herren, die ihren Auftritt für eine Showeinlage von Friedpark hielten und verhalten Beifall klatschten. „Die 3D-Animation. Klasse Effekt!“, rief einer von ihnen begeistert. „Sie haben ihn also auch gesehen? Ich muss mich für mein Verhalten entschuldigen“, meinte sie und knetete ihren Rucksack. „Die lassen sich für ihre Besucher einiges einfallen. Wie in Hollywood. So lebensecht, der Geist - nicht wahr?“

Mittlerweile fanden sich die ersten Schaulustigen ein.

„Also ob das ein Trick war ... Lachen kann ich jedenfalls nicht darüber. Mich hat dieser Mensch fast zu Tode erschreckt und ich muss mir ernsthaft überlegen, ob ich mich nicht bei der Geschäftsleitung beschwere."

„Mami!"

„Alles gut, Nina. Alles vorbei. Du brauchst keine Angst mehr zu haben."

„Was ist denn passiert?", fragte eine gebrechlich aussehende Frau, die schwer am Arm ihres Begleiters hing und unentwegt mit dem Kopf wackelte.

„Da haben Sie was versäumt. Hervorragende Inszenierung. Klasse Effekt - wirklich."

Ein Besucher hatte dem Siouxkind den Federschmuck wieder aufgesetzt und den Ausstellungskatalog aufgehoben.

„Geht es wieder, junge Frau?"

„Ja, danke. Zum Glück haben Sie ihn auch gesehen, und ich dachte schon ... Trotzdem werde ich mich beschweren. Damit dürfen Sie nicht durchkommen. 3D-Animation hin oder Geist her."

Pedro löste sich auf, und während die beiden älteren Männer weiter dem Rundgang folgten, fragte die junge Frau nach dem Weg zur Geschäftsleitung.

Derweil bei der Friedparkschen Straßenbahn.

Hermine Heinrich schwebte trotz ihrer 65 Jahre den Gang entlang. Die altmodische Handtasche aus Krokodilleder auf dem rechten Arm, öffnete sie den

Umschlag, den ihr Herr Breitner gerade mit dem Ausweis von Friedpark überreicht hatte und der für einen Monat zum freien Eintritt berechtigte. Ein Werbeprospekt, auf dem ein Stück Wald abgebildet war, trug den Text: '*Mitten im Wald ruht die Asche Ihres Familienangehörigen in biologisch abbaubaren Urnen an den Wurzeln von Bäumen. Wollen Sie Ihre Lieben wirklich Ihrer Zukunft berauben? Wenn nicht, dann bietet Friedpark maßgeschneiderte Lösungen. Wir suchen ständig qualifizierte, hoch motivierte Mitarbeiter, die gemeinsam mit uns die Zukunft gestalten wollen. Sprechen Sie mit uns!*'

Neben der Rechnung über die letzte Rate, dem Arbeitsvertrag für ihren Heinrich, der für die nächsten fünf Jahre bei der Friedparkschen Straßenbahnen AG in Kost und Logis stehen würde, der Verfügung über die weitergehende Nutzung seiner Arbeitskraft und der hübschen Urkunde, die ihren Mann an seinem neuen Arbeitsplatz zeigte, sollte dem Umschlag auch ein Hallenplan beiliegen. Nach ihm suchte Hermine Heinrich vergeblich.

„Sehen Sie den Durchgang dort? Dahinter gleich links, und dann sehen Sie den Wagen bereits. Halle 12", wies ein junger Mann ihr den Weg.

„Danke, sehr liebenswürdig. Mein Mann beginnt heute seine neue Tätigkeit, und jetzt bin ich ordentlich aufgeregt."

Sie sortierte im Gehen die Unterlagen, dabei fiel ihr der Vertrag mit der Firma Diele Haushaltsgeräte in die Hände. Für die Werbetafel, die ihren Heinrich bei seiner täglichen Arbeit zeigte, erhielt sie eine Einmalzahlung von 500 Euro, und die Firma kam für die Heilungskosten seines rechten kleinen Fingers auf, der bei dem Fotoshooting in Mitleidenschaft gezogen worden war. Überdies erhielt sie einen monatlichen Zuschuss für die Unterbringung ihres Mannes. 'Und', dachte sie in ihrer praktischen Art, 'sie übernehmen zusätzlich die Reinigung seiner Arbeitskleidung.' Zudem hatte sie mit Friedpark einen lukrativen Vertrag über die Lieferung von Toilettenpapier, Seife, sowie diverser Reinigungsmittel abgeschlossen. 'Dein Tätigkeitswechsel, mein Schatz, bringt bares Geld.'

Schon von Weitem sprang ihr der Straßenbahnwagen ins Auge. Neugierig näherte sie sich dem alten, in Gelb und Schwarz gestrichenen Wagen aus der Zeit des beginnenden 20. Jahrhunderts. Hermine Heinrich spähte durch die Fenster und entdeckte ihren Heinrich, der, korrekt angezogen wie immer, am Fenster saß und gelangweilt die Passanten an der Haltestelle beobachtete.

„Heinrich!", rief sie, klopfte mit der Hand gegen das Fenster und winkte mit dem Umschlag. „Du musst Dein Hörgerät einschalten. Hörst du, Heinrich?" Sie schüttelte ungeduldig den Kopf und enterte das Abteil. Bewegungslos saß Herr Heinrich auf seinem Platz und würdigte seine Frau keines Blickes.

„Konserviert für die Ewigkeit", flüsterte Herr Heinrich, nachdem er seine Erscheinung stabilisiert hatte, seiner Hermine ins Ohr. „Wann, Hermine, endet die Ewigkeit?"

„Du siehst bemitleidenswert gut aus, mein lieber Heinrich. Wenn ich daran denke, wie krank du ausgesehen hast, und jetzt - wie das blühende Leben und gut zehn Jahre jünger. Ich sollte mich auch um eine Behandlung bei ihren Fachleuten bemühen." Sie blätterte in Gedanken das Fotoalbum ihres Lebens durch, bis sie auf einem verwackelten Schnappschuss hängen blieb, der sie als Dreißigjährige im Bikini zeigte, am Strand von Rimini. „Stolz wärst du auf mich, Heinrich", leitete sie ihren Bericht über die geschäftliche Entwicklung seiner Firma ein. „Nicht nur, dass ich einen längerfristigen Vertrag mit Friedpark abschließen konnte, so habe ich auch einige Abteilungen neu organisiert, besser gesagt, gestrafft."

Herr Heinrich schnaubte. 'Ein Mann in deiner Position muss sich spätestens mit vierzig zur Ruhe setzen können oder er sollte sich vor einen Zug werfen.' Die Worte seiner Mutter deprimierten ihn. „Sie war genauso hungrig nach Erfolg wie du, Hermine. Wollte nur, dass ich es im Leben zu etwas bringe, bedeutend bin. Im Grunde wollte sie mit meinem Erfolg nur ihr eigenes Scheitern kaschieren. Ha! Für sie blieb ich ihr Leben lang der Toilettenmann, der in Kaufhäusern für ein mäßiges Trinkgeld die Toiletten in Ordnung hielt."

„Dem Herrn Bader musste ich leider zum nächsten Ersten kündigen. Hast du gewusst, dass er jeden zweiten Tag eine Rolle Toilettenpapier mitnimmt? Und das, obwohl du dich ihm gegenüber so generös gezeigt hast und ihm nach dreißig Jahren Zugehörigkeit, praktisch mit deinem Tätigkeitswechsel, sein Gehalt um zwanzig Cent angehoben hast. Das viele Geld muss ihm zu Kopf gestiegen sein", erzählte ihm Hermine im gleichen beiläufigen Tonfall in dem sie ihn immer gefragt hatte, ob er ein Ei zum Frühstück wollte.

„Ich muss mich setzen!" Herr Heinrich wurde das Opfer seiner rasant kreisenden Gedanken. 'Jetzt kommt ihre Zeit!' Zahlen und Bilanzen taumelten in trunkenem Tanz vor seinen Augen. Er wischte mit der Hand über sein Gesicht, wunderte sich einen Lidschlag lang über den Diele Mixer, der zwischen den Zahlenkolonnen aufgetaucht war und schloss benommen die Augen. „Alles, nur keine Zahlen mehr. Und mit Hiobsbotschaften darfst du mich ebenfalls verschonen, Hermine." Die Quartalsergebnisse - Symbole in dem quirligen Hexentanz, einem bösen Reigen, der ihm von heute an verschlossen bleiben würde. „Grundgütiger! Ich hätte Vorsorge treffen müssen. Doch wer konnte schon ahnen ..."

„Du musst dich jetzt nicht dazu äußern, Heinrich. Die Angelegenheit ist entschieden. Über das endgültige Sanierungskonzept setze ich dich bei meinem nächsten Besuch in Kenntnis. Das würde jetzt zu weit führen. Erinnerst du dich übrigens noch an den jungen Kribke? Der ist mir eine wirkliche Stütze. So, jetzt habe ich genug über die Firma geredet. Gut siehst du aus ... obwohl, ich hätte dir doch die graue Krawatte einpacken sollen." Hermine drückte ihrem Heinrich einen flüchtigen Kuss auf die Stirn, flötete ein „Bis bald, Heinrich. Und übernimm dich nicht. Denk an dein angeschlagenes Herz", und kletterte aus dem Abteil.

Herr Heinrich saß da wie ein kleiner Vogel auf seiner Stange, wie ein Sperling der durch den

Urteilsspruch des Schicksals zu Stein geworden war. „Meine liebe Hermine, du wirst meine Firma, mein Herzblut, in den sicheren Ruin treiben. Ich muss dich zur Vernunft bringen? Nur wie?", grübelte er sich, das Kinn in die Hände gestützt.

18.03.2016   Am Nachmittag

'*Stars und Sternchen*' las Jörg Drehts. Ihm schwindelte. '*Lotte Huber in der Rolle von Marlene Dietrich*', verkündete das Namensschild. Er konnte, selbst mit dem besten Willen, keine auch nur annähernde Ähnlichkeit mit dem deutschen Star erkennen, abgesehen von der blonden Lockenfrisur. Schweren Schrittes, als koste ihn jeder Meter ungeheure Anstrengung, betrat er die skurrile Ansammlung der Prominenten von einst bis heute.

„Wie jetzt? Wo bin ich da hineingeraten?" Die Frage stellte er sich heute nicht zum ersten Mal. Dann entdeckte er Horst Müllerschön, oder wie er sich in Künstlerkreisen nannte, Piggy Stardust. „Die Besten immer zuerst", rezitierte er. „Horst ... Ich hatte ja keine Ahnung. Wann haben wir uns zuletzt gesehen?" Er überlegte und ließ dabei seinen Blick über die korpulente Gestalt seines Jugendfreundes wandern. „Du warst in den 80er Jahren der Geheimtipp. Überall hast du das Publikum mit deinen Papierpuppen begeistert. Die Aufführung bei den Bergers!" Wie im Zeitraffer lief der damalige Abend auf seiner inneren Leinwand ab.

Dreißig Minuten benötigte Piggy Stardust, um seine aus buntem Papier gefertigte Miniaturstadt aufzubauen, während die Partygäste erst atemlos und mit erwartungsvoller Spannung auf den Beginn der Darbietung warteten und dann mit abnehmender Geduld leise zu tuscheln anfingen, um die Wartezeit zu überbrücken. Weiterer zwanzig Minuten bedurfte es, bis sämtliche Papierpuppen entfaltet und in ihre ursprüngliche Form gedrückt worden waren. Als er schließlich mit seiner Geduldsarbeit fertig geworden war, applaudierten ein paar Gäste und beobachteten ihn neugierig eine Weile, ehe sie ihre Unterhaltungen wieder aufnahmen oder, zur Entschädigung für das lange Warten, die Reste des Buffets in sich hineinstopften. In der ersten Reihe standen eine Handvoll Bewunderer, die sich bei jeder Party einschlichen, weil sie Piggy Stardust wie einen Gott verehrten. Als die Vorarbeiten endlich abgeschlossen waren, zollten sie ihrem Idol Applaus und skandierten mehrmals seinen Namen. Der Einzug der Puppen begann. In Zweiergruppen marschierten sie den Boulevard bis zum Marktplatz hinunter und drehten sich, dort angekommen, im Kreis, wobei die Puppe, die eine Prinzessin darstellen sollte, bei ihrem Tanz zuerst ein Bein und dann den Kopf verlor, was bei den meisten Gästen für einen Heiterkeitsausbruch sorgte. Ungerührt spulte Siggy Stardust sein Programm ab. Er ließ seine Puppen hin- und herwirbeln, mit einem Hündchen spazieren gehen, in einem Auto fahren, und wenn einer der Schauspieler zu Bruch ging, ersetzte er ihn kurzerhand mit dem nächsten. Nach zwanzig Minuten, Piggy Stardust schwitzte vor Anstrengung, ruinierte er mit seiner Körperflüssigkeit zuerst seine restlichen Puppen, dann seinen Anzug und zuletzt die Nasen der feinen Gesellschaft. Unverdrossen spielte er weiter, obwohl es langsam quälend wurde, bis sich der Gastgeber seiner erbarmte und ihn unmissverständlich aufforderte, sein Altpapier einzusammeln und möglichst schnell und unauffällig seine Wohnung zu verlassen.

„Kometenhaft aufgestiegen! Aber der Erfolg ist ein launiger Geselle." Mit einem nachdenklichen Blick auf seinen Jugendfreund ging Jörg Drehts weiter. Vorbei an Gabi Walliser, der Oma aus 'Rote Hosen', vorbei auch an Hannes Hester, der mit 113 Jahren noch immer seinen Hit 'Heut geh ich ins Bett mit Maxim' durch sein Kehlkopfmikrofon presste. Und dann erblickte Jörg Drehts sich selbst.

„Wie jetzt?!" Mehr konnte er im ersten Moment nicht ausstoßen, weil es ihm die Sprache verschlug; ein äußerst seltenes Ereignis. Das mit bunten Pailletten bestickte Hemd offenbarte jedem Besucher seine haarlose Hühnerbrust, die er in zahllosen einsamen Stunden im Sonnenstudio gebräunt hatte. Lose, fast achtlos, war es in die viel zu enge, silbern schimmernde Schlaghose gestopft worden, die über den roten Schuhen mindestens fünfzig Zentimeter breit war. Grellbunte Armbänder und ein Gürtel, der ihn, wenn ihn die Welt nicht als Schlagersänger gekannt hätte, wie ein Boxchampion aussehen ließ.

„Wie jetzt?!" Wie hypnotisiert starrte er auf seinen Körper. Die Vorstellung an einen kräftigen Schluck Schnaps zur Beruhigung steigerte zum einen sein Verlangen und lenkte ihn zum anderen von dem Anblick seiner selbst ab. „Ah", seufzte er, als die Erinnerung an einen Korn in sein Bewusstsein einsickerte. „Wie der auf der Zunge brennt, rein und klar, und wenn er sich die Speiseröhre hinabfrisst, dann wärmt er einem für lange Zeit das Herz." Aber das war noch nicht alles. Dinge, die ihm bisher verborgen geblieben waren, stiegen an die Oberfläche. Erinnerungen, die im Verlauf des Lebens in den Hintergrund gedrängt worden waren. Die Straße seines Lebens erschien ihm plötzlich heller, freundlicher, und im frenetischen Applaus seiner Fans entdeckte er die Droge des Ruhms. Liebevoll nahm sie ihn an die Hand und begleitete ihn zu den Schattenseiten des Erfolgs.

„Wie jetzt?! Das soll es gewesen sein?" Alkoholexzesse, Aufputschmittel, Drogen. Kurzzeitige Erfolge nach - mit den Jahren immer länger werdenden - Phasen der Stille um ihn. Dazu Aufenthalte in Privatkliniken, in den er hoffte, sein Leben wieder in den Griff zu bekommen, um endlich an die früheren Erfolge anknüpfen zu können.

„Do You Wanna Touch Me? War das nicht ein Hit von dir?"

„Wie jetzt?!" Jörg Drehts schwang auf dem Absatz herum. „Sie schon wieder! Gibt es einen bestimmten Grund, weshalb Sie mich verfolgen?"

„Frisch Geschlüpfte sollten die ersten Stunden nicht alleine verbringen", antwortete Wotan, wobei drei Bäume wie nebenbei in Sägemehl verwandelt wurden.

„Frisch Geschlüpfte?" Jörg Drehts wiederholte den Begriff und runzelte die Stirn, was seinem äußeren Erscheinungsbild einen leicht blödsinnigen Ausdruck verlieh.

„Sozusagen Ihr erster Auftritt nach der Aufstellung in diesem Etablissement. Wie der Einzelne auf

seine - ich will es mal so sagen - Auferstehung re-
agiert, ist natürlich von seinem bisherigen Glauben
abhängig."

„Glauben? In den letzten Jahren hatte ich genug
damit zu tun, an mich selbst zu glauben ... an mein
Comeback."

„Und?"

„Was und?"

„Ist es dir gelungen? Ich bin, was die Klatsch-
presse betrifft, nicht ganz auf dem Laufenden."

„Ich kann es Ihnen nicht sagen. Es ist wie ver-
hext. Das Letzte, woran ich mich erinnere, ist ein
grelles Licht über mir. Hätte ich dort hineingehen
müssen? Ich meine ... Sie wissen schon", murmelte
Jörg Drehts und massierte seine Schläfen, in der
Hoffnung durch die angeregte Blutzufuhr schneller
in den Besitz seiner Erinnerung zu gelangen.

„Glaubtest du persönlich an ein Leben nach dem
Tod?" Wotan leitete seine Aufklärungsarbeit behutsam ein.

„Eigentlich nicht. Weshalb?"

„Nun, der Glauben an die Weiterexistenz erleichtert die Wiedergeburt hier in Friedpark erheb-
lich."

„Ein Stich in meiner Brust ... nur kurz und ...",
überlegte Jörg Drehts, der mit allen Mitteln versuchte, sein Leben wieder in den Griff zu bekommen. „Das hier ... könnte ein Traum sein. Ein künst-
liches Koma."

„Möglich, ja. Aber eher unwahrscheinlich, Jörg.
Ich darf dich doch so nennen? Dann erhebt sich die
Frage, weshalb dein Körper, und ich darf dir versi-

chern, dass es sich um keine billige Kopie handelt, hier in Friedpark aufgestellt worden ist?"

„Wie jetzt?!" Schlagartig brach die Wahrheit wie ein Sturmgewitter über ihn herein. „Die Empfangshalle ... mein vermeintliches Comeback ... die Erkenntnis, dass es für mich kein weiteres Konzert mehr geben würde ... und ..." Er taumelte. „Andrea! Wir hatten diesen schlimmen Streit ... um das Sorgerecht unserer gemeinsamen Tochter und ... sie sagte, dass sie Marie niemals einem Alkoholiker anvertrauen würde und ... plötzlich ... hatte sie ein Messer in der Hand ... sie hat es tatsächlich getan." Mühsam sog er die Luft ein, als hätte ein zweiter Stich seine Lunge durchbohrt.

„Das würde die Handschellen und die beiden Polizisten erklären."

„Das Aas war hier?!", kreischte Jörg Drehts wie in seinen besten Zeiten. „Dann habe ich ihr diese ... diese ..."

„Darüber kann ich nichts sagen, Jörg. Nur, dass ein älterer Herr der Zeremonie beiwohnte, der vermutlich deine Tochter an der Hand hielt. Von der Handvoll Fans, die zu deiner Aufstellung zugelassen worden sind, will ich jetzt nicht sprechen."

„Wirklich! Es waren Fans von mir dabei?"

„Wie du siehst, sie haben dich nicht vergessen", versuchte Wotan den Neuen aufzumuntern. „Leider muss ich mich jetzt verabschieden. Meine Frau kommt in ein paar Minuten zu Besuch und ich möchte nicht zu spät kommen. Du hast sicherlich Verständnis dafür. Ich kann dich doch alleine lassen, oder?"

Jörg Drehts nickte wortlos.

„Dann bis später, Jörg. Nimm es nicht so schwer. Das Leben geht weiter, so oder so. Also halt` die Ohren steif." Wotan schwand dahin.

Mit stummem Entsetzen, als müsse er sich vergewissern, betrachtete er den winzigen Schnitt, durch den sein Leben entwichen war. „Diese lächerliche Verletzung! Ich kann es nicht fassen, und doch spricht alles dafür", flüsterte er mit Tränen in den Augen. Zugleich wurde ihm bewusst, dass es nach seinem Ableben weder einen neuen Hit noch eine Rückkehr auf die Bühne geben würde.

„Sieh nur, Herbert! Das ist ja fantastisch! Dort hinten! Der Schwarm meiner Jugendjahre. Ich kann es nicht glauben. Sie haben Barry Flitter hier!" Sie stürmte durch Jörg Drehts hindurch. „Nein, also!", schrie sie enttäuscht. „Das ist Beschiss! Die engagieren diesen Schnulzensänger Drehts, stecken ihn in das tolle Outfit von Barry, nur der Publicity wegen. Eine Unverschämtheit ist das. Mir dreht`s dabei den Magen um. Sag doch auch mal was, Herbert!"

„Unschön, mein Schatz. Ganz und gar unschön."

„Ich hätte gute Lust, mich wegen des Täuschungsmanövers bei den Verantwortlichen zu beschweren. Unerhört!", schimpfte sie weiter und ließ sich auch von den trostvollen Floskeln ihres Mannes nicht beruhigen.

Der Vergleich mit Barry Flitter beanspruchte Jörg Drehts Nerven bis zum Anschlag. Was ihn aber letztlich in seine Statue katapultierte, war der Umstand, dass er als Schnulzensänger betitelt worden war.

Lange sah Renick Adele nach, bis sie im Strom der Besucher untertauchte, der heute erträglich war. Unter der Woche besuchten zumeist Angehörige ihre verstorbenen Ehepartner oder Familienmitglieder. Die Älteren verbrachten oft Stunden an den Statuen, berichteten von den alltäglichen Nichtigkeiten oder schwelgten in Erinnerungen. Hin und wieder erschien ein junges Paar, eine Gruppe Jugendlicher, die, von Neugier getrieben, Friedpark und dessen bunt zusammengewürfelte Menagerie besuchte. Und es gab die Morbiden, wie Renick sie zu bezeichnen pflegte. Blasse, kränklich aussehende Gestalten, Schaulustige des Todes, die hier in Friedparks Unwirklichkeit, diesem Zerrbild des täglichen Lebens, ihre seit Jahren eingebüßte Freude am Dasein wiederzufinden hofften. Hier, an diesem schrecklich konkreten Ort, sogen sie ihre trostlose Zukunft ein wie ein stärkendes Lebenselixier. Letztlich gab es noch die Verdammten, die zum Tode Verurteilten, deren einzige Tätigkeit im Zählen der restlichen Monate oder Tage bestand, und die hierher pilgerten wie ihre Leidensgenossen nach Lourdes, um, inmitten von Gleichgesinnten, bereits zu Lebzeiten tief in den Brunnen abgründiger Einsamkeit und Nichtzugehörigkeit zu blicken. Sie wussten, dass in ihrem von Krankheit gezeichneten Körper etwas Fremdes heranwuchs, genährt von der verlorenen Hoffnung, der stets widerkehrenden, immer gleichen Zwiesprache mit der Ewigkeit. Die besondere Atmosphäre von Friedpark warf sie zurück auf ihre eigene Spukgestalt, das Ruhelose im eigenen Körper, die Einsamkeit mit sich selbst.

Eine Familie blieb neben Emily Fasel stehen, die energisch versuchte, die kleine Gruppe auf ihr Erstlingswerk hinzuweisen.

„Warum sagt Oma nichts?", fragte der Junge und schob seinen Zeigefinger bis zum Anschlag in die Nase.

„Oma muss sich erst eingewöhnen, Willi?", antwortete seine Mutter, griff nebenbei nach dessen Hand und zog den Finger heraus. „Du weißt, was mit Kindern passiert, die in der Nase bohren, wenn die Kirchturmuhr schlägt?"

Willi nickte schuldbewusst, senkte den kleinen Lockenkopf und blickte mit seinem Dackelblick zu seiner Mutter herauf, der selbst härtesten Stahl zum Schmelzen brachte.

„Den Blick hat er von meinem Jungen", sagte Hildegard voller Zärtlichkeit zu Renick. „Und der hat ihn von seinem Vater, meinem Mann geerbt."

„Großartige Arbeit", lobte Opa die Techniker von Friedpark. „Sie blickt direkt hoffnungsfroh in die Zukunft. Findest du nicht auch?"

„Ja, Heinz. Du hättest doch das Blaue mit den Blümchen nehmen sollen", meinte dessen Schwiegertochter. „Würde besser mit der Handtasche harmonieren. Wann werden eigentlich die Kleider gewechselt?"

„Typisch Sabine! Unentwegt hat sie etwas auszusetzen. Wenn es nach ihr ginge, dann würde ich heute noch zu Hause sitzen und auf meinen Umzug warten." Ihr Tonfall war schroff.

„Bei unserem Paket turnusmäßig alle vier Wochen. Wir können es aber jederzeit auf wöchentlichen Kleiderwechsel upgraden", zitierte er den Verkaufsberater.

„Wöchentlich wäre schon angenehmer gewesen, nicht wahr? Vier Wochen in derselben Kleidung - aber ich will mich nicht beschweren."

„Die Kosten", sagte Renick, nur um überhaupt etwas zu sagen, „für den wöchentlichen Kleiderwechsel, stehen in keinem Verhältnis zu der tatsächlich erbrachten Dienstleistung."

„Da haben Sie auch wieder Recht."

„Mir gefällt, was sie trägt. Und wenn ich nicht wüsste ...“

„So ist mein, Heinz. Immer zufrieden."

„Sie wollte sich im Alter endlich was Besonderes leisten. Dafür habt ihr ein Leben lang jeden Cent gespart. Weshalb sollten wir es ihr in ihrem verdienten Ruhestand nicht ermöglichen?"

„Besonders leisten! Sabine! Ich hatte meinen Heinz, der mir 41 Jahre ein wundervoller Mann war, meinen Sohn, der es zu etwas gebracht hat und einen aufgeweckten Enkel - was soll es da noch Besonderes geben? Aber Sabine hat Geld nie geachtet. Ihre Eltern, gut situierter Mittelstand, haben sie nach Strich und Faden verwöhnt. Ach ... ich darf mich nicht aufregen, sagt mein Arzt, wenn ich mein schwaches Herz nicht mit Gewalt ruinieren will."

„Tja, Ärzte."

„Schon gut. Ich habe es begriffen. Aber die Begrüßungszeremonie ... feierlich, und auch schwungvoll ...“ Opa hangelte mit dem Handrücken nach einer Träne im Augenwinkel.

„Wie soll er nur ohne mich zurechtkommen?",

fragte sich Hildegard besorgt. „Er ist so unpraktisch veranlagt, und das Essen auf Rädern, das ich ihm noch bestellt habe, ist ja auch nicht das Gelbe vom Ei, nicht wahr?"

„Oma ist dröge! Früher war sie lustiger. Ob sie ein Bonbon in der Tasche hat?" Bevor Sabine reagieren konnte, war der Enkel bei seiner Oma und durchsuchte ihre Taschen. „Jetzt aber!" Seine Mutter packte Willi am Arm und zog ihn unsanft von seiner Oma fort.

„Ein aufgeweckter Kerl, mein Enkel. Er ist verrückt nach Süßem und es ist ein Wunder, dass er nicht wie ein Hefeteig auseinandergeht."

„Oma ist ganz hart. Wie ein Stein."

„Ssscht! Du verdirbst Opa seinen Besuch", wies Willis Mutter ihn mit einem Blick zurecht, der Tote aufwecken - oder Lebende in Tote verwandeln konnte.

„Wir hätten diese neue Audioversion nehmen sollen, Sabine."

„Lässt sich das nicht im Nachhinein zubuchen? Die Mimik kann doch nicht so umfangreich sein? Rekorder, Lautsprecher ... funktioniert das Ganze nicht mit Funk? Dann müssten nicht mal Kabel verlegt werden."

„Er vermisst meine Stimme." Hildegard bekam glänzende Augen. „Entschuldigen Sie, aber ich würde jetzt gerne zu meiner Familie hinübergehen", verabschiedete sie sich von Renick, der dankbar lächelte.

„Ich glaube nicht", antwortete Opa betrübt. Kannst du dich erinnern, wie Hildegard an dem Weiher stand? Sie war so glücklich, wie damals, als wir uns kennenlernten. So unbeschwert ..."

„Denk nicht an die Vergangenheit, Heinz. Freu dich mit ihr über ihren neuen Lebensabschnitt. Komm! Lass uns weitergehen." Hildegard folgte ihnen, den Arm um die Hüfte ihres Mannes gelegt.

Abseits der Besucher, am frühen Abend.

'Geistergestalten sind wir, außer meiner Valerie.' Daniel betrachtete sie im milden Schein der Abendsonne. 'Sie - Circe, zeitverschlingendes Kind der Zeit, war die Einzige in dieser großen Gesellschaft von Seelen, die wahrhaft unsterblich und sie selbst geblieben war. Sie hatte den Kokon ihrer früheren Daseinsform abgestreift, als wäre das Leben, das sie gelebt hat, nichts weiter als ein abgetragenes Kleid. Und jetzt! Kauert sie neben ihm am Boden und gehört zu mir.' Daniel strich sich durch sein widerborstiges Haar und lehnte den Kopf wieder an Valeries Schulter.

„Woran denkst du?", fragte Valerie mit leiser Stimme.

„An Lara, Zoe und Nathalie." In Gedanken spürte er außer der Wärme ihres Körpers die fremde Zeit, die dunkle Zeit, die sie umfloss, und er erinnerte sich ihrer Gesichter, ihres Lachens und ihrer Ängste und Hoffnungen.

„Zoe fehlt mir am meisten. Und wir? Wie soll es weitergehen?"

„Ich weiß es nicht ... noch nicht. Aber es muss Möglichkeiten geben, Valerie. Wir dürfen nur nicht unseren Glauben daran verlieren." Er sprach die

Worte mit Nachdruck, als müsse er seine eigenen Zweifel in Schach halten.

„Gerade in letzter Zeit versetze ich mich in mein früheres Zimmer. Er ist dunkel, nur die kleine Lampe auf dem Schreibtisch verbreitet ein wenig Licht, gerade so viel, dass die Finsternis ihrer Schrecken beraubt wird. Ich liege auf dem Bett, höre Musik und hänge den Gedanken nach. Tausend Träume - und sämtlich versprechen sie mir eine erfolgreiche, glückliche Zukunft. Keine davon hat sich erfüllt, Daniel. Weshalb sollte sich das jetzt ändern?"

„Ich habe dir versprochen, eine Lösung zu finden und das werde ich. Zoe und den anderen ist es gelungen. Und Anton? Wohin hat es ihn verschlagen?" Er griff nach ihrer Hand. Ein Funkenregen stieg knisternd auf.

„Der Mann vom Amazonas. Er ist eine Ausnahme. Ich kann meinen Körper nicht zerstören und wer weiß schon, was gerade mit ihm geschieht. Glücklich scheint er nicht zu sein." Valerie begann zu weinen.

„Ich ... wir ... vielleicht sollten wir uns einfach von hier fortdenken?"

„Wir können nicht aus dem Hallenkomplex heraus, mein Lieber. Du bist unmöglich. Fortdenken. Wenn das möglich wäre ...."

„Wurde es je ernsthaft versucht?"

„Ich denke schon. Renick hat mir gegenüber mal etwas erwähnt. Aber es fällt mir jetzt nicht ein."

„Ich könnte es versuchen. Vielleicht besitze ich einen Vorteil, weil ich erst kurze Zeit hier bin."

Valerie bewegte kaum merklich den Kopf, ein

Stück weit nach links und dann wieder zurück. „Gegen das Konservierungsmittel ist bisher kein Kraut gewachsen. Die Ersten wie Adam ... uns ist der Weg leider versperrt."

„Einen Versuch ist es wert. Zoe, Lara und Nathalie konnten die Barriere schließlich auch überwinden. Warum?"

„Weil Adam das Portal, den Tunnel, geöffnet hat."

„Dann ist es womöglich nur eine Frage der Energie. Grenzt der kleine Lagerraum vom Souvenirladen nicht an eine Außenwand?"

„Ich glaube ja."

„Im Allgemeinen betritt ihn tagsüber nur dann eine Verkäuferin, wenn im Shop ein Artikel ausgeht. Dort könnte ich ungestört ...", sagte Daniel noch, ehe seine Gestalt erlosch.

„Nicht, Daniel! Das führt zu nichts!", rief Valerie ihm hinterher, und ihre Worte hallten in dem Gang nach wie ein trauriger, in der Dunkelheit der Nacht verirrter Traum.

Daniel wartete, bis seine Augen sich an die Dunkelheit gewöhnt hatten. Vorsichtig, als könnte er trotz seiner jetzigen Daseinsform versehentlich gegen ein Regal stoßen und durch den Lärm eine der Verkäuferinnen auf den Plan rufen, lief er bis zum Ende des Lagerraums. 'Harry der Eroberer' konnte er gerade noch entziffern und musste entgegen seiner inneren Anspannung grinsen, als er Harrys Abbildung sah, die ihn in Lendenschurz und mit einer Streitaxt bewaffnet zeigte. Zuversichtlich schloss er die Augen, konzentrierte sich auf seinen Atem - so wie er früher vor wichtigen Vorspielen zur Ruhe kommen bersuchte - und ließ mit dem Einatmen frische Energie in sich hineinfließen, damit sie beim Ausatmen sämtliche Hindernisse aus ihm herausspülte. Dann, als er nur noch aus Ein- und Ausatmen bestand, hob er den rechten Arm und streckte ihn in Richtung Außenmauer.

Valerie, die ihm gefolgt war, beobachtete sorgenvoll, wie Daniels Hand mühelos die Kartons durchdrang und, je näher sie der Außenmauer kam, beständig an Größe gewann, wobei sie an den ausgestreckten Fingern zusehends gestaucht wurde. Seine Finger verloren an Länge und entwickelten sich zu monströsen Wurstfingern, während ihre Vorwärtsbewegung allmählich zum Erliegen kam. Es schien ihr, als sein Daniel eingeschlafen.

Mit jedem Zentimeter, den Daniel seinem Ziel näherzukommen glaubte, wurde sein Arm schwerer und mit jedem Atemzug, kostete es ihn mehr Überwindung, sich überhaupt in dieser Stellung zu halten. Ein paar Augenblicke später musste er den Arm mit der anderen Hand stützen, doch den Aufschub, den er dadurch zu gewinnen hoffte, verpuffte binnen einer Sekunde. Der Schweiß rann ihm in Strömen über das Gesicht, und mit der aufkeimenden Verzweiflung hielt er den Atem an und richtete seine gesamte Konzentration auf seinen rechten Arm. Er berührte noch mit der Spitze des Mittelfingers das kühle Mauerwerk, ehe er bewusstlos wurde.

„Du dummer Kerl!", hörte er als nächstes eine vertraute Stimme sagen, und als er müde die Lider hob blickte er in Valeries besorgtes Gesicht.

„Fast hätte ich es geschafft." Seine Stimme

klang schwach. „Mit den Fingerspitzen habe ich die Mauer ganz deutlich gespürt - womöglich bin ich sogar ein Stück weit eingedrungen - genau kann ich es nicht sagen. Mein Arm, Valerie ... er wurde unglaublich schwer ... Merkwürdig!"

„Du hast es immerhin versucht."

„Trotzdem! Es muss eine Möglichkeit geben. Es gibt immer eine Möglichkeit. Sie muss nur gefunden werden."

Um die gleiche Zeit im Souvenirladen.

„Omi! Sieh nur!" Der Junge rannte aufgeregt und mit leuchtenden Augen auf die Figur von Sitting Bull zu. „Kann ich den haben?" Er nahm eine der pyramidenförmig gestapelten Plastikboxen, in denen Sitting Bull mit überkreuzten Beinen vor seinem Zelt saß, den Blick in die ewigen Jagdgründe gerichtet.

„Hansi!", rief seine Omi etwas zu laut, woraufhin einige Besucher den Kopf hoben und unwillkürlich nach einem entflogenen Wellensittich Ausschau hielten. „Du kommst jetzt sofort wieder hierher!"

„Was die Kinder nur an der blöden Indianerfigur finden?", beschwerte sich Harry bei Sally.

„Der Stöpsel ist echt stabil. Er will halt Spaß haben. Darin besteht doch letztlich der Sinn des Lebens!"

„Bah! Schau dir nur seinen schwindsüchtigen Oberkörper an." Verärgert ließ Harry seine Brustmuskeln wie Gummibälle auf und ab hüpfen.

Hansi hatte mittlerweile das Objekt seiner kindlichen Begierde ausgepackt und bog jetzt Sitting

Bulls bewegliche Gliedmaßen in sämtliche Positionen. Sitting Bull mit zum Gruß erhobenem Arm, mit zwei zum Himmel gereckten Armen, als beschwöre er seine Götter. Dann krabbelte er auf allen Vieren durch das Gestrüpp, tanzte wild und mit lauten Kriegsgeheul um einen imaginären Marterpfahl, ehe er wieder zu dem Sitting Bull wurde, der im Schneidersitz des Kommenden harrte.

„Du hast deine Muckis trainiert, er den Umgang mit seinen Ahnen und ich die Arbeitskraft meiner Leber. Wahnsinn ... der Alkohol floss echt reichlich. Kein Tag, an dem ich nicht ratze war und kräftig mäandrierte. Rauschte wie ein Sturzbach die Kehle runter; ein Tsunami ist ein Dreck dagegen. Und du, Harry? Zu viel Anabolika? Alkoholika und Anabolika ... wir könnten Geschwister sein", witzelte sie und leckte sich genüsslich über die Lippen.

„Bah!" Harry verzog das Gesicht als hätte sie ihm ein Stück Zitrone in den Mund gestopft. „Alles hart erarbeitet. Disziplin, Sally und nochmals Disziplin. Aber dieser Begriff kommt in deinem Wortschatz vermutlich nicht vor."

„Leg` das sofort wieder hin! Hörst du, Hansi?"

„Aber Omi. Bald ist doch mein Geburtstag", drängelte dieser beharrlich weiter.

„Ich war auch diszipliniert. Trink immer nur so viel, Baby, sagte ich zu mir, bevor ich einen einschrauben ging, dass du alleine ins Bett gehen kannst, auch wenn du dich am nächsten Tag nicht mehr erinnern kannst, wie du das geschafft hast. Ist das vielleicht kein diszipliniertes Verhalten? Und welchem Umstand verdankst du dann deinen Aufenthalt in unserer illustren Gemeinschaft? Hat eine kraftvolle Explosion deinen Luxusbody in ein Puzzle für den Leichenbeschauer verwandelt?"

Hansis Omi seufzte gequält. Sie nahm eine der Boxen und las: '*Sitting Bull ist Stammeshäuptling und Medizinmann der Hunkpapa-Lakota-Sioux. Er ist Sprecher der Ahnengeister, die er anruft, um Krankheiten zu heilen und um reiche Beute bei der Jagd zu bitten*'.

„Bitte, Omi! Er ist bestimmt stärker als Darth Vader."

„Bah! Darth Vader! Mein Manager hat mich stets in einem Atemzug mit Conan genannt", verteidigte Harry mit Leidenschaft das Produkt seiner Lebensaufgabe und stellte sich vor Sally in Pose.

„Stimmt. Bist ein ganzes Nudelholz. Fehlen nur noch Schwert und Arnies idiotischer Gesichtsausdruck", pflichtete sie ihm grinsend bei.

„Was weißt du schon! Ich war auf dem Sprung nach Hollywood ..." In der Wildnis seiner Gedanken schlug das Wort '*Herzinfarkt*' Wurzeln und brachte ihn aus dem Konzept. Er fröstelte von einem Augenblick zum nächsten und selbst jetzt, nach Monaten in Friedpark, erschien es ihm unmöglich, sich mit der Realität seines Todes abzufinden. „Herzinfarkt. Mitten im Training. Wollte gerade die Hantel hochreißen, als das verdammte Herz mich von den Beinen riss. Angeborener Herzfehler."

'*Dem Set liegen eine Streitaxt, eine Friedenspfeife sowie ein zweites Paar Mokassins bei. Eine reich bebilderte Broschüre informiert über das Leben von Sitting Bull, seinen Stamm und den Wider-*

stand gegen die Siedlungspolitik der amerikanischen Regierung', las Omi weiter.

„Ich hasse Conan! Ich bin Harry ... und selbst hier ...“

„Tja, wenn die Pumpe schlappmacht hilft auch kein SOS in der Birne mehr. Es klinkt sich aus und als letzten Input sendet es dir das leuchtende Licht, so eine Art Leuchtfeuer, damit dein Geist sich auf dem Weg ins Jenseits nicht verläuft. So brauchst du kein Raster kriegen. Und wer hat deine sterblichen Überreste hier entsorgt? Deine Frau?“ Harry war Sallys heimliche Schwarm, obwohl der eigentlich gar nicht ihr Typ war. Mit einer energischen Bewegung schob sie ihren kleinen, üppigen Körper näher an ihn heran und betrachtete mit einem Ausdruck des Entzückens ihre schlanken, gerade gewachsenen Beine.

Im Hintergrund sang das Friedpark Duo gerade seinen Hit des vergangenen Jahres, der es nicht nur auf Platz eins der Volksmusik Hitparade geschafft hatte, sondern diesen Platz auch zwanzig Wochen lang zu verteidigen wusste. *'Du bist mein Scha-hatz, und du hast deinen Pla-hatz ...*“ Der Rest des Refrains wurde von einem Gespräch überlagert.

„Oh sieh nur, Schatzilein“, flötete die junge Frau, und ihr ebenmäßiges, lächelndes Gesicht war ebenso von heiterer Ausdruckslosigkeit wie ihre füllige Figur.

„Was denn?“, fragte ihr Begleiter gelangweilt. Er war dünn und schoss gerade wie ein Spargel in Richtung Decke. Mit beiden Händen strich er seine silbergrauen Haare über den Schläfen glatt und begutachtete, die Gedanken bereits wieder bei seiner Familie, die ihn in knapp einer Stunde zum Abendessen erwarten würde, die - wie sich seine Geliebte auszudrücken pflegte - niedliche Figur eines Geige spielenden blonden Jungen, der mit seinem gelockten Haar an einen gefallenen Engel erinnerte.

„Hübsch ... ja."

„Sieht er nicht wie ein kleiner Engel aus, Schatzlein? Würde die Figur sich nicht wunderbar auf dem Kamin ausnehmen?"

„Hm ... jetzt, wo du es sagst." Dabei dachte er: 'Sie ist und bleibt ein einfaches Gemüt.'

„Mein Manager ..." Harrys Stimme verriet seine Dankbarkeit, obwohl dieser, um die Kosten seines Kuraufenthaltes in Friedpark zu minimieren, seine Einwilligung gegeben hatte, dass T-Shirts von Bruno Banane mit der Aufschrift '*B. B. fühlt sich gut an und weckt das Männliche in dir*' hier vertrieben wurden.

„Kann ich ihn haben, Omi? Er kostet nur 19,90 Euro. Bitte, Omi!"

„Ich muss ihn ja nicht täglich um mich haben", seufzte diese und gab sich um des lieben Friedens willen geschlagen. „Aber es ist zum Geburtstag."

„Klar, Omi! Danke ... ich hab` dich ganz doll lieb!"

'*Du bist mein Spa-hatz*', tönte es wieder aus dem Lautsprecher, und der ältere Liebhaber ergänzte ungewollt in Gedanken: 'Es ist alles für die Ka-hatz', und für einen flüchtigen Moment lang überlegte er, ob er damit die Liebe oder das Verhältnis mit seiner Sekretärin meinte.

„Wenn wir uns beeilen, können wir ihn noch gemeinsam aufstellen."

„Und du, Sally? Was ist deinem Leben zum Verhängnis geworden?"

„Wo soll ich da anfangen?", überlegte sie und betrachtete ihre ebenmäßigen Zehen, in die sie seit ihrer Kindheit verliebt gewesen war. „Irgendwie sah ich es voraus, verstehst du? Aber ich konnte nichts dagegen tun. Als meine Eltern sich scheiden ließen, da war ich zehn. Das Gericht sprach mich meinem Vater zu, der sich einen Dreck um mich scherte. Einen Monat hab` ich es ausgehalten, dann bin ich abgehauen. Lebte auf der Straße oder bei diesem Rattenknecht, mit dem ich zwei Jahre durch die Kneipen gezogen bin - meine große Liebe", beichtete Sally ihm voller Sarkasmus. „Ich war ein totaler Hackstock. Klaus sah genauso übel aus wie seine trockene Haut, und seine Haare rochen wie das urinnasse Stroh in alten Bauernhöfen."

'*Zur Markeinführung unserer neuen Produktlinie*', verkündete der Lautsprecher metallisch scheppernd, '*erhalten Sie Bruno, die sprechende Puppe, zum Einführungspreis.*' '*Hallo, ich bin Bruno*', stellte sich Bruno über den Lautsprecher den Besuchern vor. '*Ich trinke gerne Kakao. Natürlich nicht irgendeinen Kakao, nein ... nur den Plantagetrank. Manchmal, wenn man Glück hat, ist in der Packung eine Überraschung versteckt, und deshalb trinke ich am Abend oft eine zweite Tasse Kakao, damit die Dose schneller leer wird und ich endlich den Schatz in meinen Händen halten kann. Ich weiß, aber ausleeren ist verboten, das widerspricht - nein, im Grunde bin ich nur nicht darauf gekommen.*' '*Nur noch diesen Monat für 14,99 Euro: Friedpark, der Erholungs- und Erlebnispark, bedankt sich für Ihre Aufmerksamkeit.*' Die freundliche Stimme trat in den Hintergrund und übergab den Lautsprecher wieder an das Friedpark Duo.

„Nein, was für ein netter Bub", meinte eine ältliche Frau an der Kasse. „Wo finde ich denn diesen Bruno?"

„Moment." Die Verkäuferin griff in das Regal unter ihrer Kasse und zauberte einen originalverpackten Bruno daraus hervor.

„Was spricht er denn sonst noch?"

„Er verfügt über ein reichhaltiges Repertoire", erklärte die Verkäuferin. „Seine Sprechzeit beträgt über zehn Stunden ..."

„Ich fahre nämlich am Wochenende zu meiner Schwester nach Kassel, und ..."

„Also dann bitte! Ab nach Kassel", fluchte ein sichtlich entnervter Kunde hinter ihr, der die Wartezeit mit kleinen Turnübungen zu überbrücken versuchte.

„Nur Geduld, junger Mann", mahnte die ältliche Dame den vorlauten Schnösel, bevor sie minutenlang ihre Handtasche nach dem Geldbeutel durchsuchte.

„Eines Abends, Harry", fuhr Sally fort, „ich war wieder ratze, spendierte so ein Schickimicki-Typ was zum Einziehen. War Crystal Meth oder sonst so einen Scheiß. Dafür war ich echt cool drauf. Alles war so klar ... es war töfte. Ein paar Typen haben mich bedrängt und ich wurde ganz gamsig ... voll ungewöhnlich ... und ich hatte überhaupt keine Angst. Level null. Wir sind dann durch die Straßen gezogen ... Einer der Typen sah aus wie so ein Untoter. Aschfahl, voller Pickel und in der Kauleiste jede Menge freie Parkplätze. Totalschaden. Kein

Startzeichen ertönte, als ich auf das Brückengelän-der geklettert bin."

'*Meine Damen und Herren, wir weisen Sie dar-auf hin, dass wir in 30 Minuten schließen. Wir be-danken uns für Ihren Besuch und wünschen eine gute Heimreise*', und bevor sie zum Friedpark Duo umschalteten, sagte Bruno noch: „*Ich genieße mei-nen Düller Frühlingsquark täglich in Friedpark. Düller und Ihre Lieben werde es Ihnen danken.*"

„Lass knacken, befahl ich mir und sprang auf den Gehweg zurück. Plötzlich stand so ein alter Vollhorst neben mir, volles Gesichtsmofa ... labert mir das Ohr zu mit zu jung und so ... Ich sage dir, der totale Rudi. Dann begann er auch noch aus der Bibel zu zitieren ... worauf ich ihm meinen reizvol-len Mittelfinger gezeigt habe. Irgendwie knickte ich am Randstein um ... Totalschaden. Die Luft roch für einen Moment nach plötzlichem Tod, und aus. Meine Wattbirne versagte und so mutierte ich zum vollen Nudelholz."

Harry schluckte trocken. „Ein Auto?"

„Nein. Dieses Sackgesicht kriegt mich zu fassen, reißt mich zurück und ich mit der Birne gegen das Stahlgerüst - Rettungsversuch mit Kollateralschaden."

„Der Tod beschreitet oft mysteriöse Seitenwege", merkte Harry an, nur um überhaupt etwas zu sagen.

„Inzwischen ist mir das latex. Die Party geht weiter, wenn auch etwas anders als ich es mir vor-gestellt habe." Sie lachte übermütig durch die Nase, verzog das Gesicht und ahmte dann den Teenager nach, der sich gerade das T-Shirt '*I like - rotes Herz - Friedpark*' überstreifte.

Nach Schließung der Hallen.

Die Gewöhnlichkeit aller Dinge auf Erden blieb Renick mit seltener Vertrautheit im Sinn. Er träumte von den stillen Straßen seiner Kindheit, und er hoffte, eines Tages dorthin zurückzukehren. Nicht jetzt, vielleicht in einem späteren Leben. Würde es dann ein Wiedererkennen geben? Existierten sie, als Seele, nicht seit Anbeginn der Zeit? Ein Satz von Adam kam ihm in den Sinn. 'Erinnerungen muss die Zeit abreißen und dann selbst den Rückzug antreten, denn im Hirn des Toten ist kein Platz mehr für das frühere Leben, kein Raum mehr für Hunger, und im Herz des Toten keine Stätte für die Liebe mehr.'

„Ich ahnte es, dass ich dich hier finden würde", sagte Adele, als sie den Durchgang passierte. „Obwohl ich deine einsamen Stunden hier verurteile. Du bist nicht zum Einsiedler geboren.

„Es sind die Erinnerungen", verteidigte er die Zeit an seinem Lieblingsplatz. „Erst gestern musste ich an Hausers Kiosk denken, hörte sein 'Haut ab, ihr verdammten Plagegeister!' Wochenlang haben wir abends bei ihm geklingelt, und oft ist er uns nachgerannt, nur mit Morgenmantel und Pantoffeln bekleidet. Aber was wussten wir schon von ihm ..."

„Was ist aus ihm geworden?"

„Er wurde tot im Hinterzimmer seines Kiosks aufgefunden. Ermordet. Es hieß, dass er Stricher vom Bahnhof oder irgendwelchen Kneipen in den Kiosk mitnahm. Ob es Eifersucht war oder sie wegen der Bezahlung in Streit gerieten? Der Fall wurde nie aufgeklärt."

„Niemand sollte ein solches Ende finden."

„Ja."

„Du musst dich von der Vergangenheit lösen, Renick. Es ist nicht gut für dich. Wir sind nun einmal hier gefangen, und wer weiß, ob wir jemals aus diesem Nicht-Leben befreit werden."

Schweigsam hörte Renick Adele zu und fragte dann: „Hast du nicht auch das Gefühl, dass wir schon viel zu lange hier sind? Oder werden wir nur langsam alt?"

Adele musste lachen. „Gut möglich. Ich habe übrigens mit Pedro gesprochen", wechselte sie das Thema und kam zu dem eigentlichen Grund ihrer Begegnung. „Er sagt, dass er bis jetzt noch nicht im Vollbesitz seiner Kräfte ist, aber er will es versuchen."

„Er spricht folglich nicht mit den Geistern?"

„Derzeit nicht, nein."

„Adele - Renick!", begrüßte von Stetten sie, als er im Schlepptau von Pedro hinter ihnen Gestalt annahm.

„Hallo", sagte Pedro kurz. Seine Präsenz brachte die Luft zum Knistern.

„Sie reden mit den Verstorbenen?", fragte Renick, und der kalte Glanz in seinen Augen überdeckte seine Skepsis nur mäßig.

„Ich besitze die Gabe, ja."

„Da fällt mir eine Geschichte ein", schaltete von Stetten sich ein, um die angespannte Situation zu entschärfen. „Der Bursche lungerte oft in der Nähe unseres Hauses herum. Niemand wusste zu sagen, woher er kam, geschweige denn wo er wohnte. War so ein kleiner Bursche, mit verschlagenen ... hinterlistigen Augen, die sich ab und zu krankhaft verdrehten, bis nur noch das Weiße sichtbar war. Ganz so, als wollten sie beobachten, welche Gedanken sich als nächstes in den Vordergrund drängen. Trug stets so einen kleinen Kasten mit sich, in dem Schuhwichse, Bürsten, Tücher und was weiß ich noch alles aufbewahrt wurden. Wie ich bereits ausgeführt habe, lungerte er dort draußen mit seiner transportablen Manufaktur bei den Ställen herum, immer auf der Suche nach Arbeit. Aber Schuheputzen konnte der ... blitzblank ... Worauf wollte ich ursprünglich hinaus? Jetzt! Wahrsagen konnte er auch, und für einen entsprechenden Obolus riskierte er einen flüchtigen Blick in die Zukunft. Unsere Stallburschen schworen auf ihn und selbst meine Eltern konsultierten ihn bei schwierigen Entscheidungen. Und Fluchen konnte der ... aber ... nun denn!" Von Stetten räusperte sich vernehmlich, als habe er sich an seinen eigenen Worten verschluckt.

„Dieser Anton Rubinger, ich habe ihn selbst gesehen. Heute Nachmittag in der Sonderausstellung, in der mein Wigwam idst. Er bat um Hilfe, auch um unsertwillen. Wir sollen etwas verhindern, das im Zusammenhang mit einem Körper steht."

„Aber wo befindet er sich?" Adele klopfte mit ihrem Stock auf den Boden. „In einem Zwischenbereich? Ist er noch hier, bereits drüben? Ich verstehe das nicht."

„Schwer zu beurteilen. Ich habe zwar eine Vermutung, aber ... Die Seele ist durch eine Silberschnur mit dem Körper verbunden und, so könnte ich mir vorstellen, sie ist bei uns nicht gerissen. Eigentlich dürfte es nicht sein, da mit Eintritt des Todes ihre Bande mit dem materiellen Körper aufgelöst werden, selbst wenn sie noch einige Tage in der Nähe ihrer Angehörigen verweilt. Sie könnte auch Rubinger noch an diesen Ort ketten. Vielleicht gibt es Ausnahmen."

„Ausnahmen?", wiederholte Adele mit hochgezogenen Brauen.

„Eine Statue ohne ... leblos, ohne Geist."

„Mir ist kein derartiger Fall bekannt", antwortete Renick sachlich und mit ausdrucksloser Stimme. „Ausgenommen bei den ersten Konservierungen. Ihr Geist ... Seele konnte hinübergehen."

„Dann liegt es, wie Adele bereits angedeutet hat, doch an dem Konservierungsmittel - obwohl ich es mir eigentlich nicht vorstellen kann. Und wie passt eurer Meinung nach Rubinger in das Bild?"

„Das ist die Frage, deren Beantwortung wir uns von Ihnen erhoffen."

„Die Zerstörungen seiner Statue hat er selbst verursacht", setzte von Stetten hinzu.

„Adele hat es erwähnt. Allerdings verstehe ich nicht, wie seine Kräfte uns dienlich sein sollen. Erstens ist nicht sicher, ob er überhaupt vollständig wieder hierher gelangt, und zweitens scheint kein Konsens darüber zu bestehen, welches Ausmaß seine parapsychologischen Kräfte in Wirklichkeit annehmen können."

„Immerhin hat er Neonröhren zum Platzen gebracht. Das habe ich selbst miterleben müssen", warf Adele ein, um Rubingers Kräfte zu unterstreichen.

„Gut und schön", erwiderte Pedro, und plötzlich griff eine Ahnung nach seinem Geist. Wo immer sie Erinnerungen weckte, fühlte er, wie sie seine Gestalt aushöhlten. Mit jedem gedachten Atemzug floh seine Zuversicht; sie quoll aus seinen Poren und versickerte in der Dämmerung. Aber die eigentliche Folter bestand in den Bildern, die ihm vor Augen führten, wer er einmal gewesen war.

„Und was erwartet Ihr von mir? Soll ich mit Rubinger in Kontakt treten?"

„Ist das möglich?"

„Versuchen werde ich es, Renick. Versprechen möchte ich allerdings nichts."

„Na, das ist doch ein Wort, nicht wahr, meine Damen und Herren", rief von Stetten freudig aus. „Da fällt mir gerade eine Szene aus Huckleberry Finn ein, wo er mit Joe den Fluss hinuntertreibt. Aber das gehört im Moment wohl nicht hierher."

Adele nickte zustimmend und glaubte zu hören, wie es mit dumpfen Schlägen ungefähr acht Uhr wurde. Dann eine Minute später ahnte sie, die folgenden Minuten würden an dieser kleben, damit sie langsamer verstrichen, weil sie sich vehement gegen die Zukunft wehrten.

„Wie läuft die Kommunikation mit den Verstorbenen ab?", wollte Renick von Pedro wissen, der nur einmal mehr fühlte, dass Ärger auf ihn zukam. Er konnte ihn förmlich riechen.

„Vor einem Auftritt", und die Worte kamen ihm dabei so deutlich über seine Lippen, als wären sie wie Perlen an einer Schnur aufgereiht, „betete ich zu Gott, bat um die Unterstützung meiner Geistführer. Auf der Bühne sah ich die Verstorbenen neben mir stehen; sie warteten auf ein Zeichen meiner Geistführer und brachten dann ihr Anliegen vor. Es kann auch vorkommen, dass ein Verstorbener mich bereits tagsüber heimsucht, weil er unbedingt jemanden sprechen muss, weil er sich um dessen Gesundheit sorgt."

„Erfährst du ihre Namen - anders gefragt, kannst du deinen Geistführern mitteilen, mit wem du sprechen möchtest?"

„Namen sind im Jenseits nicht mehr von Interesse", beantwortete er Renicks Zwischenfrage. „Aber, ja, wenn es der Verstorbene für seine Identifizierung für notwendig erachtet oder er die Familienmitglieder im Publikum nur auf diese Weise von seiner Existenz überzeugen kann, dann greift er auf diese typisch irdische Gepflogenheit zurück. Dann sage ich: 'Hans ist hier, und er möchte die Dame in der letzten Reihe links sprechen, ihr Name ist Mona.' Einige beschreiben Szenen des heutigen Tages. Dass ihre Frau weinend am Küchentisch gesessen und beim Umblättern der Zeitung die Kaffeetasse umgestoßen hat. Oder sie geben Mitteilung darüber, wo wichtige Dokumente, seit längerer Zeit vermisste Schmuckstücke zu finden sind. Und um auf den zweiten Teil deiner Frage einzugehen; ich kann nach bestimmten Personen fragen, habe jedoch keinen Einfluss darauf, ob sie bereit dazu sind zu kommen."

„Ist jetzt eine Präsenz anwesend?" Neugierig suchte Adele die Decke nach irgendwelchen vertrauten oder geheimnisvollen Erscheinungen ab. Von Stetten verdrehte die Augen und dachte: 'Hier in diesem Hallenkomplex können wir vermutlich ewig hinter den Verstorbenen herjagen, wir werden sie nicht finden. Keiner von uns in Friedpark hat auch nur ein Haar, einen Zipfel ihrer Kleidung gesehen - sie meiden diesen Ort. Er ist ihnen nicht geheuer. Womöglich fürchten sie sich auch bloß vor so vielen unerlösten Seelen." 'Letztlich' - so scherzte von Stetten in Gedanken, 'arbeitet keiner länger, als gesetzlich vorgeschrieben.'

„Ok, Pedro! Versuche es. Rubinger sucht Kontakt, und er könnte intuitiv deine Gabe erkennen. Können wir dich dabei unterstützen?"

„Eigentlich nicht." Ihre unterschwellige Hoffnung lastete schwer auf seinen Schultern.

„Dann wollen wir uns der Erlösung nicht länger verschließen", verabschiedete sich von Stetten in seiner gewohnt blumigen Sprache. „Die neue Welt ruft und es wird Zeit, dass wir ihrer Aufforderung folgen. Wie pflegte Mark Twain durch Tom Sawyer zu sagen: *'Ich habe dir nie was Böses getan, das weißt du doch. Für was kommst du dann zurück und spukst mir hinterher?'* Jemand an der Antwort von Huck Finn interessiert? *'Ich komme doch nicht zurück, ich bin gsar nicht tot gewesen.'* Damit will ich zum Ausdruck bringen: Womöglich war unser lieber Anton Rubinger ebenfalls nie fort und muss somit auch nicht zurückkommen."

„Interessanter Gedanke", pflichtete Renick ihm bei.

„Er redet so schön. Ich könnte ihm stundenlang zuhören." Adele lächelte, drehte sich um und machte sich auf den Weg zu ihrer Statue.

„Geht sie immer zu Fuß?"

„Adele? Sie liebt die altmodische Art der Fortbewegung. Zu Fuß gehen, behauptet sie, sei gesund und halte den Körper fit. Und das sei schließlich die erste Voraussetzung für einen wachen Geist; gerade in ihrem Alter. So ist sie, unsere Adele - wobei", sagte von Stetten leise, „ich noch nicht sehr lange die Ehre ihrer Bekanntschaft genieße. Dennoch ist sie mir in dieser kurzen Zeit ans Herz gewachsen. Ja sie hätte ich in meiner Kindheit gerne zur Großmutter gehabt. Dafür hätte ich, bis auf mein Lieblingsbuch, alles hergegeben. Ach ... ich werde sentimental", schimpfte er mit sich selbst, flackerte kurz und war verschwunden.

„Für mich wird es ebenfalls Zeit", nuschelte Pedro mehr zu sich selbst als in Richtung Renick, ehe auch er einen anderen Ort aufsuchte. für seine tägliche Abendmeditation.

Die Stille kehrte an diesen Ort zurück. Er genoss die Ruhe, und plötzlich begriff er, was seit dem endgültigen Abschied von Adam mit ihm los gewesen war. Eigentlich erfuhr er nichts Neues - nein, er hatte es bereits seit längere Zeit gewusst, nur sein Verstand nicht. Nun war es ihm klar. Er war einsam. Renick fühlte sich von den anderen ausgeschlossen, und in seiner Einsamkeit wollte er ihnen nahe sein - aber sie blieben stets Fremde, weil ihnen die Tür zu seinem Herzen verschlossen geblieben war. 'Ich stand immer abseits. Gehörte nie wirklich zu einer Clique. Wie oft drückte ich mir die Nase am Fenster platt und beobachtete heimlich die anderen, wie sie tanzten, tranken und sich vergnügten. Nur in den Jahren als ich trank wurde ich zu dem Charmeur, der in meiner Vorstellung existierte; interessant und begehrenswert. Letztlich wurden die Exzesse so schlimm, dass alles Betteln und Flehen nichts mehr nutzte, ich wurde bei den Einladungen geflissentlich übergangen.' Das alles wurde ihm klar, als er den Blick auf sein imaginäres Spiegelbild richtete, es zwischen den Silhouetten der Häuser lange und still betrachtete. Es war ein sonderbares Gefühl, als hätte die Erkenntnis die Uhrfeder seines Herzens beschleunigt, um ihm etwas mitzuteilen. Nur was?

19.03.2016   Im Morgengrauen

Der für Friedpark tätige Begrüßungsredner, Otto Homlinger, entfaltete das Blatt Papier, auf dem er ein paar Lebensdaten des neuen Mitarbeiters für seine Rede notiert hatte. Er überflog kurz die Stichworte, fügte in Gedanken einen passenden Spruch hinzu und wartete geduldig, bis die Angehörigen und Freunde vollzählig um die Statue versammelt waren. Im Hintergrund sprang Sally unruhig auf und ab, um besser sehen zu können, während ihre Begleiter, eine Handvoll überwiegend junger Mitglieder von Friedpark, die Zeremonie mit kühler Gelassenheit verfolgten.

Auf ein Zeichen von Otto Homlinger spielte der Mann am Harmonium schnell und mit wenig Engagement - er war in der letzten Nacht Vater geworden - ein Stück von Oswald von Wolkenstein, das er speziell für die Neuzugänge des Themenbereichs 'Leben im Mittelalter' bearbeitet hatte. Die Frau des neuen Mitglieds des Ensembles, wischte sich mit dem Taschentuch verschämt die eine oder andere Träne aus dem Augenwinkel. Ihre beiden Kinder, Irene, sechzehn Jahre und der bereits erwachsene Rolf mit seiner Frau, standen eher unbeteiligt hinter ihr im Halbkreis beieinander, tauschten Blicke der Langeweile und des Unverständnisses aus, begleitet von tiefen, kaum überhörbaren Atemzügen. Zwei Kollegen ihres Mannes, beide Schweißer wie ihr Harald, komplettierten die zu früher Stunde angesetzte Zeremonie. Schwunglos beendete der Mann am Harmonium die eigens für Friedpark komponierte Schlusssequenz, begleitet von dem dankbaren Blick der Frau des zu Enthüllenden.

„Liebe Frau Wagner, liebe Angehörigen und Kollegen des neuen Mitglieds unseres hochgeschätzten Ensembles 'Leben im Mittelalter', ich wünschte, der Grund aus dem wir hier alle versammelt sind, erfüllte sie mit großer Freude. Dieser Moment kam für sie alle viel zu spät - sie hätten diesen hervorragenden Ehemann, Vater und geschätzten Kollegen sehr gerne früher seine wahre Lebensaufgabe hier in Friedpark antreten lassen.“

„Das Gelaber jedes Mal, haut dir das Hirn raus“, jammerte Sally. Ihr Unmut, strahlender als aktive Brennstäbe, traf den zufällig neben ihr stehenden Bruno.

„Das müssen sie tun, Sally. Ist im Preis inbegriffen.“

„Schon gut, Bruno. War nicht so gemeint.“

„Robert Wagner war ein Anker; ein Mann, auf den sich bisher jeder verlassen konnte - er stand immer mit Rat und Tat zur Seite. Ein guter Freund, Zuhörer und Kämpfer, und wenn es wirklich einmal schlimm wurde, gab er sein letztes Hemd. Wie auch jetzt, um es mit einem modern gearbeiteten, leichten Kettenhemd zu tauschen.

Ich denke an die Bilder, die Sie mir, liebe Frau Wagner, aus den letzten gemeinsamen Tagen geschildert haben, die einen heiteren, mit seinem neuen Lebensabschnitt zufriedenen Menschen zeigen, der die sich ihm im Leben bietenden Chancen stets mutig ergriffen hat, wofür die hier Versammelten nur ein weiteres Zeugnis ablegen.“

„Ich bin Bruno!", sagte Bruno zu Sally, obwohl er wusste, dass sie es auch wusste, weil er es ihr schon drei Mal gesagt hatte. Und doch schien ihm im gleichen Atemzug, ganz plötzlich, die Welt verändert, und Bruno, obwohl immer noch Bruno, immer noch Mädchen für alles und ... irgendwann, wenn er erst wie sein Kollege Huber den Fuß bis zur Nasenspitze biegen konnte, dann würde auch er, natürlich für Sally, ein Lied auf dem großen Zeh pfeifen. Bruno hatte sich verliebt. „Hmmmpf", kam es dumpf über seine Lippen, wobei er in Gedanken Kakao in die warme Milch rührte. „Plantagentrank." Ungewollt laut und für alle verständlich entwischte ihm das Wort, und schlagartig begannen seine Ohren fürchterlich zu brennen.

Sally folgte unbeeindruckt der Zeremonie. „Der Plantagentrank, ja, den kenne ich."

„Kakao ist gesund und ... ich kann ihn zubereiten." Dann wollte er ihr eigentlich erklären, weshalb er abends oft noch eine Tasse trinken musste, unterließ es aber, weil es sie sicherlich nicht interessierte hätte.

„Laberaraber!" Sie drohte Bruno scherzhaft mit dem Zeigefinger.

„Das alles gibt nicht nur unendlich viel Anlass", sprach Otto Homlinger in würdevollem Tonfall, „dankbar zu sein - dankbar in aller Traurigkeit, dass Robert Wagner sein gewohntes Heim verlässt, um sich, trotz seines fortgeschrittenen Alters, einer neuen Herausforderung zu stellen."

„Man könnte meinen, Vater sei ein Heiliger gewesen", flüsterte Irene der Frau ihres Bruders hinter vorgehaltener Hand zu. „Mutter hätte ihn lieber dem christlichen Thema überantworten sollen."

„Pst! Du hast es gleich überstanden."

„Na hoffentlich."

„Wird er sofort schlüpfen?", fragte Kurt in die Runde, der zum ersten Mal im Begrüßungskomitee stand.

„Unterschiedlich. Manche fallen förmlich mit der Enthüllung ihrer Staue heraus, andere erscheinen erst nach Tagen. Bei Älteren geht es meist zackig."

„Danke, Sally."

„Liebe Frau Wagner, sind wir nun guten Mutes, dass Ihr teurer Ehemann die Kraft finden wird, um die vielen Anreize, die ihm das Leben in Friedpark eröffnet, bis zur Neige ausschöpfen zu können. Willkommen, Robert Wagner!" Sorgsam faltete Otto Homlinger den Zettel und zog mit pietätvollem Blick das Tuch von Friedparks neuem Mitarbeiter.

Das überraschte Raunen der Versammelten wogte wie sanfter Wellengang.

„Wundervoll!", entrang es sich der Brust von Frau Wagner, die ihre Augen beschatten musste, weil die Rüstung ihres Mannes im Licht der Strahler heller als die Sonne erstrahlte und sie schmerzhaft blendete. 'Ein Blender', hörte sie eine bekannte Stimme in ihrem Hinterkopf sagen.

„Lächerlich!" Irene würdigte ihren Vater keines weiteren Blickes.

Der Mann am Harmonium entlockte den ausgeleierten Tasten noch ein paar Takte aus Carmina Burana, bevor er mit einem angedeuteten Nicken zuerst den Stecker und dann selbst von dannen zog. Otto Homlinger schaltete den Strahler aus, damit er die aus hauchdünnem Aluminium gearbeitete Rüstung nicht zum Schmelzen brachte, nickte Frau Wagner zu und folgte eiligen Schrittes seinem Kollegen.

„Sieht er nicht gut aus?" Sie sah ihre Kinder mit überirdischem Blick an. „So kraftvoll, so wild entschlossen, es allen zu beweisen, die seine Entscheidung kritisiert haben, ihn bereits zum alten Eisen zählten. Und die Rüstung erst. Sie passt erstklassig. Mein Robert sieht darin richtig schnieke aus."

„Doch, Mutter", ließ Irene sie in ihrem Glauben.

„Es ist überwältigend, Mutter", bestätigte auch ihr Sohn im Überschwang seiner Gefühle. „Einfach grandios! Am liebsten würde ich sofort hierbleiben, um ihn zu unterstützen."

„Ich danke dir für deine warmen Worte, Wolli."

„Jetzt wird es spannend!" Ungestüm kämpfte sich Sally bis zu Robert Wagner durch. Bruno sah ihr nach, und weil sich im Augenblick nichts Besonderes ereignete - Robert Wagner seinen Auftritt offensichtlich verschlafen hatte - und weil die Zeit sämtliche Wunden heilte, zumindest hat Brunos Mutter diesen Satz stets als Allzweckwaffe eingesetzt, wenn ihr Sohn über einen Stein gestolpert war oder die Mädchen im Kindergarten seinen Apfel im hintersten Winkel des Schrankes versteckt hatten, ergriff sein Homunkulus die günstige Gelegenheit für eine Durchsage. „Achte auf Rubinger", sprach Bruno in ehrfürchtigem Ton und schloss zu den anderen auf. Sie warteten auf Robert Wagner.

„Dieser Mircrob schlüpft heute nicht mehr." Sally klopfte an die Rüstung.

„Lausige Vorstellung von - wie nennt der sich

noch mal - Prinz Eisenherz." Kurt war angefressen und stänkerte weiter. „Auf nichts ist hier Verlass! Zum Glück mussten wir keinen Eintritt bezahlen."

„Er wird erschöpft sein. In seinem Alter ist jede Veränderung Gift für die Nerven." Während Bruno diese großartigen Weisheiten zum Besten gab, suchte sein Homunkulus angestrengt nach der Antwort für die Verzögerung. Mit kindlichem Enthusiasmus stolperte er durch sein Feld von Möglichkeiten, walkte Brunos Gehirn mal an dieser Windung, mal ein Stück weit entfernt kräftig durch - zum Zwecke der besseren Durchblutung -; es war der Versuch seines einsamen Gemüts, einen Zugang zu finden zu den Geheimnissen des Daseins, der Gemeinschaft und ihrer Wirkmechanismen. „Ich höre ihn!" Im selben Moment tauchte Robert Wagner auf.

„Wahnsinn!", stieß der überrascht aus und betrachtete mit Entzücken seine großen Hände. „Ich ... ich kann es nicht fassen!" Seine Stimme war von Anfang an die eines alten Mannes, mit einem säuerlichen Unterton, der entrüstet und abweisend klang.

„Willkommen!" Der Gruß weckte ihn aus seiner Starre. „Wir begrüßen dich in Friedpark."

„Friedpark?" Verwirrt sah er auf. „Ist das nicht die Stiller Klinik?"

„Still ist es hier nur in der Nacht ... obwohl, es ist ok, dass du nach dem Schlüpfen etwas weich in der Birne bist."

„Schlüpfen? Birne? Obsttag? Ist heute Montag? Um zehn sollte ich mich in der Klinik einfinden", erinnerte sich Robert Wagner allmählich an seine letzten Minuten, und selbst ein Wald- und Wiesenpsychologe hätte die Anzeichen drohenden Irrsinns in seinem Blick unschwer übersehen können.

„Sie", wollte Sally fortfahren, als Bruno sie unterbrach.

„Glaubst du, jetzt ist der richtige Zeitpunkt dafür? Als ich zum ersten Mal mit meinem Homunkulus gesprochen habe, da war ich anschließend komplett neben der Kappe - Nebengleis."

„Bruno hat recht, Sally. Guck dir doch den Typen an. Der ist völlig fertig. Wir sollten warten, bis er seine Statue entdeckt." Kurt erntete von Sally einen harschen Blick.

„Die Reha. Hatte ich einen weiteren Schlaganfall? Sie können mir die Wahrheit getrost anvertrauen, meine Damen und Herren, so leicht gerät ein Robert Wagner nicht aus der Spur."

„Ich würde sagen, du hast deinen Traumjob bei dem Stiernackenkommando da gefunden."

„Klasse, Sally. Wie behutsam du ihm sein Ableben beigebracht hast."

Entsprechend seiner Statue steckte Robert Wagner zufällig in derselben blitzblanken, auf Hochglanz polierten Rüstung, und als er einen Schritt nach vorne trat erkannte er das ganze Ausmaß der Tragödie. „Wahnsinn! Das ... das ... ich ..." Das Gesicht der Statue war grobschlächtig, fahl und farblos. Die Haut wirkte dick und grobporig wie die eines Pockenkranken und war von einem dichten grauen Flaum überzogen. Er hatte kleine gerötete Augen und seine Brauen waren von derselben unansehnlichen Beschaffenheit wie der Flaum in seinem Gesicht. Die Nase flach, der Mund konturlos, dünnlippig. „Wo soll ich hier sein?" Er schluckte trocken.

„Friedpark. Das Reich der lebenden Toten", scherzte Kurt und musste über seine eigene Bemerkung lachen.

„Friedpark? Davon habe ich gehört. Die Ausstellung konservierter Körper." Sein Blick vertiefte sich abwechselnd in die Betrachtung seiner Hände und seinen auf Prinz Eisenherz getrimmten Körper.

„Nach dem dritten Herzinfarkt gehe ich frisch und fröhlich in den Friedpark", frotzelte Kurt weiter. „Denn Friedpark ist megastark."

„Wie geht es Ihnen?", erkundigte sich Bruno und legte ihm freundschaftlich die Hand auf die Rüstung, dass es nur so knisterte. „Ich bin Bruno, und außer mit meinem Homunkulus unterhalte ich mich gerne mit den netten Seelen hier in Friedpark. Meine Mutter hat immer gesagt: 'Sei freundlich zu Fremden. Hilf ihnen, wenn du kannst'. Wie kann ich Ihnen helfen?"

„Mach Eier! Überlassen wir den edlen Ritter sich selbst! Ich für meine Wenigkeit habe genug. Nett, dich kennenzulernen." Sally verflüchtigte sich. Robert Wagner zuckte sichtlich zusammen und starrte geraume Zeit auf den verwaisten Platz.

„Wohin ist sie ... wie ... hat sie das bewerkstelligt?" Langsam sank er in einen wohltuenden Irrsinn hinein.

„Dann halten Sie die Ohren steif!", meinte Bruno und beäugte neugierig die entsprechende Stelle an der Rüstung, als könne er nicht glauben, dass dort noch Platz für zwei Ohren war.

„Wenn du einen Dosenöffner benötigst, melde dich bei mir. Sonderausstellung zum Tode von Winnetou." Generös bot Kurt ihm seine Hilfe an, dann schlenderte er pfeifend in den neuen Tag hinein.

Wenig später in der Empfangshalle.

Es war Kiesewetters erster Arbeitstag, seit ihn ein leichter Schlaganfall für drei Monate außer Gefecht gesetzt hatte. Er schaltete den Computer ein und rückte seine Brille zurecht. Mit einem speziellen Tuch reinigte er die Tastatur, bis der Computer ihm verkündete: 'Sie haben in Ihrem Postfach zwei neue Nachrichten'. „Komm schon!", sprach er sich selbst Mut zu. „Es ist simpel wie ein Kinderlied. Wie war das nochmal? Doppelklick auf den Briefkasten und ..." Kiesewetter beugte sich bis zum Anschlag vor und wartete auf die Reaktion des schwarzen Kastens unter seinem Schreibtisch, dessen Innenleben jählings zu einem gespenstischen Eigenleben erwachte. Das Mailprogramm flutete den Bildschirm, und neben der Rubrik 'Eingang' blinkte eine winzige Zwei, die auf ihn, ohne dass er dafür einen plausiblen Grund hätte nennen können, brandgefährlich wirkte, und das nicht nur aufgrund ihrer signalroten Färbung. Umständlich dirigierte er den Pfeil mit der Maus darauf zu. Erleichtert registrierte er dann die Metamorphose des Zeigers in einen sich drehenden Kreis, als er das Symbol im fünften Anlauf mit einem trockenen Doppelklick zu Boden streckte.

'Der Termin mit Herrn Halbschlag für 8:00 Uhr wurde von Frau Halbschlag bestätigt', informierte ihn das Programm stellvertretend für die Dame vom Empfang.

„Für Schließen das Kreuz anklicken." Minuten später, und nach dem zweimaligen Neustart des Programms gelangte Kiesewetter zu der zweiten Nachricht.

'Die unerwartet hohe Nachfrage unserer Dienstleistung zwingt uns zu Maßnahmen in Bezug auf die Einstellungskriterien. Sie werden in den aufgeführten Punkten wie folgt modifiziert:

- 3.5   Neue Mitarbeiter müssen über ein ansprechendes Äußeres verfügen.
- 4.1   Die Obergrenze des Eintrittsalters wird von 95 auf 75 Jahre herabgesetzt. Ausnahmen z. B. im Zuge von Sonderausstellungen müssen von der Geschäftsführung genehmigt werden.
- 5.3   Die Laufzeiten von Erstverträgen werden auf zwei Jahre begrenzt. Die Option der jährlichen Verlängerung bleibt gültig.
- 5.8   Kinder bis sechs Jahre werden nur in Begleitung eines Erwachsenen eingestellt.
- 6.7   Bei einem Eintrittsalter zwischen 25 und 40 Jahren müssen die in Tabelle A aufgelisteten körperlichen Voraussetzungen erfüllt sein.
- 7.0   Der Nachzug von Familienmitgliedern wird nur in besonderen Härtefällen - dazu Anlage 27/A - gewährt.

Die Vertragsunterlagen wurden zum 19.03.2016 entsprechend geändert. Bitte weisen Sie unsere Kunden mit der gebotenen Pietät unseres Berufsstandes darauf hin. Gezeichnet Dr. Dr. Phil. H. Mortus.'

Kiesewetter stöhnte so heftig auf, dass er die Erschütterungen bis in die Zehen spürte.

„Guten Morgen, Herr Kiesewetter. Schön Sie wieder an Bord zu haben", begrüßte ihn die Dame vom Empfang. Lasziv schwang sie ihre Hüften, die die eng anliegende Hose wie Bootsflanken einer Holzschnitzerarbeit wölbten.

„Guten Morgen", antwortete er, halb in der meditativen Vorbereitung auf den ersten Kunden versunken. Trotzdem entging ihm nicht die friedvolle Leichenblässe ihres Gesichts, als sie keuchend die letzten Meter zu ihrem Arbeitsplatz in Angriff nahm.

„Tief einatmen und alles Belastende loslassen." Mantraartig betete er den Losungsspruch herunter, bis sein Selbstbewusstsein soweit gestärkt war, dass ihm absolut nichts ihn Belastendes mehr einfiel - außer dem Frühstücksquark vom Morgen, der herzhafte und gesunde Ballaststoffe enthielt und Magen und Darm reinigte.

'Herr Halbschlag ist hier', eröffnete ihm sein Bildschirm, und als Kiesewetter den jetzt ballastfreien Kopf hob, kam ihm Herr Halbschlag bereits, leicht mit dem Oberkörper schwankend, entgegen. Er sprang auf, streckte seinem Kunden zur Begrüßung die Hand hin und wartete geduldig, bis dieser sie beidhändig ergriff und dadurch nicht nur zum Stehen kam, sondern zusätzlich seine Haltung stabilisierte.

„Kiesewetter."

Herr Halbschlag nahm unaufgefordert und mit Kiesewetters Hilfe Platz. Der junge Mann mit den hübschen blauen Augen, die im Licht der Neonröhren herrlich glasig strahlten, studierte mit einem nervösen Seitenblick die Sonderangebote auf einem links an der Wand angebrachten Bildschirm. Die schlanke Gestalt rutschte unruhig auf dem Stuhl hin und her, wobei er sich noch immer an Kiesewetters Hand festklammerte.

„Jo, stimmt", gab Herr Halbschlag etwas zu laut und mit einem unverständlichen Übereifer von sich.

„Sehr schön." Kiesewetter riss sich zusammen, lächelte mit gequälter Höflichkeit und entwand dem stark alkoholisierten jungen Mann seine mittlerweile gut aufgeschüttelte Hand. „Was kann ich für Sie tun, Herr Halbschlag?"

„Mein alter Herr", sang Halbschlag, und seine Stimme variierte sowohl in der Tonhöhe als auch zwischen fortissimo und fortepiano. Nebenbei zupfte er in Höhe des Bauchnabels ein undefinierbares Etwas von seinem Pullover und überkreuzte die Beine. „Ganz vernarrt war er in den Schuppen hier. Sagte immer: 'Da will ich den Rest meines Lebens verbringen', und dabei starrte er so sonderbar vor sich hin." Gelangweilt schnippte er das Gefundene über Kiesewetters Kopf hinweg.

„Nun ja", meinte Kiesewetter mit dürftigem Eifer und der von seinem Chef geforderten Pietät. „Wann ist der Entschluss Ihres werten Herrn Vaters über den endgültigen Umzug in unser Etablissement gefallen?"

„Gestern Abend." Mit tatkräftiger Unterstützung seiner Hände berichte er von dessen Entscheidungsfindung. „Hat brav sein Süppchen gelöffelt, das Geschirr ordentlich abgewaschen und aufgeräumt, den Fernseher angestellt und sich mit dem gewohnt wohligen Seufzer in den Sessel sinken lassen. Tja - und dann hat er plötzlich den Mund aufgerissen, als wolle er uns vor Beginn seiner Lieblingsserie '*Brot und Liebe*' noch schnell etwas zuflüstern, doch stattdessen kippte er nach rechts und machte sich in die Hose. Hier ist übrigens ein Bild von ihm." Er förderte aus einer seiner zerbeulten Taschen ein zerknittertes Foto hervor.

„Oha!" 'Ein buckliger Zwerg!', schoss es ihm durch den Kopf. Die dünnen Beine, bessere Fasshalter. Für Kiesewetter grenzte es an ein Wunder, dass sie den mächtigen Buckel und den verwachsenen Brustkorb überhaupt zu tragen vermochten. Außerdem hatte Herrn Halbschlags Vater einen wirklich großen Kopf, tiefliegende grüne Augen und einen schiefen Mund. Die Haut - er wusste nicht, ob es eventuell an dem Foto lag - sah seltsam gelbstichig aus. Nur dank seiner früheren Ausbildung zum Statisten im örtlichen Theaterverein gelang es ihm, den Schock ohne äußerlich erkennbare Anzeichen zu überwinden.

„Nicht gerade ein Adonis, mein alter Herr ... wie? Was können Sie denn jetzt für ihn tun? Ist ja sein letzter Wunsch im Leben gewesen, hier irgendwie unterzukommen, seiner Insel der Seligen. Wissen Sie, Herr Kiesewetter - mein Alter gehörte zu der verlorenen Gattung ... Die glaubten, es können ihnen im Alter durch zauberkräftige, wundersame Formeln oder Getränke zu einem ewigen Leben verholfen werden. Sie können sich nicht vorstellen, wie mein Alter mit seinen Kegelbrüdern ... wilde Horde von Gehhilfejunkies, die Esoterikläden stürmte und dort Berge von Büchern über Nahtod, Reinkarnation und das Leben im Jenseits kaufte." Erschöpft hielt Herr Halbschlag inne, griff in die Innentasche seiner Jacke und zog seinen persönlichen Muntermacher heraus. Drei kräftige Züge später schien es ihm wieder besser zu gehen, obwohl sein Gesicht merklich nachdunkelte und seine Sprechweise noch schleppender und unmodulierter wurde.

„Nun ..." Kiesewetter erlitt einen Hustenanfall.

Sein Gegenüber nutzte die Situation und ließ das Leben seines Herrn Vaters Revue passieren. Er berichtete von dessen Kindheit, dass er im Kindergarten lieber Ross als Reiter verkörpert hatte, er nannte Namen und Ortschaften, die vermutlich nicht nur Kiesewetter unbekannt waren, dann wechselte er über Grund- und Hauptschule zu zahllosen Tätigkeiten, ehe seine beispiellose Karriere als Entsorger menschlicher Exkremente ihren Lauf nahm. Allerdings war er im Zuge der zunehmenden Modernisierung der Städte, die auch den Ausbau der Kanalisation mit sich brachte, kurzzeitig seiner Existenzgrundlage beraubt worden, was ihn zuerst in den Ruin und dann in die weit geöffneten und herzensguten Arme seiner späteren Frau getrieben hatte. Mit der Heirat trat er in das Unternehmen ihres Vaters ein, wo sein - wie Herr Halbschlag Junior mit erhobenen Zeigefinger betonte - früheres Fachwissen sich als von unschätzbarem Wert erweisen sollte. Und, nach zwei weiteren Schlucken aus dem silbernen Flachmann, rissen endgültig die letzten Hemmschwellen des Juniors ein, der in seiner Stammkneipe ebenso als großspuriger Schwätzer bekannt wie berüchtigt war, machte mein Alter aus Scheiße Geld ... Tschuldigung, Herr Friesenwetter, aber was wahr ist, muss wahr bleiben. Aus dem Nichts ... über Nacht ... als habe er im Traum eine Vision gehabt, entwickelte mein Alter für die Produktserie *'Für Sitzenbleiber'* die geniale Absaugvorrichtung und ...“

„Sehr interessant, Herr Halbschlag“, unterband Kiesewetter pietätvoll dessen Redefluss, „ich danken Ihnen für die Informationen zu Ihrem werten Herrn Vater. Sie genügen, um mir ein äh ... erstes Bild von ihm zu machen. Nur leider kann ich für Sie im Augenblick nichts tun.“

„Nicht?“

„Nein!“

„Scheiße! Auch nicht, weil es doch fast sein letzter Wille ist?“ Kraftvoll saugte er den Flachmann bis zum letzten Tropfen leer.

„Ich kann Ihren werten Herrn Vater gerne auf die Warteliste setzen; versprechen kann ich jedoch nichts.“

„Scheiße!“

‘Stellenangebote anklicken`, dachte Kiesewetter, ‘dann den Haken setzen bei *'männlich'* und bei Alter’ - hier geriet er für einen Moment ins Straucheln und entschied sich dann für die Option ‘*wird nachgetragen*’ - und startete die Suche. „Hier hätten wir etwas.“ Kiesewetter rückte die Brille zurecht und hob wohlwollend den Kopf. „Wir könnten Ihrem werten Herrn Vater, bevor er seiner wahren Berufung zugeführt werden kann, eine vergleichbare Tätigkeit in unserem Unternehmen anbieten. Wie alt, sagten Sie, ist Ihr Herr Vater?“

„96. In ein paar Wochen. Ist ... das von ... Vorteil?"

„Nicht unbedingt, obwohl ... Also nein."

„Aber ... mein Alter bringt jede Toilette zum Laufen. Ehrlich. Ich will ihn ja nicht loben, aber die vielen Besucher hier, ich meine ... Sie wissen schon."

'Sonderausstellung Märchenpark mit Doppelklick öffnen ... dann langsam nach unten scrollen ... hier', dirigierte sich Kiesewetter zum perfekten Angebot für Herrn Halbschlag Senior. „Könnte sich Ihr werter Herr Vater unter Umständen für eine Tätigkeit erwärmen, die eine gewisse Flexibilität erfordert?"

„Er ist zwar betagt", säuselte Herr Halbschlag und schüttelte daraufhin mit einem Ausdruck blanken Entsetzens den leeren Flachmann, „aber nicht gehbehindert. Gut, er ist kein Balletttänzer ... Spitze tanzen und so ... aber er ist noch gut in Schuss, ich meine, zu Fuß." Dass er seinen Vater wie saures Bier anpries, kam ihm nicht in den Sinn.

„Für die Weihnachtszeit wird in Friedpark die Sonderausstellung 'Grimms Märchen' eröffnet. Es ist eine Wanderausstellung", erklärte Kiesewetter, ohne die Katze sofort aus dem Sack zu lassen.

„Kein Problem, Herr Wiesenwetter. Vater wandert gern ... war schon beruflich ... unterwegs. Was ist mit Wäsche?", fragte er unvermittelt, als das Gesicht seiner Mutter am inneren Horizont auftauchte. 'Frag den Verkäufer gefälligst, wie die das mit der Wäsche handhaben. Ich habe nämlich keine Lust, ewig für deinen Vater die Hemden zu bügeln und die zerrissenen Socken zu stopfen. Sag ihnen das! Entweder die übernehmen das, oder dein Vater

131

kann in Zukunft in Lumpen herumlaufen. Und lass dich ja nicht über den Tisch ziehen, von diesen windigen Verkäufern. Ich kenne diese Praktiken. Und nimm bloß keinen Ladenhüter, weil er dir als besonders günstiges Angebot angepriesen wird. Die Masche kenn ich, und auch die Folgekosten. Und lies` das Kleingedruckte!'

„Ist bei unserem 'Rundum Sorglos Paket' inklusive. Da bleibt kein Knopf an der Hose lose. Und wenn Sie Ihren werten Herrn Vater vielleicht dafür begeistern könnten, dass er, natürlich nur während der Arbeitszeit, einen unserer Werbepartner unterstützt, dann kann ich Ihnen ein sensationelles Angebot unterbreiten. 'Früher schlief ich im Park, doch dank Düllers Früchtequark lebe ich jetzt in Friedpark', könnte zum Beispiel auf seinem Hemd stehen."

„Mein Alter hasst Quark, aber von mir aus ... ich buche für ihn die ... Märchenstunde, inklusive abflusslos ... Anspruchslos Paket", entschied Herr Halbschlag kurzerhand.

„Danke, Herr Halbschlag. Sehr gute Entscheidung, ich darf Sie dazu nur beglückwünschen. Und Sie werden sehen, Ihr werter Herr Vater wird begeistert sein."

„Äh ... welche Arbeit ... war es doch gleich?"

„Sagte ich das nicht bereits?"

„Dann muss es mir entfallen sein. Meine Gedächtnishilfe ist leider ausgetrocknet", entgegnete er undeutlich, weil ihm ohne entsprechendes Schmiermittel beständig die Zunge am Gaumen festklebte.

„Rumpelstilzchen", murmelte Kiesewetter bewusst ebenso unverständlich und fügte schnell hinzu, bevor seine Antwort so weit in Herrn Halbschlags alkoholgetränktes Gehirn eingesickert war, dass dort, in diesem umnebelten Milieu, ein Einwand aufgeschreckt werden konnte, „die Kinder liebes es."

„Äh ... recht so!" Mit dieser lapidaren Phrase nahm er den neuen Lebensabschnitt seines Alten zur Kenntnis. „Ach, wie gut dass niemand weiß, dass ich Ramazzotti heiß."

„Richtig. Dann bereite ich die Vertragsunterlagen vor - Moment noch ...", 'zurückklicken ... Namenssuche ... und ...' „Ja! Die erforderlichen Daten liegen vor, und sollte noch etwas sein, dann setze ich mich mit Ihnen in Verbindung. Telefonnummer liegt ebenfalls vor ..."

„Ich höre von Sie, Herr Schießewetter", rasselte Herr Halbschlag im Aufstehen und wankte dem Ausgang zu.

„Sonderbarer Kerl. Vertrag anklicken ... Himmel noch mal, weshalb müssen die verflixten Felder immer so winzig sein ...?"

Zur selben Zeit in der Werkstatt.

„Die Rückenpartie mussten wir in großen Teilen neu modellieren", erklärte Heinz dem Vertreter der Geschäftsleitung. Herrn Weinmüller, groß, blond und stämmig, betrachtete aus schmalen Augen den Körper von Anton Rubinger. Die gewölbte Stirn wurde von tiefen Sorgenfalten in Mitleidenschaft gezogen.

„Wann denken Sie, wird die Restauration abgeschlossen sein?"

„Zwei, maximal drei Tage. Sofern keine unerwarteten Schwierigkeiten auftauchen."

Weinmüller legte Heinz seine Hand auf die Schulter. „Sie wissen von den Unannehmlichkeiten?"

„Ich ... wir haben davon gehört. Glauben Sie, Herr Weinmüller, dass an den ... Sichtungen etwas dran ist? Ich meine, Geister gehören ins Kinderzimmer oder auf die Leinwand." Heinz warf einen Seitenblick auf Joe.

„Ich persönlich, aber meine Meinung ist dabei nicht maßgeblich. Gerade unser Unternehmen kann sich keine negative Publicity dieser Art erlauben. Deshalb meine Bitte: Bringen Sie die Arbeit rasch zu einem passablen Abschluss. Wir haben uns verstanden?"

„Selbstverständlich! Wir werden unser Bestes geben, mein Kollege und ich; selbst, wenn wir länger arbeiten müssen."

Ich sehe, Herr Heinkel, wir verstehen uns. Gut! Weiter so und wie gesagt, wir verlassen uns auf Sie." Er nickte beiden aufmunternd zu, drehte sich auf dem Absatz um und marschierte zur Tür.

„Glaubst du die Geschichten?", fragte Joe, dem das Herz bis zum Halse schlug und der vorsorglich die Werkstatt nach Rubingers Geist absuchte.

„Blödsinn! Nur weil ein paar hysterische Frauen einen Schatten an der Wand für einen Geist halten, weil ihre Nerven der Ausstellung nicht gewachsen sind! Das ändert nichts an meiner Einstellung, Joe tot ist tot. Seelen, die umhergeistern. Blödsinn! Lass unser lieber den Typ hier fertigstellen, damit uns die Geschäftsleitung nicht länger in den Ohren liegt. Ich kann das Gejammere nicht mehr mit anhören." Heinz war ziemlich angefressen.

Joe schlurfte zum Kühlschrank und griff sich zwei Flaschen Bier. „Hier, Heinz. Lass uns den morgendlichen Ärger mit einem kühlen Blonden runterspülen."

„Danke."

„Und du bist dir sicher, dass es keine Geister gibt?"

„Hundertprozentig. Der Typ ist so tot wie ein überfahrenes Karnickel, und kein Hass auf die Familie oder sonst was hält seine Seele hier fest. Und weshalb, Joe? Weil keine Seele existiert - basta!" Heinz rülpste ausgiebig, und dann wurde es plötzlich still in der Werkstatt und ein wenig unheimlich. Joe lauschte dem Ticken der Uhr über der Tür. Ein Knacken im Regal hörte sich an, als suche ein Geist dort Zuflucht für die kommenden Jahrhunderte.

„Hast du das auch gehört, Heinz?"

„Was gehört?"

„Na das Knacken?" Joe sondierte den Raum und horchte angespannt.

„Da war kein Knacken, Joe, und jetzt hör endlich auf mit deinem Gefasel von Geistern. Es gibt keine und selbst wenn, dann spuken sie auf Friedhöfen oder in alten Gemäuern", antwortete Heinz in einem Tonfall, der Joe verriet, dass er sich mit dem Thema auskannte.

„Aber, Heinz - wenn die auf Friedhöfen spuken, dann doch nur, weil dort ihr Körper ist und dann ..."

„Mensch, Joe!", seufzte Heinz, während er Pulver in einen Kübel schüttelte, Wasser dazugab und das

Gemisch kräftig umrührte. „Die auf den Friedhöfen, das sind richtige Tote. Hier, fühl` doch mal - und?“

„Was soll ich fühlen?“

„Das ist plastinierte Haut. Verstehst du? Daran hängt kein Geist, und jetzt nimm deine Handschuhe. Allein schaffe ich die Rückenpartie nicht auf einen Sitz.“

„Ich hol` sie ja schon. Bin ich froh, wenn wir den Typen aus der Werkstatt haben und die ihn nach Hamburg verschickt haben. Sollen die sich doch mit dem seinem Geist rumärgern.“ Jählings wurde Joes Gesicht so grün wie das Reparaturharz bevor es mit dem Aushärten den hautfarbenen Ton annahm. „Da ... da ... hinter dir, Heinz“, stammelte Joe gerade noch, bevor ihm die Beine den Dienst aufkündigten.

„Zerstört sie!“ Rubinger schwebte auf Heinz zu. „Ihr dürft sie nicht restaurieren!“ Rubingers Stimme klang schwach, knisterte und knackte. „Zerstören! Ihr müsst ihn zerstören! Sonst ... ein Unglück ...“ Die Leuchtstoffröhre unmittelbar über dem Arbeitstisch zerplatzte in tausend Splitter. Heinz zog unwillkürlich den Kopf ein. Rubinger kam immer näher, und als er nur noch wenige Zentimeter von ihm entfernt war, sah er in dessen Augen, aus der ihn eine fragende, ungreifbare Dunkelheit ansprang. Ihn fröstelte. „Zerstören!“ Rubingers Geist brach zusammen.

„Joe!“, rief Heinz, kniete neben seinem Kollegen nieder und schlug ihm mit der flachen Hand leicht auf die Wangen.

„Wo ... was ... Heinz? Wo ist er?“ Langsam kehrten die Lebensgeister in Joe zurück.

„Nicht mehr hier!" Er zitterte am ganzen Körper wie Espenlaub. „Du hattest recht, Joe - es gibt Geister."

„Habe ich doch gesagt. Und jetzt? Sollen wir es melden?"

„Keine Ahnung, Joe", erwiderte Heinz und zog Joe auf die Beine. „Bier?"

Joe nickte. „Woher kommen denn die ganzen Splitter?"

„Der Typ hat die Röhre geliefert. Wollte vor mir den großen Macker spielen ... aber nicht mit Heinz", berichtete er Joe, kappte zwei Kronenkorken und reichte ihm eine Flasche.

„Du hast ihn vertrieben?"

„Yeah! Ganz ruhig habe ich ihm in die Augen gesehen und wortlos zur Tür gedeutet", behauptete Heinz in abgeklärtem Tonfall, als würde er täglich Geister austreiben. Mit geschlossenen Augen nahm er einen tiefen Schluck und erblickte auf seiner inneren Leinwand Rubingers grässliche Augen. Lautlos sackte er an der Wand zu Boden.

19.03.2016   Um die Mittagszeit

„Ich habe es dir prophezeit. Wir hätten früher fahren sollen", blaffte die Frau, die mustergültig frisiert war.

„Nur weil wir zehn Minuten an der Kasse warten müssen?"

„Du ... ach, lassen wir das." Demonstrativ wandte sie ihren Blick auf die Bildschirme über den Kassen.

'*Sind Sie ein Stadtmensch?*', fragte der gut aussehende Mann in den besten Jahren die wartenden Besucher. '*Stört Sie das Zwitschern der Vögel, der Duft von Laub und das Rauschen der Blätter?*' Hinter ihm wurde ein in herbstlichen Farben strahlender Wald eingeblendet. '*Sie lieben Verkehrslärm, die pulsierende Lebendigkeit der Menschen?*' Der Hintergrund wechselte in eine Großstadt. '*Dann sollten Sie Ihre Familie rechtzeitig davon in Kenntnis setzen, dass Sie Ihre Zukunft nicht zwischen den Wurzeln eines Baumes sehen, sondern hier bei uns in Friedpark. Wir suchen laufend flexible und hoch motivierte Mitarbeiter, die gemeinsam mit unseren Mitarbeitern die Zukunft entwickeln. Sind Sie dazu bereit? Dann überlassen Sie die Entscheidung nicht dem Zufall und übersenden uns noch heute Ihre Bewerbungsunterlagen. Oder sprechen Sie mit einem unserer kompetenten Berater.*' Die Kamera schwenkte nach links, bis sie einen älteren Herrn erfasste, der die Frau an Meister Propper erinnerte, nur mit dem Unterschied, dass er nicht gezeichnet war und stolz einen Werbeprospekt des Unternehmens in die Kamera hielt. 'I*m Friedwald bin ich nur eine Nummer an einem Baum mit Nummer, deshalb habe ich mich für ein Engagement in Friedpark entschieden, weil ich hier keine Nummer sondern Mensch bin.*'

„Wäre das nicht etwas für deine Mutter?"

„Meinst du, Liebling?", antwortete ihr Mann zögerlich, und weil sie in seinen Worten nicht die gewünschte Begeisterung spürte, warf sie ihm einen strafenden Blick zu.

„Das meine ich allerdings! Du weißt genauso gut wie ich, dass wir dringend ihre beiden Zimmer brauchen, oder sollen wir bis an unser Lebensende in diesem winzigen Kabuff hausen? Außerdem wird es endlich Zeit - ach, was rede ich."

„Zwei Karten, bitte. Danke." Der Mann bezahlte, steckte einen an der Kasse ausliegenden Prospekt ein und zwängte sich nach seiner Frau durch das Drehkreuz. Kurz darauf standen sie mitten im Themenbereich '*Leben im Mittelalter*'.

„Begann denn nicht im Mittelalter die Hexenverfolgung?" Sie legte ihren Arm um seine füllige Hüfte und schmiegte ihren Kopf an seine Schulter. „Wäre doch ein hübscher Platz. Mit Scheiterhaufen und ein paar lodernden Flammen - praktisch als Vorgeschmack."

„Ich lass es mir durch den Kopf gehen. Hast du einen Hallenplan gesehen? Mein früherer Chef soll in Halle 12 stehen. In einem Straßenbahnwagen." Er schüttelte verwundert den Kopf. „Verrückte Idee. Nicht, Schatz?"

Zehn Minuten später schlenderten sie mit anderen Besuchern durch den Straßenbahnwagen, blieben kurz bei Heinrich stehen, sahen zu, wie ein Mann neben ihnen den Katalog durchblätterte, und stiegen anschließend die Treppe zur Haltestelle hinab.

„Hat sich kaum verändert in den letzten Jahren."

„Dann lass uns zu der Sonderausstellung von Karl May gehen." Sie hakte ich bei ihrem Mann unter und dirigierte ihn Richtung Halle 7.

'Wann hat das angefangen?' Seit Hermines Besuch dachte Herr Heinrich über ihre Beziehung nach.

'Zu welchem Zeitpunkt hat sich die Routine auf die Beziehung zu meiner Hermine gelegt, die gleich einem Beruhigungsmittel alles dämpfte, bis es erträglich wurde?'

'Du brauchst Dich dazu nicht zu äußern, Heinrich. Die Angelegenheit ist entschieden!' Die Worte seiner Hermine sprachen Bände. Angeschlagen, als wäre er nach dem Besuch seiner Frau angezählt worden, stemmte er die Hände auf die Knie und wuchtete seinen Körper hoch. Kurz streifte sein Blick die Diele Werbung, ehe er, wie jeder Besucher, den Straßenbahnwagen über die Treppe verließ.

'Die Verstrickungen waren zu heikel', fuhr er in seinem Gedankengang fort, 'zu vielschichtig und in den Jahren der abnehmenden Lebenskraft wandelten sich unsere Vorstellungen vom gemeinsamen Leben.'

Herr Heinrich ließ sich von dem Besucherstrom mitreißen. Er tauchte in eine komplett andere Welt ein. Links lief eine junge Frau, die mit gerunzelter Stirn den Hallenplan studierte. Unverständliche Worte murmelnd, folgte sie mit ihrem Finger dem eingezeichneten Rundweg, wobei sie hin und wieder den Kopf hob, um nach Anhaltspunkten für ihren jetzigen Aufenthaltsort zu suchen.

'Ich verlor im Laufe der Jahre meine frühere Impulsivität. Hörte meiner Hermine gegenüber auf, ein empfindsamer Mensch zu sein und', er atmete aus Gewohnheit tief ein, blinzelte in das Deckenlicht, als könne es die ihn bedrängende Düsternis in die Flucht schlagen, 'ich tauschte meine Vorstellung von Integrität, nicht nur ihr gegenüber, gegen Verhaltensregeln, die meinen Bedürfnissen mehr Erfolg versprachen, mich aus dem täglichen Trott, dem ewig gleichen Fahrwasser des Lebens, herausbringen sollten.'

Zwei ältere Frauen in Begleitung ihrer Männer standen am Eingang zu den Landfrauen. Sie tippten Nummern in ihre Infogeräte ein. „Alwine Neubauer", schrie die Korpulentere ihrer Freundin zu, weil sie aufgrund des bis zum Anschlag hochgeregelten Kopfhörers ihre eigenen Worte nicht mehr verstehen konnte. „Sie verkörpert eine Hausfrau um die Mitte des 20. Jahrhunderts." Ihr Mann lächelte verlegen und bog wie um Entschuldigung für das Verhalten seiner Frau bittend, den Kopfhörer ein Stück von ihrem Ohr weg und flüsterte ihr etwas zu. Daraufhin sah diese sich um und boxte ihrer Freundin in die Seite.

„Was ist?"

„Diese blöden Dinger! Entweder hört man überhaupt nichts oder es ist so laut, dass man sein eigenes Wort nicht mehr versteht. Hast du die alte Waschmaschine gesehen? Mein Gott, wenn ich mit so einem Ding die Wäsche machen müsste. Ich käme zu nichts anderem mehr."

„Wo steht Hedwig denn jetzt? Gibt es hier eine bestimmte Reihenfolge?" Die groß gewachsene Frau, deren dunkel gefärbtes Haar Wind und Wetter trotzte, hielt mit ihren hübschen Kuhaugen nach Hedwig Ausschau.

„Hier steht", antwortete die Korpulente, die zwischen Drallheit und Breite verwegen hin- und her schwankte, „Hedwig Oltmann und ... sie arbeitet in der Quilt-Gruppe. Hedwig als Killer?" Überrascht sah sie ihre Freundin an. „Wo sie doch zeit ihres Lebens keinen Krimi sehen konnte."

„Quilt nicht killt. Quilt bezeichnet eine bestimmte Herstellung von Decken."

„Quilt? Killt?", wiederholte sie, wobei ihre reizend milchige Blässe ihre blasse Allgemeinbildung subtil unterstrich. Den diskreten Charme der Unwissenheit, den sie wie selbstverständlich verströmte, beeinträchtigte ihr Selbstbewusstsein nicht im Mindesten. „Wo quillt was heraus?"

Herr Heinrich ging wortlos weiter. 'Vielleicht hätte ich den Rest meiner Liebe für Hermine konservieren können, indem ich unsere Ehe als Sicherheit angesehen hätte, als Fels in der Brandung gegen die Unbill des Älterwerdens ...?'

„Dort ist sie!" Die Frau enteilte ihrem Mann. Keine zwanzig Schritte später blieb sie vor einer Statue stehen, die im Stil der Hippie-Bewegung angezogen war. Ihr flachsblondes Haar fiel bis auf die

Schultern herab; umrahmte ihr schmales, rosiges Gesicht, aus dem ihre großen blauen Augen sofort die Aufmerksamkeit der Besucher in ihren geheimnisvollen Bann zogen. Sie saß auf einem Hocker, den Kopf leicht gesenkt, als lausche sie ihrer inneren Sphärenmusik. Ihre zartgliedrigen Hände zupften die Saiten einer Gitarre.

„Sie hat sich kein bisschen verändert!" Die Stimme der Korpulenten zitterte. Tränen rannen ihr über die Wangen, als sie niederkniete und leise schluchzend das Gesicht ihrer Mama betrachtete. „Riechst du auch den Duft von Magnolien? Oh, Mama! Was hast du zu mir vor deinem Umzug gesagt? 'Es gibt kein Leben ohne Schmerzen, Liebes. Und keine Schmerzen ohne das Gefühl, dass alles irgendwann vergeht, Männer, Kinder ... Heimat.' Aber das ist gelogen, Mama! Du wirst mich nie verlassen. Ebenso wenig wie ich dich. Nichts wird uns jemals trennen ..." Sie schniefte.

Nachdenklich wanderte Herr Heinrich weiter, ließ sich mittreiben im Fluss der Besucher, wie ein Stück Holz, das auf den Wellen tanzt und bald hierhin, bald dorthin getragen wird, bevor die letzte Welle es an einem fremden Gestade an Land spült. Die Trauer der Frau erinnerte ihn an seine eigenen Gefühle, brachten ihm das Ausgeschlossensein von seinem früheren Leben einmal mehr zu Bewusstsein. 'Rien ne va plus.' Die Vorstellung fühlte sich an wie ein Stich mitten ins Herz.

'Erinnerst du dich übrigens noch an den jungen Kribke? Der ist mir eine wirkliche Stütze.' Die Worte seiner Frau belasteten sein angegriffenes Herz. Andererseits wunderte er sich, weshalb er Hermine - in diesem Augenblick - liebte wie damals in den Flitterwochen. 'Entspringt das Gefühl lediglich einer Reminiszenz oder gründet es in dem Umstand der Unerreichbarkeit deiner Person? Treibt der Tod seinen Schabernack mit mir? Sollte ich ... wenn schon nicht mehr unter den Lebenden ... zumindest richtig tot sein? Was soll dieser elende Zwischenzustand bewirken, außer weiterem Kummer und Schmerz? Sollte auf den letzten Atemzug nicht die Erlösung folgen, anstatt ein hirnrissiger Kribke, der meiner Hermine eine wirkliche Stütze ist? Himmel, Arsch und Bindfaden!', fluchte Herr Heinrich ungebremst. Sofort fühlte er sich erleichtert. 'Ich muss aufhören, mich wie eine Klette an mein Leben zu hängen. Vorbei ist vorbei. Was jetzt zählt, ist ...' Er wusste es nicht zu sagen, und dieser Sachverhalt erschütterte ihn mehr als sein eigener Tod, der Verlust der Firma und seiner geliebten Hermine. Abgesehen von Kribke, dieser 'wirklichen Stütze'. 'Ich bring` den Kribke um, wenn nicht in ein Wunder geschieht.'

„Helft mir!" Die Stimme war leise. „Zerstört meinen Körper! Nur so könnt ihr mich ... sie aufhalten."

„Hilfe!" Die Frau mittleren Alters krallte sich in den Arm ihres Sohnes.

„Dort! Seht nur! Oh mein Gott ... das ist ja schrecklich!", schrie ebenso hysterisch ein älterer Mann, packte seinen Enkel und riss ihn von Rubingers Gestalt weg.

„Zerstört ihn! Rettet euch ... mich." Die Worte klangen unmenschlich.

„So unternehmt doch etwas!", forderte ein Herr in dunklem Flanellanzug, der seinem Sprössling die Augen zuhielt. „Unverschämt! Wie kann man nur mit solchen Mitteln arbeiten?"

„Genau! Das ist doch keine Rummelplatzgeisterbahn."

„Das gehört nicht hierher", pflichtete jemand bei, und ein Mann hob kampfbereit seinen Spazierstock und näherte sich Schritt für Schritt Rubingers flimmernder Gestalt. Mit einem gezielten Stich in Höhe des Herzens, an der Rubingers Körper bereits größere Verletzungen aufwies, konnte er die Erscheinung jedoch nicht zur Strecke bringen.

„Versteht doch! Zerstört den Körper ... noch ist Zeit. Verhindert ..." Seine Erscheinung wurde allmählich durchsichtiger bis zur Unsichtbarkeit.

„Endlich! Länger hätte ich diese pietätlose Art der Werbung nicht ertragen. Kann mir jemand sagen, wo ich hier den Geschäftsführer finde?", fragte die Frau mittleren Alters und betrachtete verärgert ihre abgebrochenen Fingernägel.

„Ich glaube, die Büroräume befinden sich in der Nähe des Shops?"

Mit ein paar Schritten beförderte Herr Heinrich sich rückwärts aus der Gefahrenzone. Die aufgebrachte Menge sprach wild durcheinander. Einige riefen sogar nach der Polizei, während andere einfach weitergingen und das Ganze als geschmacklosen Werbegag abhakten.

„Was geht da vor?" Herr Heinrich wirkte verstört. Schon einmal hatte er ein solches Martyrium miterleben müssen. Das brennende Haus auf der anderen Straßenseite. Die Eltern hatten ihn geweckt und im Schlafanzug ins Freie gezerrt. Ein Feuerwehrmann wies ihnen den Weg zum Sammelplatz. 'Rußgeschwärzte Gesichter, entsetzte Helfer, und ich bin zufällig Zeuge geworden. Hilflos mussten die Einsatzkräfte zusehen, wie sein bester Freund Dieter im oberen Stock am Fenster stand und ...' Das Gefühl der Verlorenheit erfasste ihn, zwang ihn wie damals zu Boden und das Grauen über ein blind waltendes Schicksal trieb ihn tiefer in die Einsamkeit. Er wankte zurück, stieß gegen eine Bank und sank kraftlos darauf nieder.

„Bitte beruhigen Sie sich!" Herr Weinmüller, der, von seiner Sekretärin begleitet, am Ort des Geschehens eintraf, wirkte hilflos. „Bitte entschuldigen Sie den bedauerlichen Zwischenfall. Ein Fehler seitens der Technik. Die Erscheinung ist Bestandteil ... äh, einer Inszenierung, die von uns, dem Unternehmen Friedpark ... äh ... in Zusammenarbeit mit dem RGF erstellt wird. Bitte entschuldigen Sie das unbeabsichtigte ... Abspielen ... der Szene ... äh ... Unannehmlichkeit und ... Frau Hollerbach wird Ihnen im Namen der geschäftlichen Leitung von Friedpark ... äh, einen Gutschein ... überreichen. Eine kleine Aufmerksamkeit. Bitte, Frau Hollerbach. Ich danke für Ihr Verständnis." Er nickte seiner Sekretärin.

„Das war doch kein Film", behauptete der Flanellanzugträger mit einem Unterton in der Stimme, der Herrn Weinmüller aufhorchen ließ. „Ich lasse mich nicht mit so einer platten Lüge abspeisen. Die Presse ..."

„Bitte! Meine Damen und Herren, ich versichere Ihnen, dass wir diesen unglücklichen Zwischenfall zutiefst bedauern und ... äh, ja also ... Sie freundlich bitten, Stillschweigen zu bewahren. Ein derartiger ... äh, wird sich nicht wiederholen. Das versichere ich Ihnen", hoffte Herr Weinmüller und flehte sämtliche Götter an, damit sie seine Worte beherzigen und Friedpark vor weiteren Heimsuchungen eines offensichtlich verrückten Geistes verschonen mochten. „Ziehen wir uns zurück, Frau Hollerbach", flüsterte er ihr zu. „Danke für Ihr Verständnis, und bitte verzeihen Sie noch einmal die Unannehmlichkeiten ... äh. Danke." Ebenso plötzlich wie sie aufgetaucht waren verschwanden sie wieder von der Bildfläche und ließen einen Pulk diskutierender und wild gestikulierender Besucher zurück.

„Zehn Euro", sagte jemand neben Herrn Heinrich. „Nicht gerade viel für den Schrecken!"

„Nie und nimmer war das ein Film! Ich weiß, was heute technisch möglich ist. Eine dreidimensionale Gestalt im Raum, in dieser Größe - lächerlich."

Müde von den vielen neuen Eindrücken stand Herr Heinrich auf. 'Nur fort von hier!'

Zeitgleich in der Sonderausstellung zum Tode von Winnetou.

Im Zelt hinter Sitting Bull saß Pedro im Schneidersitz am Boden. Er konzentrierte sich auf seinen Geistführer als eine Erinnerung sich in sein Bewusstsein drängte. „Du mit deinem gesunden Lebenswandel, deinen ewigen Diäten!", warf ihm

Diana, seine langjährige Lebenspartnerin im denkbar ungünstigsten Zeitpunkt an den Kopf. „Deine Maßgabe - kein Alkohol, niemals nie! Blödsinn! Und für was? Nur um dein lächerliches Dasein, das du als Leben bezeichnest, auf neunzig Jahre auszudehnen? Wozu eigentlich? Das würde mich ehrlich gesagt interessieren!"

'Aber', verteidigte sich Pedro, 'in Südamerika soll ein Indianer gelebt haben, der mit dieser Lebensweise weit über hundert Jahre alt geworden ist."

„Ha! Du begehrst Unsterblichkeit, mein Bubble. Unsterblichkeit wie Cäsar ... Shakespeare. Wie war das mit Heraklit?"

'Nur weil ich nichts von Staub und Asche wissen wollte, mich die Vorstellung schreckte, meinen mit so viel Hingabe gepflegten Körper in der Erde verfaulen zu sehen.'

„Du bist der größte Egoist, der mir jemals untergekommen ist", keifte Diana und rollte dabei die Augen wie eine Kuh, der gerade ein Bolzen in den Kopf geschossen worden war. „Selbst in meinen wildesten Albträumen kann ich nicht begreifen, weshalb du dich mit Cäsar ... Jesus zu vergleichen gesucht hast?"

'Ich habe mich nie mit Cäsar verglichen', stritt er Dianas Behauptung rundweg ab. 'Dazu bin ich ein viel zu bescheidener Charakter. Jetzt', dachte Pedro und schreckte aus seiner Trance auf, 'bin ich auf gewisse Weise unsterblich - was für ein köstlicher Witz, den das Schicksal sich mit mir erlaubt.'

Er schloss erneut die Augen. 'Tief die kosmische Energie einatmen, langsam ausatmen und dabei sämtliche störenden Einflüsse loslassen', suggerierte er sich selbst und blickte in das Dunkel hinter seinen Lidern. Fünfmal wiederholte er diesen Vorgang, bevor er in der Mitte seiner Brust eine weiße Kugel imaginierte, sie mit jedem Atemzug aufblähte bis sie ihn vollständig umhüllte.

'Ich bitte die geistige Welt um Beistand. Seth - bist du hier?' Die geistige Leere breitete sich in ihm aus. 'Seth?" Leise rief er in Gedanken seinen Namen und konzentrierte sich anschließend wieder auf seinen Atem; ließ die restlichen Gedanken kommen und vorüberziehen.

„Hier ist eine junge Frau, die Kontakt zu ihrer Oma namens Berta sucht. Sie ist vor Kurzem gestorben". Pedro hörte die Stimme klar und deutlich, als stünde der Sprecher nur einen Meter von ihm entfernt.

„Hier ist Pedro", erwiderte er lapidar in Ermangelung einer gehaltvolleren Antwort. „Ist Seht heute verhindert?"

„Hier ist Madame Morgana, und ich suche Kontakt mit Oma Berta - Berta Müller. Ihre Enkelin ist hier." Energisch wiederholte Madame Morgana ihre Bitte an die geistige Welt.

„Hier gibt es keine Berta Müller." Leicht verwirrt, ohne dass Pedro es hätte verhindern können, verließ sein Denken die öde Einbahnstraße namens Atmung und widmete sich stattdessen dem ungewöhnlichen Kontakt zu. „Ist bei euch in der Zwischenwelt ein Anton Rubinger anwesend?"

„Anton Rubinger? Die junge Frau kennt niemand mit diesem Namen. Sie sagt aber, dass ihre

Oma in ihrer Jugendzeit einen Alfons Kobinger gekannt hat. Er hat im Nebenhaus gewohnt und ist bei einem Autounfall ums Leben gekommen. Ist Berta Müller jetzt hier? Ich sehe - vertraute Madame Morgana ihrer Kundin an - das Gesicht eines Indianers. Können Sie damit etwas anfangen? Nicht? Er macht einen ernsten Eindruck, und ich spüre einen Druck in der Herzgegend - er ist an einem Herzinfarkt gestorben. Sagt Ihnen das etwas?"

'Ich weiß, woran ich gestorben bin', dachte Pedro und verlor langsam die Geduld mit dem neuen Geistführer. „Ist ein Anton Rubinger bei Ihnen? Er suchte bereits Kontakt."

„Was haben Sie denn unentwegt mit Ihrem Anton Rubinger? Hier ist Madame Morgana und - weshalb blockieren Sie meinen Kontakt mit der geistigen Welt, meinem Geistführer, Hesekiel? Hier ist eine junge Frau, die dringend Kontakt zu Berta Müller sucht."

„Werte Madame Morgana, so viel mir bekannt ist, lebt hier keine Berta Müller. Allerdings muss ich Ihnen gestehen, dass ich noch nicht lange an diesem Ort verweile und bisher weder die Zeit noch das Vergnügen hatte, sämtliche Mitbewohner kennenzulernen."

„Ich bitte die geistige Welt, insbesondere Hesekiel um Hilfe. Trete in meine Aura und hilf diesem armen Kind. Es wünscht sich nichts sehnlichster als einen Kontakt mit ihrer geliebten Oma", rekapitulierte Madame Morgana ihr Anliegen und lauschte angespannt in die jenseitigen Sphären.

„Gute Frau", erwiderte Pedro und seine Worte tönten wie zersplitternde Knochen durch die Dimensionen, „ich will Ihnen beileibe nicht zu nahe treten, aber irgendwie beschleicht mich das Gefühl, als hätten Sie sich verwählt. Hier ist weder die geistige Welt noch eine Oma mit Namen Berta Müller, und einen Hesekiel haben wir mit Sicherheit nicht im Angebot. Sollte ich Ihnen auf andere Weise behilflich sein können, dann stehe ich Ihnen selbstverständlich mit Rat und Tat zur Verfügung."

„Verwählt!?", krächzte Madame Morgana wie ein sterbender Rabe und atmete tief und hörbar ein. „Ich weiß ja nicht, welcher Dämon mich in Versuchung zu führen versucht und welchen Zweck er damit verfolgt, aber eines sage ich dir, Unhold - und das kannst du dir hinter die Ohren schreiben, sofern du in deiner jetzigen Daseinsform über solche verfügst - ich bin Madame Morgana und lasse mich nicht auf deine teuflischen Spiele ein und jetzt hebe dich hinfort, ehe ich Hesekiel zur Unterstützung herbeizitiere und er dich mit ewiger Verdammnis belegt."

Pedro schluckte und dabei dämmerte ihm die Erkenntnis. 'Natürlich! Es kann nur so sein.' Trotz der prekären Situation musste er leise auflachen.

„Du findest das wohl spaßig?" Sein Pedant Madame Morgana schnaubte vor Wut. „Es tut mir leid`, sagte sie im Flüsterton zu ihrer Klientin, aber die geistige Welt scheint uns heute nicht wohlgesonnen."

'Suchte ich zu meinen Lebzeiten Kontakt zu den Verstorbenen, so kann ich jetzt - praktisch auf dieselbe Weise - mit den Lebenden kommunizieren', löste Pedro die missglückte Transkommunikation zwischen Madame Morgana und ihm auf.

„Natürlich lebe ich!" Madame Morganas Stimme riss ihn aus seien Überlegungen.

„Wo befinden Sie sich?"

„Wie meinst du, Unhold?"

„Welche Stadt?"

„Das würde dir so gefallen ... nicht? Und dann suchst du mich heim oder kontaktierst deine Dämonenfreunde, damit sie mir den Garaus machen. Ich danke der geistigen Welt für ihre Unterstützung ..." Sie haspelte den Abspann herunter und brach den Kontakt ab.

Madame Morganas Präsenz schwächte sich ab. Für einen Moment hielt Pedro inne und blickte nachdenklich in den leeren Raum. 'Das Frauenzimmer kann einem den Rest geben. Berta Müller!' Der Name katapultierte sein Bewusstsein in die Realität von Friedpark zurück. 'Was sollte der Kontakt mit einem Medium?' Die Frage, an seinen Geistführer gerichtet, entschwebte ungehört in die Welt der Lebenden. 'Sind nur mir die höheren Dimensionen unzugänglich oder wird der Zugang durch das Konservierungsmittel versperrt?' Pedro entschied, bevor er Renick das Resultat seiner Bemühungen mitteilte, nach Einbruch der Nacht einen zweiten Versuch zu starten.

20.03.2016 Nach Mitternacht

Geräuschlos trat Bruno aus seiner Statue. Der Eingangsbereich lag im Dämmerlicht, spärlich erhellt von ein paar Bildschirmen.

'Ich spreche jetzt öfter mit meinem Homunkulus, wenn mir langweilig ist', erklärte er seinem Körper. Mit jedem Tag, den er hier in Friedpark ohne die ständige Berieselung durch seine Mutter zubrachte, dabei in sein eigenes Leben eintauchte, kam er seinem wahren Wesen näher. Selbst Adele spürte die positive Veränderung, obwohl sie ihn erst seit wenigen Wochen kannte. 'Manchmal, wenn ich etwas nicht verstehe, muss ich bloß leicht den Kopf zur Seite neigen und schon rollt mein Homunkulus die Antwort in die richtige Position.'

In diesem Moment sah er die Empfangsdame auf dem Bildschirm, ein Knochengerippe im schwarzen Kostüm. Sie kam ungelenk zum Tresen getrippelt und lächelte dem Besucher zu. Er wich reflexartig ein Stück zurück und kniff die Augen zu. 'Interessant.' Vorsichtig öffnete er das rechte Auge einen Spalt breit und sah von unten auf den Bildschirm. 'Seltsam', murmelte er, und seine Augen blinzelten jetzt unter den Lidern hervor, wie zwei Wachposten auf nächtlicher Streife.

'Schicken Sie ihren Lebenspartner auf große Reise!', verkündete ein Plakat in dicken roten Lettern. 'Als Kolonist auf dem Mars wird er zum Entdecker einer neuen Epoche der Menschheit!' Darunter ein Bild der Marsoberfläche, aufgenommen von einer der amerikanischen Sonden. 'Nur in diesem Monat ein wissenschaftliches Multifunktionsgerät zum Sonderpreis von 1 Euro beim Anschluss eines *All-inklusive-Vertrags*.'

„Homunkulus!", krähte Bruno mit sich überschlagender Stimme, wie damals als Schuljunge, als die Lehrerin ihn nach seinem Namen gefragt hatte. „Was soll mir das Plakat sagen? Du musst es doch wissen! Du bist nicht bloß ein Teil von mir, sondern auch von meinen Ahnen. Was sagt dein schlaues Buch, dein Datenacker, zu dem hier?"

„Die Besiedlung des Mars", verkündete Johanna Wiener mit einer Bestimmtheit in der Stimme, die keinen Zweifel an ihrer Entscheidung aufkommen ließ. „Also diese schmucken Uniformen ..."

„Raumanzüge", verbesserte ihre Tochter sie gereizt.

„Lass´ Mutter das machen", bat Karl seine Tochter und legte ihr beschwichtigend die Hand auf den Oberschenkel. Er beugte sich zu ihr hinüber und flüsterte ihr ins Ohr: „Sie hat es sich nun einmal in den Kopf gesetzt, dass wir hier unseren Lebensabend verbringen. Niemand kann sie jetzt mehr davon abbringen. Ich habe mich längst damit abgefunden, Juliane. Sich darüber aufzuregen, bringt doch nichts." Er tätschelte ihren Oberschenkel und sank zurück in die Kuhle, die sein Körper im Polster hinterlassen hatte.

„Homunkulus. Bitte! Oder ist es ein Rätsel?"

„Wir müssen dazu doch kein Attest von unserem Arzt mitbringen? Als Bescheinigung für unsere Tauglichkeit?", wollte Frau Wiener wissen, noch ehe Rottmann überhaupt den Mund öffnen und sich zu ihrem Anliegen äußern konnte.

„Sagen Sie doch endlich mal etwas, junger Mann. Wir haben einen weiten Weg auf uns genommen, um uns hier beraten, nicht begutachten zu lassen", keifte sie dann, öffnete weiter vor sich hin grummelnd ihre Handtasche und griff zielsicher nach etwas darin. Rottmann, der schon das Schlimmste befürchtete, rutschte tiefer in seinen Stuhl.

„Der Mars", schossen die Worte aus ihm heraus, während er vorsichtshalber die Hände in Abwehrstellung brachte. Als Frau Wiener ihr Asthmaspray an den Mund führte und tief einatmete, fiel Rottmann bei dem zischenden Geräusch des Mittels ein Felsblock von den Schultern.

Vergnügt sah Bruno dem Spiel der Geister zu, die sein Homunkulus in bester 'Bezaubernde Jeannie' Manier, gerufen hatte. Die Szene verblasste. Bruno lauschte in seinen Gedanken, Homunkulus antwortete nicht, stattdessen zauberte er weitere Erinnerungen aus seinem unerschöpflichen Fundus hervor.

„Bruno! Du? Ich bin es, Karl. Erinnerst du dich nicht? Mensch, Bruno, was freue ich mich, dich wiederzusehen."

„Du bist tot - seit über zwei Jahren?" Behutsam setzte Bruno seinen ehemaligen Kollegen von dessen Ableben in Kenntnis. „Eine Palette im Regal ist gebrochen, und das Fass ist dir auf den Kopf gefallen. Mit einem Bums hat es dich zu Boden gestreckt. Muhammad Ali hätte es nicht besser gekonnt."

„Das weiß ich doch, Bruno. Hältst du mich für blöd? Aber du stehst mir ja in diesem Punkt in nichts nach ..."

„Dein Kopf hatte eine ordentliche Delle von dem Fass."

'So schnell kann es gehen', meldete sich sein Homunkulus endlich zu Wort. 'In einem Augenblick ist alles eitel Sonnenschein und einen Herzschlag später ... Zum Glück bleibt dir das jetzt erspart.'

'Ein Trost.'

'Hast du dein Leben lang fleißig gespart, dann gönne dir im Alter Friedpark', scherzte Brunos Homunkulus übermütig und voller Lebensfreude.

'Jetzt wo du hier bist', packte Bruno die Gelegenheit beim Schopf, 'was hat es mit den Geistern auf sich, die hier herumspuken?'

'Es ist die Stunde der Geister, Bruno. Huhuuu huhuuu.'

Plötzlich huschte Rottmann an Bruno vorbei und begrüßte ein älteres Ehepaar.

Die Dame vom Empfang telefonierte: 'Es tut uns leid, Frau Himmelreich, aber das Modell Oskar der Agentur Friedwald führen wir nicht mehr in unserer Produktpalette. Ja, ich weiß - es war für kleinere Wohnungen konzipiert. Der Bund hat die Lizenz für das Produkt leider nicht verlängert.'

Ein Greis in gebeugter Haltung tippelte durch Brunos Gestalt hindurch, klopfte mit dem Spazierstock auf den Tresen und brüllte dann: 'Harmann! Ich habe in exakt sechzehn Sekunden einen Termin mit Herrn Kiesewetter.' Die Dame vom Empfang knallte den Hörer auf die Gabel und eilte zu dem Tresenklopfer. 'Herr Kiesewetter steht in acht, sieben Sekunden für Sie zur Verfügung, Herr Harmann.' Ihr spröder Blick und ihre skelettierten Hände wirkten in ihrer Lebendigkeit wie an eine kümmerliche Vogelscheuche gehext.

Am Arm ihrer Tochter humpelte eine Frau mit Gipsbein auf die Sitzgruppe zu. 'Was für eine Aufregung, Helene. Wenn Max das geahnt hätte, wäre er sicherlich bei uns geblieben.'

'Huhuuu huhuuu, Bruno. Mehr Geister gefällig? Achtung', warnte ihn sein Homunkulus, 'Quälgeist Sally im Anmarsch.'

„Du hast keine Ahnung von Frauen, Homunkulus. Ich mag sie ... auch wenn ich sie öfters nicht so ganz verstehe.'

„Hier bist du!"

„Wusstest du, dass es hier Geister gibt?" Mit einem Auge beobachtete er vorsichtshalber den Geisterreigen. 'Huhuuu huhuuu.' Sein Homunkulus lachte fröhlich.

„Was du nicht sagst, Bruno. Und wo hast du die ungeheuer geistreiche Erkenntnis ausgegraben? Ich vergaß, du warst ja Gelegenheitsschüler. Stimmt - ich erinnere mich. Mädchen für alles."

„Ich sehe sie, Sally. Hier überall. Mein Homunkulus belebt sie. Dort bei der Sitzgruppe sitzt eine alte Frau mit ihrer Tochter und an dem zweiten Arbeitsplatz unterhält sich Kiesewetter mit einem Kunden über einen Einzelplatz bei 'Kunst und Künstler'. Seine Frau wurde vor einem Tag von einem Bus erfasst. Sie wird jetzt als abstraktes Kunstwerk mit dem Titel 'Fleischwerk' oder 'Wife at work' ihren künstlerisch wertvollen Beitrag zu der Ausstellung beitragen. Und neben dir vertreibt sich ein Kunde die Wartezeit mit mir. 'Ich werde nicht mehr Bruno sein', sagt der

Sprachchip in mir. 'Nur meine Erlebnisse werden im Datenacker meinen Tod überdauern, das behauptet mein Homunkulus, und der muss es wissen, weil er ihn täglich umpflügt, ordnet und so weiter.' Der Bruno hinter dir fleht das Schicksal um ein paar Tage Aufschub an. 'Sterben! Gerade jetzt, wo ich ein ungelesenes Buch besitze, dazu das große Lexikon und ... die nette Verkäuferin nicht zu vergessen.' Bruno bedachte seine Statue mit einem fragenden Seitenblick.'

'Huhuuu huhuuu: Du bist unsterblich. Highlander zwei. Hihi ...'

Mit triefender Nase, die er geräuschvoll hochzog, entlarvte er die kleine Notlüge des Homunkulus. „So ganz stimmt das doch nicht. Ich, also ich als Insekt, oder war es Subjekt, höre nicht auf. So bin ich weder Insekt noch Subjekt ... hm." Besser konnte er es Sally beim besten Willen nicht erklären.

„Du bist eine Marke, Bruno. Echt schamanski! Aber ich muss. Wollte dir nur Bescheid geben. Emily Fasel eröffnet ihren bunten Abend heute mit einer Lesung aus ihrem Debütroman. Kommst du mit? Hier kriegst eh nur Schädelbumsen. Lass die Geister mal für sich spuken." Sally grinste breit.

„Darf man als Bewohner von Friedpark nicht mit Geistern verkehren?", fragte er sie, die bereits erste Auflösungserscheinungen zeigte. „Benehme ich mich falsch?"

„Du bist in Ordnung, Bruno."

„Du musst mir helfen." Rubingers Silhouette verzerrte vor Schmerz das Gesicht. Die Anstrengungt, mit der er sie aufrechterhielt, hatte etwas Groteskes. Es war furchtbar anzusehen.

158

'Das Schlimmste ist, wenn ein Geist Hilfe bei einem anderen Geist sucht. Das ruiniert ihn. Hihi.'

'Pst, Homunkulus. Jetzt nicht!'

„Du ... ihr ... dürft nicht zulassen, dass mein Körper restauriert wird. Zerstört ihn endlich, bevor das Furchtbare ... Friedpark erfasst."

„Du bist Anton Rubinger", stellte Bruno fest und beäugte die flirrende Erscheinung mit äußerstem Misstrauen.

„Ja! Zerstört den Körper! Haltet sie auf ... Unglück geschieht. Warne die anderen ... hörst du?"

Bruno nickte geflissentlich. 'Wie kann ein Geist Materielles zerstören?' Bevor er seinem Gegenüber die Frage hatte stellen können, verlor dieser den Kampf mit sich selbst und zerstob wie eine Rauchwolke im Spiel des Windes.

'Begreifst du denn nicht?', schimpfte Brunos Mutter im Auftrag des Homunkulus. 'Was soll nur aus dir werden, wenn ich eines Tages nicht mehr bin?'

'Der Glaube an Götter und Liebe erlöst den Menschen von seinem Dasein.' Der Homunkulus sprach in Brunos Augen wieder einmal in Rätseln. Er erwiderte nichts darauf. Mit zusammengepressten Lippen sah er in die Nacht hinaus. Ins Nirgendwo. Dorthin, wo selbst die Gedanken zu flüchtigen Schemen wurden und auftauchten oder nicht - Sinn ergaben oder auch nicht; dorthin, wo Bruno schläfrig die Zeit mit Träumen oder Dämmern totschlagen durfte, ohne Repressalien von seiner Mutter erwarten zu müssen. Dorthin wo sich sein Homunkulus, an graue Gehirnwindungen gelehnt, von der Tagesarbeit ausruhte; dorthin, wo ihr gemeinsames

Energiefeld seine Aktivitäten auf ein Minimum senkte. Friedlich erschien ihm in diesem Moment die Welt. Er träumte von der Verkäuferin. Sie empfahl ihm Bücher, und er las deren Klappentext und die Vita der Autoren. Dann lobte er ihren tollen Buchgeschmack. Das Buch wanderte in den Korb zu den anderen ... Rubinger tippte der Verkäuferin auf die Schulter. Bruno schreckte auf.

'Du träumst schon wieder!', mahnte Homunkulus, noch immer in Gestalt von Brunos besorgter Mutter. 'Wo hast du nur deine Gedanken, Kind? Ständig hängst du unnützen Gedanken nach. Ich möchte bloß wissen, was in deinem Kopf den lieben langen Tag lang so vorgeht. Vermutlich nichts.'

An diesem Punkt wagte Bruno, leise Einspruch zu erheben und deutete im Geiste auf das Foto seines Gehirns.

'Den grauen Klumpen knete ich seit Jahren, um dir das Wissen zu zeigen, das dort eingeprägt ist. Ein oft beschwerliches und vor allem zeitraubendes Geschäft. Hihi.'

'Ja, Mutter. Nein.'

'Jeder in deinem Alter besitzt ein Auto, und du? Nur Asoziale fahren mit der Straßenbahn!'

'Ich weiß.'

'Genug jetzt, Bruno! Du hast jetzt wahrlich andere Sorgen als deine Erinnerungen und meine freundlichen Geister. Hihi. Hast du es begriffen? Der Glaube an Götter und Liebe erlöst? Und?', setzte Homunkulus auffordernd hinzu, als erwarte er postwendend eine Antwort.

'Willst du dein Leben lang in diesem Lager

arbeiten? Wobei vegetieren der trefffendere Ausdruck dafür wäre.' Brunos Erinnerung kam jetzt
langsam auf Touren wie ein altes Auto, das dreißig
Kilometer benötigt, um seine Höchstgeschwindig-
keit zu erreichen. 'Du dauerst mich. Und was habe
ich nicht alles versucht?' Seine Mutter brach in
Tränen aus. 'Tausendmal habe ich dir zu erklären
versucht, dass du im Leben nur was Anständiges
wirst, wenn du fleißig lernst und es im Beruf zu
was bringst.'

'Bruno!' Sein Homunkulus zwickte ihn in die
Amygdala, woraufhin Bruno vor Furcht und mit
schlotternden Knien aufschrie.

'Ja hier!'

'Was habe ich gerade gesagt? Seit du hier bist
hast du nichts dazugelernt!' Homunkulus seufzte
und griff auf den Tonfall von Brunos Mutter zurück. 'Lediglich ein paar unangenehme Ereignisse
erinnerst du.'

'Glaube und Liebe dösen. Richtig? Und ich bin
mir vieler Dinge bewusst geworden. Die Jugendzeit
ist vorbei. Mein Haar ist dünner geworden. Die Ge-
lenke an der Hüfte schmerzen. Die Plejaden ...'

'Genug! Komm endlich zur Vernunft. Deine
Mitbewohner sind nur bedingt Gefangene in Friedpark. Wenn sie wirklich ... in voller Überzeugung
an die Erlösung glauben würden ... Sie könnten das
Portal öffnen. Verstanden?'

'Wirklich?' Die Erkenntnis kroch auf allen Vieren in sein Bewusstsein. 'Was für eine Neuigkeit.'

'Hmmmpf!' Brunos Homunkulus gab frustriert auf
und zog sich, in Anbetracht der Flexibilität von dessen

momentaner Aufnahmefähigkeit in sein privates Refugium zurück. 'Daniel wird es in Kürze begreifen.'

Gegen zwei Uhr im Lager des Souvenirshops.

Müde saß Valerie neben Daniel auf dem Boden. Sie lehnte ihren Kopf an seine Schulter, ihr Blick schweifte über die Stapel von Schachteln. „Ich werde nie verstehen, aus welchen Gründen die Besucher unsere Miniaturen kaufen."

„Nervenkitzel." Daniel wurde von einem leichten Schwindelgefühl ergriffen. „Oder Sensationslust. Wir sind halt etwas Besonderes."

„Meinst du wirklich? Friedpark besitzt, soweit ich gehört habe, sechs solcher Parks. Deshalb die Wanderausstellungen. Es gibt anscheinend eine Klausel in den Verträgen, die Friedpark dazu berechtigt."

„Von dir gibt es bisher keine Miniatur?"

„Niemand interessiert sich für ein Mädchen mit Blumenkorb. Es ist wie früher. Ich bin Luft für die Menschen, keimfreie Luft, die nach nichts riecht."

„Jonathan Henkel", entzifferte Daniel die Aufschrift einer der Boxen. „Steuermann auf der Queen Anne`s Revenge. Ich bin ihm nie begegnet."

„Sei froh!" Sie dachte an ihren Zusammenstoß mit dem Raubein. „Unmöglicher Kerl. Steigt jeder Frau nach. Und wenn ich an seine verrückten Sprüche und Gesänge denke ..."

„Wo steht seine Statue?"

„Er wurde zum Glück verlegt. Ich konnte ihn nicht ausstehen, ihn und seine laute und aufdringliche Art ... brrr!"

„Uns droht in der Zukunft das gleiche Schicksal. Es muss eine Möglichkeit geben. Ich war so nah dran!", knüpfte er an seinen erfolglosen Versuch an. „So nah. Die Fingerspitzen ... als sie schreckten vor der Berührung zurück, als fürchteten sie Unheil."

„Du hast dich keinen Millimeter bewegt, du dummer Kerl." Sie kuschelte sich mit einem bunten Funkenregen enger an Daniel. 'Wie ich dich hier stehen sah ... so verloren. Ich darf überhaupt nicht daran denken. Ich hatte solche Angst. Versprich mir, dass du es nie wieder versuchst!"

„Es ist merkwürdig, Valerie. Die Empfindung vorhin rief in mir eine Erinnerung wach", gestand Daniel ihr jetzt. „Ich stand neben mir - und doch auch nicht; es existierte kein neben mir. Verstehst du?"

„Nein."

„Wie kann ich ohne Körper neben mir stehen? Es geht nicht, Valerie. Die Möglichkeit ist in der Realität nicht existent. Nimm das Sprichwort: 'Ich bin neben mir gestanden' oder diese Out of Body Erfahrungen. Der Geist oder die Seele verlässt den Körper, ob gewollt oder aufgrund eines Unfalls ist dabei egal. Die Betroffenen sehen ihren Körper, so wie ich dich jetzt sehe. Sie sind körperlos? Damals, du weißt schon, ich konnte mir selbst zusehen wie ich das Seil über den Balken werfe, die Schlinge über den Kopf ziehe ... Alles habe ich gesehen, bis zu dem knackenden Geräusch, das alles in Dunkelheit und Vergessen gehüllt hat."

„Was willst du damit sagen?" Liebevoll drückte sie seine Hand.

„Es ist nur so eine Idee, ein spontaner Gedanke. Vielleicht bedeutet er nichts."

163

„Solange unsere Körper bestehen kommen wir hier weg. Wir können nur hoffen, nicht so schnell in andere Parks verlegt zu werden."

„Gerade das macht mir Angst. Hast du dir nie Gedanken über ein Ende hier gemacht? Wo du dir doch sonst so viele Gedanken machst." Er schloss die Augen als könne er dadurch die Realität ausschließen, sie fernhalten, damit sie einfach irgendwo anders hinging und uns nicht weiter mit Ungewissheiten oder weiteren Schicksalsschlägen behelligte.

„Nein! Zu leicht nehmen Gedanken hier Form an. Sie könnten dann wie ein Fluch wirken, und davon hatte ich genug in meinem Leben."

„Es muss eine Möglichkeit geben!" Daniel sprang ungestüm auf.

„Was ...!"

„Entschuldige. Ich wollte dich nicht erschrecken", bat er und begann in dem Handlager wie ein Tiger in seinem zu engen Käfig hin und her zu gehen. „Der Gedanke dich zu verlieren, er schnürt mir die Kehle zu." Jäh wurde er von einer unbändigen, von seiner Verzweiflung und Furcht gespeisten, geistigen Energie ergriffen 'Nicht einmal umbringen könnte ich mich ..." Für den Bruchteil einer Sekunde hielt er inne, ehe er seine rastlose Wanderung wieder aufnahm.

„Beruhige dich! Ich flehe dich an! Vor Ablauf der ersten fünf Jahre verlegen sie niemanden." Ihr Versuch schlug nicht nur fehl, sondern steigerte eher seine Verzweiflung. „Was ist plötzlich mit dir los, Daniel? So kenne ich dich überhaupt nicht. Ist es der Versuch? Oder verheimlichst du mir etwas?"

„Mir kommt auf einmal alles so sinnlos vor. Wie damals, als ich ..." Das alte Scheusal seiner früheren Ängste grinste ihn boshaft und mit Genugtuung an. Wieder lockte es ihn in die tiefsten Niederungen seiner Seele, und langsam, wie ein überladener Karren mit wackeligen Rädern, setzte er sich in Bewegung.

„Die Ausweglosigkeit ... Rubinger muss sie gespürt haben. Seine Wut ... der Hass, hier auf ewig gefangen zu sein ... Sind es nicht gerade die emotionalen Affekte, die das Portal zum Unbewussten aufreißen ... zerstören? Ja - das könnte es sein!", stieß Daniel erregt aus und hielt erneut in der Bewegung inne. Er starrte auf den Boden, als läge dort, in greifbarer Nähe, der Stein der Weisen.

„Komm her, Liebster. Beruhige dich doch! Wir werden eine Lösung finden, nur eben nicht heute Nacht."

„Beruhigen? Ich will mich nicht beruhigen! Was hat sich denn für mich geändert? Warte! Ja, damals konnte ich zumindest den Strick nehmen und mich aus dem Leben schleichen ... aber hier?! Hier endet mein Leben an den Mauern, Fenstern und Türen dieser verfluchten Hallen. Niemals werden sie sich so weit öffnen, dass wir sie passieren können. In Friedpark endet alles."

„Wir haben uns, Daniel. Und das ist weit mehr als ich jemals hatte. Wir sollten nicht mit dem Schicksal hadern, sondern ihm dankbar sein."

„Es muss eine Möglichkeit geben", wiederholte Daniel, als sei es ein Mantra, das nur beliebig oft oder mit der richtigen Betonung ausgesprochen werden musste, damit es Erlösung brachte. „Etwas haben wir übersehen", setzte er seinen Krebsgang fort, „wie oben, so unten und wie unten, so oben. Wie innen, so außen und ... das dritte und siebte kosmische Gesetz nach dem Kybalion. Begreifst du es jetzt? In meiner Jugend", suchte er Valerie an den auf ihn einströmenden Gedanken teilhaben zu lassen, „war der Weg ins Unbewusste, zur spirituellen Seite, offen für mich. Jetzt sehe ich die Zusammenhänge; die Furcht vor den Präsenzen in der Dunkelheit. Sie waren wirklich da, Valerie. Die Verstorbenen - nur habe ich in meiner Angst die Kommunikation blockiert. Später fühlte ich ihre Nähe nur nach Streitgesprächen mit meinen Eltern. Durch die Musik, das tägliche, stundenlange Üben, habe ich diese Seite endgültig abgespalten. Wir alle tun das unbewusst, wenn wir es im Leben zu etwas bringen wollen." Plötzlich verharrte er auf der Stelle, das Gesicht eine Maske der inneren Schau. „In uns selbst liegt die Erlösung - wo auch sonst."

„Ich glaube dir ja, Liebster."

„Alles wird gut", versprach Daniel ihr. Ihm war auf einmal leicht zumute, mit einer süßen, taumelhaften Trunkenheit im Kopf. Nie zuvor hatte er ein so starkes Selbstvertrauen in sich gespürt. In dieser Stimmung betrachtete er die Lösung ihres Problems.

20.03.2016 Zwischen Mitternacht und Morgendämmerung

Die nächtliche Stille in Friedpark beunruhigte Pedro.

„Tief die kosmische Energie einatmen und langsam sämtliche störenden Einflüsse ausatmen." Mit geschlossenen Augen ließ er in seiner Brust die Energiekugel entstehen und blähte sie binnen weniger Augenblicke bis zur gewünschten Größe auf. Umhüllt von der bläulich schimmernden Aura, bat er die geistige Welt, seinen Geistführer, um Unterstützung. Den Fokus auf seine Atmung gerichtet, ließ er spontan auftauchende Gedanken kommen und gehen, wie der Winter mit seinem nasskalten Wetter die Grippewellen.

„Anton Rubinger - kannst du mich hören?" Er lauschte in die Stille hinein.

„Hilf mir." Nur einen Meter von Pedro entfernt, materialisierte sich Rubinger in bester Verfassung. Pedro hörte und sah jedoch von dessen Erscheinung nicht nur nichts, er geriet darüber hinaus auch noch an eine Gruppe Jugendlicher, die, über ein Quija Brett gebeugt, nach Geistern Ausschau hielten. „Ist jemand hier?", fragte eine weibliche Stimme, in der Abenteuerlust und ein wenig Angst vor der Geisterwelt mitschwangen.

„Du musst direkt nach jemandem fragen."

„Pssst, Jürgen. Du störst die Energien", wies Wolfi seinen Freund zurecht.

„Anton Rubinger?" Verwundert sah Pedro auf seiner inneren Leinwand das Bild einer Gruppe von fünf Teenagern entstehen, die bei Kerzenschein im Kreis um ein Hexenbrett saßen, die Hände auf der Planchette.

„Zerstört meinen Körper. Ich flehe euch an!" Vergeblich bettelte Rubinger um die Erfüllung seines sehnlichsten Wunsches.

„Habt ihr das auch gehört?"

„Was meinst du, Lisa?" Normans Stimme klang kraftlos. Ängstlich sah der Vierzehnjährige sich in dem halbdunklen Raum nach Geistern um.

„Na, die Stimme! Sie fragte nach Anton Rubinger. Ihr müsst sie doch auch gehört haben ... oder? Ich bin doch nicht irre!"

„Nein", riefen Lisas Unterstützer im Chor, allesamt von dem gleichen mulmigen Gefühl in der Magengegend heimgesucht.

„Ihr versteht nicht!" Rubinger fluchte und schwebte näher an Pedro heran. Einige Neonröhren leuchteten auf und erhellten die Halle, während Pedro tiefer in Trance sank.

„Mamma Mia!" Gustavo sah von seiner Uhr auf. „Schon so spät. Jetzt los, Gustavo!" Er trat das Gaspedal seiner Putzmaschine bis zum Anschlag durch.

„Erkundige dich nach deinem Opa, Lisa. Der ist doch noch keine vier Wochen tot. Dann sind die oft noch in der Nähe. Ehrlich."

„Das ... das habe ich auch gehört." Wolfi bestätigte Normas Worte. „Womöglich ist er schon hier."

„Opa, hörst du mich? Hier ist Lisa, dein kleiner Spatz."

„Hier ist kein Opa. Und könntet ihr gefälligst aus der Leitung gehen?!"

„Klingt nicht wie dein Opa." Wolfi schien enttäuscht.

Verärgert über seinen neuerlichen Misserfolg herrschte Pedro die Amateurmedien an: „Also macht euch samt dem billigen Hexenbrett vom Acker!"

„Ihr unterschätzt die Gefahr ... die von hier ausgeht." Vergeblich klagte Rubinger Pedro sein Leid. „Zerstört ihn endlich!"

Gustavo bog in den Gang ein, in dem Sitting Bulls Wigwam stand. Sein Radio trällerte einen Hit von Jörg Drehts aus den frühen Achtzigern - 'Wir sehn uns wieder und du im Mieder' -, den er in gewohnter Manier mitsang, laut und um einen halben Ton zu hoch.

„Bist du ein Geist?" Lisas Stimme gewann in gleichem Maße an Festigkeit wie ihre Furcht an Kraft verlor. „Kannst du Kontakt mit Walter Schmitt, meinem Opa, herstellen?"

„Sch ...!" Die Planchette steuerte auf das 'S' zu. „Seid ihr in eurem zarten Alter schon schwerhörig? Hier gib es für euch weder einen Opa noch einen Geistführer, der in der Vermittlung die Strippen zieht. Kapiert?! Und jetzt nehmt endlich die Pfoten vom Brett und blast die Kerze aus, damit ich eure dämlichen Gesichter nicht länger ertragen muss!"

„Wir sehen uns wieder", intonierte Gustavo aus vollem Hals, bis er Rubingers Geist erblickte. Das 'und ...' blieb ihm in der Kehle stecken. „Mamma Mia! Geist von Amazonas Mann mich verfolgen." In seinem ersten Schrecken rutschte sein rechter Fuß vom Gaspedal auf die Bremse. Die Maschine stoppte abrupt und schleuderte Gustavo von seinem Sitz.

„Du?" Sofort ließ Rubinger von Pedro ab und

schwebte auf seinen möglichen neuen Verbündeten zu. „Du kannst mich sehen?"

„Nix sehen, nix hören und nix sagen und nix verstehen." Auf Händen und Füßen krabbelte er zu seinem Gefährt. „Nur Mann von Putzkolonne. Fahre elektrische Maschine - du verstehen, und singe mit Radio. Gustavo nix Geschäftsleitung." Ganz langsam, als ob die kleinste unbedachte Bewegung den Mann vom Amazonas zu einem Angriff verleiten könnte, suchte er hinter seiner Putzmaschine Deckung.

„Du musst mir helfen, Gustavo. Sie dürfen meinen Körper nicht restaurieren. Hast du verstanden? Wenn ja, dann nicke einmal." Seine Stimme klang kraftvoll, und sie verhieß nichts Gutes.

'Tag für Tag', pochte es in Gustavos Gehirn, 'ich komme an diese Ort zu Arbeit, wo stehen tote Menschen und jetzt ist gekommen letzte Tag von Gustavo. Heute er fahre mit Putzmaschine an seine Platz in große Halle im Himmel.'

„Gehe sofort zur Geschäftsleitung, Gustavo. Sie müssen die Restauration sofort stoppen. Sonst ... es sprengt jede Vorstellungskraft!" Er schwebte um die Putzmaschine herum.

„Bitte ... nicht praparieren. Gustavo nix verraten, das Geist von Mann aus Amazonas hier gehe um. Mich verschone, bitte. Ich Frau und drei Kinder habe", flehte Gustavo die Erscheinung Rubingers an.

„Können Geister verrückt sein?"

„Wenn sie es auf Erden schon waren", antwortete Lisa Wolfi und sah von dem Brett auf.

„Ich dachte immer, mit dem Tod hören auch die Schmerzen auf. Sind ja was Körperliches. Anderer-

170

seits", meinte Jürgen, nachdem er kurz überlegt hatte, „wenn die Seele durch Krankheit stark beschädigt worden ist ... vielleicht dauert es dann eine Zeit lang, bis sie vollständig geheilt ist."

„Ja, das könnte sein. Ich habe gelesen, die Seelen kommen zuerst in so einen Ruheraum. Dort erholen sie sich von ihrem Erdendasein."

„Davon habe ich auch gehört, Lisa."

„Könnt ihr nicht mal für einen Moment den Mund halten", unterbrach Pedro ihre Debatte, „damit ich endlich meinen Kontakt herstellen kann?! Es ist verflucht wichtig!"

„Wenn du uns erzählst, wie es dort so ist bei dir - im Jenseits. Feiert ihr Partys oder ist nur ödes Lernen angesagt, wegen der Weiterentwicklung und so?" Vorsichtshalber genehmigte sich Jürgen, einen ordentlichen Schluck Jonny Walker - man konnte ja nie wissen, was zu so später Stunde auf einen zukam. „Ah, das zieht rein." Kurzzeitig verlor er die Kontrolle über sein Gesicht.

„Himmel nochmal!" Im Gleichschritt mit seiner Hoffnung auf einen erfolgreichen Kontakt verflüchtigte sich Pedros Trance. „Ich bin - irgendwie nur bedingt im Jenseits. Es ist so eine Art Zwischenhalt vor der großen Reise. Kapiert?"

„Klar. Du bist ein erdgebundener Geist." Wolfi pflückte den Geistesblitz, wie seinerzeit Eva den Apfel vom Baum der Erkenntnis, aus seinem neuronalen Geflecht.

„Wir können dir beim Übergang behilflich sein." Lisa dauerte das Schicksal von Pedro und so bot sie ihm spontan ihre Hilfe an.

„Und was ist mit deinem Opa?"

„Jetzt nicht, Norman. Der läuft mir nicht davon. Jetzt müssen wir zuerst die Seele hier ins Licht führen."

„Du hast zuviel Ghost Wisperer gesehen, Lisa."

„Hörst du mich ... äh, Geist? Wie können wir dir helfen? Sollen wir deine Familie benachrichtigen?"

Nur mit Mühe gelang es Pedro, die Kontrolle über seinen Willen und damit über Körper und Geist zu behalten.

„Alle hier sind in größter Gefahr! Mitteilung! Schreib eine Nachricht an Renick. Außengang Halle vier - nicht zusammenfalten. Notiere, „Rubinger nicht restaurieren! Gefahr. Energie unkontrollierbar. Kein Übergang ...", diktierte Rubinger, als er, wie einige der Neonröhren in seiner Nähe, zerplatzte.

„Mamma Mia!" Gustavo brachte sich vor den herabregnenden Glassplittern in Sicherheit. „Das niemand Gustavo glauben." Bedächtig schüttelte er den Kopf, betrachtete den vom Amazonasmann angerichteten Schaden und fingerte sein Handy aus der Tasche. „Ah, Maria! Sonne meiner dunkle Nächte. Du musst komme Halle sieben - Zelt von sitzender Indianer. Geist zerstöre Lampe. Komme schnell!"

Pedro bedankte sich überaus kurz bei der geistigen Welt und, explizit bei seinem seit Tagen verhinderten Geistführer, Seth. Er dimmte die Schwingungen herab und verband sich wieder mit der Wirklichkeit von Friedpark.

„Gustavo?" Erst auf den zweiten Blick wurde er sich der Zerstörungen gewahr. Einer alten Gewohnheit folgend, legte er die Stirn in Falten und verschränkte die Arme über der Brust. „Rubinger!

Mist!" Er schlug sich mit der flachen Hand gegen die Stirn. „Natürlich! Ich Idiot - ich hätte es wissen müssen. Vom Jenseits ist kein Kontakt ins Jenseits möglich - zumindest nicht auf mediale Weise. Deshalb gerate ich jedes Mal an diese Spiritisten!"

Gustavo kletterte auf seinen Sitz, drehte das Radio leiser und gab Gas. Nach zwei Metern senkte er die Scheibenbürste ab und fuhr schweigend weiter, begleitet nur von dem gurgelnden Geräusch, mit dem das schmutzige Wasser hinter der rotierenden Scheibe in den Tank gesaugt wurde. Ohne Pedros Anwesenheit wahrzunehmen, bog er an seinem Wigwam in den Themenbereich ab, bis er bei Old Shatterhand Richtung Friedpark Orchester verschwand. „Oh, Gott ... Gustavo", murmelte Gustavo leise, und ein kalter Schauer kroch über den Rücken bis zu seinen Füßen hinab. „Noch eine Mal und ich nix mehr lebe."

Murr schnurrte zufrieden und ließ sich selbst durch Pedros Erscheinung nicht aus der Ruhe bringen. Pedro räusperte sich. „Ich kann später wiederkommen, Renick."

„Neuigkeiten von Rubinger?"

„Nein! Es sieht so aus, als ob von hier ... Jenseits hin oder her ... der Kontakt nur in Richtung der realen Welt möglich ist. Die Kommunikation ist scheinbar eine Art Einbahnstraße. Ich treffe nur auf Medien, die im Auftrag ihrer Kunden nach Verstorbenen suchen. Oder durchgeknallte Teenager mit ihrem Hexenbrett."

„Ja, der Tod bewegt die Lebenden", erwiderte Renick gedehnt. „Früher, Pedro, gab es in meinem

Viertel jede Menge Bäume. In ihrem Schatten schleckten wir unser Eis."

Ein fast unmerkliches Lächeln umspielte seine Mundwinkel.

„Der Friedhof ... Anders als heute war die Aussegnungshalle nicht verschlossen. Sobald die Dämmerung uns Schutz bot, sind wir zu dem alten Holzgebäude geschlichen, haben mit pochendem Herzen die knarrende Tür so weit geöffnet, dass wir uns hineinzwängen konnten. Im Licht der letzten Sonnenstrahlen sahen die Gesichter der Toten aus wie meine Großeltern auf den vergilbten Schwarz-Weiß-Fotos. Bleich, irgendwie ernst - das Kommende ahnend. Wir haben mit ihren Zehen gespielt, sie voller Übermut hin und her gebogen, und erst später haben wir bemerkt, wie kalt sich ihre Glieder anfühlen."

„Unheimlich. Allerdings, im Hinblick auf Friedpark erscheint mir ein Toter gleich weniger unheimlich. Als Gunther von Hagens seine 'Körperwelten' präsentierte war die Aufregung groß, im Gegensatz zur Eröffnung der Agentur Friedwald. Und heute? Die Themenwelten begeistern Jung und Alt. Sie halten die Konservierungstechnik als ersten Schritt zur Unsterblichkeit. Ich habe gehört, wie eine Mutter ihren präparierten Sohn beschwor, hier brav auszuharren, bis die Wissenschaft in naher Zukunft über die Technik verfügt, um ihn wiederzubeleben. Verrückt!"

„Die Hoffnung adelt jedes Tun." Renick gab Murr sanften einen Klaps auf ihr Hinterteil und stand auf. „1978! Im März - heute wäre Hauser ein alter Mann."

„Hauser?"

„Ihm gehörte der Kiosk in unserer Straße. Wir haben ihm so manchen üblen Streich gespielt - aber ein solches Ende hatte er nicht verdient!" Ein schwermütiger Geruch, ähnlich dem, der in den Wochen nach Hausers Ermordung aus dem Kiosk geweht hatte, förderte weitere Erinnerungen in Renick zutage. „Am hinteren Ende des Weges, unweit der Eiche, die so alte sein soll wie der Friedhof soll, lag diese Gruft aus dem 18. Jahrhundert. Sie war von Flechten überwuchert. Einzelne, wässrige Blumen, toten Augen gleich, starrten daraus hervor und verbreiteten einen ekelhaften Gestank. An dieser Stelle war der Friedhof ein Albtraum; überall die verfallenen Grabsteine, gefalteten Hände und unschuldig auf die Toten herabblickende Engel. In einigen Jahren wird mein konservierter Körper verbrannt werden - wer wird sich dann meiner erinnern? Entschuldige, Pedro. Worüber sprachen wir? Rubinger. Ich ahnte es. Rubinger hat sich in einen Zustand gebracht, der grundverschieden ist von unserem. Vertrackte Situation!"

„Vorhin, als ich in Trance war, muss er mich aufgesucht haben. Der Boden war von Glassplittern übersät. Die Restaurierung seines Körpers ist wohl bald abgeschlossen."

„Seine Kräfte kehren zurück." Renick seufzte.

„Sally, die oft Stunden in der Verwaltung unterwegs ist, weil dort ein oberkrassgeiler Typ beschäftigt ist, will gehört haben, dass die Geschäftsleitung ein Medium kontaktiert hat. Es soll heute Abend nach Schließung der Hallen den Geist aufspüren und austreiben. Sollte das misslingen, wird er in einen anderen Park verlegt."

„Sie sind wirklich verzweifelt. Ein Medium. Lässt sich ein Geist so einfach austreiben?", fragte Renick, wobei sich ein breites Lächeln auf sein Gesicht schlich. „Du bist doch vom Fach?"

„Es gibt verirrte Geister - aber in Friedpark? Draußen schon. Sie sterben, und weil sie von ihrem Tod nichts mitbekommen, führen sie ihr Leben weiter wie bisher. Mir ist der Fall eines Apothekers bekannt, der jeden Tag in seinem Geschäft stand und sich lediglich darüber wunderte, dass eine ihm unbekannte Frau seine Kunden bediente. Wie sich herausstellte, war er friedlich im Schlaf gestorben. Solche Geister können erlöst werden. Bei Rubinger?"

„Und was sind wir, deiner Ansicht nach?" Langsam fand Renick Gefallen an dem Thema.

„Gute Frage. Im Allgemeinen reißt spätestens ein paar Stunden nach Eintritt des Todes die Silberschnur, mit der Seele und Körper verbunden sind. Wie es sich bei uns verhält - Pedro zuckte mit den Schultern - ist mir ein Rätsel. Das Konservierungsmittel ist meines Erachtens, für unser Verweilen hier nicht ausschließlich verantwortlich. Meinem Gefühl nach bedarf es zusätzlicher Faktoren."

„Und welcher, bitte?"

„Ich kann es dir nicht sagen, Renick. Du hoffst auf Rubinger, oder sollte ich mich irren?"

„Ja und nein." Er wandte den Blick wieder der Stadt zu. „Unser gesamtes Dasein löst sich früher oder später in Rauch auf. Nichts Gestaltetes und nichts Geschaffenes ist darin, nicht einmal der nebulöse Stoff, aus dem unsere Träume bestehen. Ich, Pedro - und ich kann in diesem Punkt nur für mich sprechen -, ich löse mich mit jedem Tag mehr auf. Mit nichts außer Schwermut und Mattigkeit entlohnt mich Friedpark für die über die jahrelangen Qualen. In der Anfangszeit genoss in die Stille hier, erfreute mich an dem Anblick meiner Stadt und hing gern Erinnerungen nach. Heute summt die Stille, betäubt meinen Geist - die Dunkelheit schweigt nicht länger. Seltsame Musik entströmt dem Dunkel; ein symphonisches Gebrause überflutet die Sinne ... schön und schauervoll kündet es von enttäuschten Hoffnungen. Mit jedem Tag fällt es mir schwerer, mich von den Erinnerungen zu lösen - all dem Morast des verlorenen Lebens. Kein Streich der Kindheit, den ich nicht zehntausend Mal wiederbelebt habe, kein Anschiss meines Ausbilders, den ich nicht wörtlich zitieren könnte, samt seiner Gestik. Es hieß, wenn der Tod eintritt wird der Seele ihr Lebensfilm vorgespielt, ihr gesamtes Erdendasein soll darin gespeichert sein, jedes Detail. Ich, Pedro, kann die These nur bestätigen. Seit nunmehr 18 Jahren führt mir mein Gehirn fast täglich diesen Lebensfilm vor. Selbst der schönste Tag verkehrt sich irgendwann ins Gegenteil. Und was bleibt? Endloses Grauen und die Einsicht, dass kein Schicksal meinem Dasein die Jungfräulichkeit zurückgibt."

„Wenn ich behaupten würde, es dir nachfühlen zu können, müsste ich lügen", antwortete Pedro, und sein Gesicht war für einen Augenblick still und andächtig. Eine große Ruhe lag darin, der nichts

Böses anhaftete. „Wie denken andere über Rubinger? Fürchten sie seine Kräfte?"

„In der Anfangszeit, empfinden sie ihr Dasein als neu und interessant. Angehörige und Freunde kommen zu Besuch. Sie finden Gefallen an ihrem neuen, körperlosen Zustand. Mit den Jahren ändern manche ihre Ansicht, und deshalb wird es, ungeachtet der zukünftigen Entwicklung von Friedpark, immer Verlierer und Gewinner geben. Zum Glück oder Unglück ist Rubinger nicht berechenbar, sonst wäre es schlecht um unseren Frieden bestellt. Ich selbst sehne mich nach einem weiteren Tod, dennoch fürchte ich mich vor Rubinger. Es ist ein Gefühl, mehr nicht. Wir sollten der Werkstatt einen Besuch abstatten. Kannst du Adele informieren und - gegen sechs Uhr im Keller. Danke für deinen Einsatz, Pedro!"

„Keine Ursache. Ich werde Adele aufsuchen."
Und er verließ Renick auf konventionellem Weg.

20.03.2016 Früher Vormittag

Der Mann in seinen mittleren Jahren hieß Arthur Beckenstein. Er blätterte in dem Prospekt 'Märchen der Gebrüder Grimm'. *Gebrüder Grimm nannten sich die Sprachwissenschaftler und Volkskundler Jacob und Wilhelm Grimm bei ihren gemeinsamen Veröffentlichungen, wie zum Beispiel ihrer weltberühmten Kinder- und Hausmärchen,* las Beckenstein und fühlte sich in seine Kindheit zurückversetzt. „Die zwei Brüder. Wie oft habe ich das Märchen gelesen?" Er strich sich durch das Haar, dachte an die dünn gesäten, glücklichen Lesestunden, die väterliche, handfeste Erziehung, ausgerichtet auf das seit Generationen vorbestimmte Ziel.

Schwach war er bis zum Ausbruch seiner Krankheit nicht gewesen, weil es bis dahin nichts in ihm gegeben hatte, das ihm suggerierte: 'Du bist schwach.' Stark war er aber auch nicht gewesen, weil er bis heute nicht wusste, dass vieles von dem, was er getan hatte, tapfer war. 'Oh Gott.' Er blätterte um. „Wie unbeschwert und jung war ich damals! Jung, dürr und ziemlich ausgeblichen.'

'Friedpark sucht für den als Wanderausstellung konzipierten Themenbereich 'Märchen der Gebrüder Grimm' Mitwirkende. Entsprechende Qualifikationen sind wünschenswert, aber nicht Bedingung.'

„Ich als dümmlicher Bauernsohn." Beckensteins dünne Lippen brachten ein hämisches Grinsen hervor.

179

'Sollten wir Ihr Interesse geweckt haben, dann informieren Sie sich bitte bei unseren Kundenberatern. Wir bieten ihnen einen gut dotierten Zweijahresvertrag zu den üblichen Konditionen. Die Übernahme in ein unbefristetes Engagement, bei entsprechender Eignung, liegt in dem Bestreben unseres Unternehmens'.

„Herr Beckenstein!" Mit ausgestrecktem Arm begrüßte Zimmermann seinen Kunden. Beckenstein faltete den Prospekt zusammen, erhob sich und ergriff die ihm dargebotene Hand.

„Freut mich, Herr Zimmermann." Er folgte dem Berater mit schweren Schritten.

„Bitte nehmen Sie Platz." Er wies auf den Stuhl vor seinem Schreibtisch. „Wie kann ich Ihnen behilflich sein?"

„Ich ...", formten die blutleeren Lippen inmitten zahlreicher brauner Flecken, wobei die stark abgemagerte Gestalt von Arthur Beckenstein sich leicht nach vorne beugte. „Ich ...", wiederholte er etwas schleppend und spielte nervös mit seinem Ehering, „es handelt sich ... vor jetzt drei Monaten ... reifte in mir der Entschluss ... mich beruflich zu verändern. Entschuldigen Sie, bitte." Müde sank sein Kopf auf die Brust, während er seine Pillendose aus der Jackentasche holte, sie aufklappte und eine rote Kapsel entnahm. „Könnte ich?"

„Selbstverständlich." Zimmermann schenkte ein und reichte ihm das Glas.

„Sehr liebenswürdig. Danke." Die Kapsel verschwand in seinem Mund, gefolgt von etwas Wasser. Beckenstein lächelte nervös. Ihm war die Angelegenheit in höchsten Maße unangenehm. „Mein Leben noch einmal neu anpacken. Sie kennen sicherlich das Sprichwort: 'Dich soll der Blitz ...', nun ja ... umschreibt meine Situation recht zutreffend." Mühsam unterdrückte er den Drang plötzlich aufzulachen. „Johann, mein Jüngster, er beginnt im Herbst sein Studium der Informatik, verfügt über einen speziellen Humor: 'Paps', sagte er zu mir, 'jetzt kümmere dich endlich um deine Zukunft. Nicht dass dir erhebliche Zusatzkosten entstehen.' Hat ja recht, der Junge. So ein Knochenbruch kann eine kostspielige Angelegenheit sein."

Zimmermann, unfähig, für jemanden negative Gefühle zu empfinden, konnte diesen merkwürdigen Erben der Beckenstein GmbH nicht nur nicht leiden, sondern er fühlte seit langer Zeit wieder so etwas wie Leidenschaft in sich aufbranden, und mit jeder Welle, die gegen sein Bewusstsein schlug, erblickte er in der aufspritzenden Gischt das Gesicht seines Gegenübers. Er hörte, wie dieser ihm befahl: 'Engagiere mich!' Geflissentlich überhörte er auch die Worte des Trainers ihres 1. FC Friedpark, ihm den so dringend benötigten Linksaußen, noch vor Ende der Transferperiode, zu verpflichten.

„Herr Beckenstein. Sie sind das Wunder! Die Rettung unseres 1. FC Friedpark", stieß Zimmermann nicht nur zu seiner eigenen Überraschung und in fast berauschender Hochstimmung aus, sondern er sorgte dabei auch bei Beckenstein für einige Irritationen. „Entschuldigen Sie, Herr Beckenstein - ich war ... in Gedanken versunken." Dienstbeflissen griff er nach der Maus und klickte ein paarmal, wobei er geflissentlich jeden Blickkontakt mit Beckenstein vermied.

„Sie kommen, wenn ich Ihre Worte richtig interpretiert habe, sozusagen in eigenem Auftrag."

„Ja." Umständlich öffnete Beckenstein die Pillendose, entnahm ihr zwei weitere Kapseln und schluckte sie, wortlos und mit ein wenig Wasser.

„Ihre Mutter, sehe ich gerade, hat 2003 schon einmal die Zukunft Familienmitgliedes in unsere Hände gelegt - Josef Beckenstein."

„Mein Vater ... Könnten wir uns jetzt meiner Person zuwenden? Die Zeit drängt. Sie verstehen. Vieles ist im Hinblick ... das der Erledigung bedarf."

„Selbstverständlich. Hier haben wir ... Dürer. *'Ritter, Tod und Teufel'*. Sehr schöne Gruppe: Das fahle Pferd des Todes steht im Stall bereit. Sie könnten ... sofort losreiten." Zimmermann fühlte sich unwohl, und der Gedanke an den Leitspruch von Beckensteins Imperium *'Kein Nierenstein dank Beckenstein'* verbesserte seinen Zustand keineswegs.

„Fahles Pferd?" Beckensteins Gesicht wurde bei der Vorstellung aschfahl. „Ich hasse Pferde. Auf dem Rummel hat mich als Kind ein Pferd gebissen. Selbst ein Western verursacht mir Übelkeit." Plötzlich grinste er unkontrolliert. „Gibt es, wenn schon Gaul, keinen edlen Ritter, der die Prinzessin aus den Klauen des Ungeheuers rettet und als armer Schlucker das halbe Königreich einheimst? Ha!" Mit der freien linken Hand klatschte er sich auf den Oberschenkel. „Köstlich, Herr Zimmermann. Dies, mein Junge, wird eines fernen Tages alles einmal dir gehören", fuhr er mit Grabesstimme fort. „Erweise dich als würdig, Junge, und jetzt Schluss ..." Unterdrückt hustend brach er ab, warf eine weitere Kapsel ein und grinste sein verzerrtes Spiegelbild im Glas an.

„Gegen die Schmerzen", erklärte er und verschwieg dabei die euphorisierende Wirkung des Inhaltsstoffes. Hinzu kam, dass er die von seinem Freund und Hausarzt verordnete Dosierung eigenmächtig und nach Belieben erhöhte. Deshalb verlor er binnen weniger Minuten nicht nur das Gefühl für seinen Körper, er geriet im selben Zeitraum geradezu in eine erstklassige Partystimmung.

„Sie, Herr Beckenstein, können sich also nicht für ein Engagement an unserem Hause erwärmen. Bedenken Sie, es winkt ein gut dotierter Zweijahresvertrag."

„Na, ich weiß nicht ..." Beckenstein klaubte die letzten zwei Kapseln heraus, warf sie sich schwungvoll in den Rachen und würgte sie mit dem restlichen Wasser hinunter. „Nun", rief er dann munter und knallte das Glas auf den Tisch. „Ja ... ich glaube, mit mir hat Ihr Schauspielhaus - ich meine, Unternehmen einen sehr guten Griff getan." Mit einer flotten Handbewegung warf er die Pillendose über die Schulter in den Raum und transformierte anschließend zum menschlichen Metronom, sanft schwang er auf seinem Stuhl von links nach rechts und wieder zurück „Ich bin pünktlich ... seit Jahren keinen einzigen Tag zu spät gekommen, flexibel und hoch motiviert. Erstklassige Zeugnisse ... muss ich nicht erwähnen. Wie läuft das nun ab? Muss ich mich selbst hierher befördern ... bemühen oder ...?" Im Geiste sah Beckenstein einen untersetzten, nicht sehr kräftig aussehenden Postboten vor sich, der an Friedparks Empfang ein Paket ablieferte, welches ihn an die Mumien in den alten Schwarz-Weiß-Filmen erinnerte.

„Nein! Wir veranlassen alles Notwendige." Erste Schweißtropfen bildeten sich auf Zimmermanns Stirn.

„Gut. Dann erwarte ich Ihre Mitarbeiter - zu gegebener Zeit - in meinem bescheidenen Reich." Er brach in schallendes Gelächter aus. „Soll ich ... fixiert in Reiterposition? Eh ... Sie müssten mir, in Anbetracht der Umstände, eventuell beim Besteigen des Pferdes behilflich sein." Abrupt wurde er für einen Atemzug ernst, ehe er, angetrieben von den euphorisierenden Inhaltsstoffen des Schmerzmittels,zu singen begann: „Wer reitet so spät durch Nacht und Wind ... Damit wäre ja meine Zukunft in trockenen Tüchern." Er klatschte glücklich in die Hände, summte die Melodie der Sesamstraße und fügte, im alten Befehlston, hinzu: „Wir müssen den Abschluss begießen. Wo, sagten Sie, Herr Zimmermann, steht der Gaul?"

„Ich kann Ihnen einen Kaffee kommen lassen", bot Zimmermann an, während er den Vertrag ausdruckte.

„Kaffee?! Wollen Sie mir vor dem Ritt durch die Wüste ... Das bringt meine angeschlagene Konstitution glatt zur Explosion", wieherte er vor Vergnügen. „Wer reitet so spät durch Bach und Absinth, es ist Arthur das Kind und er reitet wie der Wind. Reitet über Stock und Stein - gedankt sei es dem Nierenstein von Beckenstein." Der von der Krankheit gezeichnete Unternehmer strotzte plötzlich nur so vor Energie.

„Herr Beckenstein, ich darf Sie doch bitten?",
rief Zimmermann ihn behutsam zur Ordnung, als
gelte es, ein rohes Ei umzubetten. „Denken Sie bitte an Ihre Familie." An dieser Stelle drängte sich
Zimmermann ein Bild des Unternehmers auf, wie
dieser auf einem Bügelbock sitzend mit John
Wayne in den Sonnenuntergang ritt.

„Eh!" Er klopfte mit beiden Händen seine Taschen ab. „Wusste doch ..." Siegessicher riss er die
Arme in die Höhe, als sei er gerade Weltmeister im
Springreiten geworden. „Die Letzte!", murmelte er.
„Eh! Wo steht nun der fahle Gaul ... reite dann sofort zum Abdecker mit ihm, haha haha!" Einen Augenblick später brach Beckenstein in Tränen aus
und bevor Zimmermann reagieren konnte, war er,
den Stuhl umstoßend, aufgesprungen. „Zureiten ...
ich muss ihn für den Alten hier zureiten. Sind ja
recht widerspenstig, diese Viecher", brüllte Beckenstein und stützte sich beidhändig auf den
Schreibtisch, beäugte Zimmermann aus blutunter-
laufenen, glasigen Augen von oben herab und
rülpste ihm freundschaftlich zu.

„Herr Beckenstein, ich flehe Sie an! Setzen Sie sich
bitte wieder", - er breitete die Vertragsunterlage aus -
nur Ihre Unterschrift bitte, hier und hier. Wir kümmern uns dann um sämtliche weiteren Formalitäten."

„Eh ... ja", schniefte Beckenstein und umklam-
merte den ihm angebotenen Stift, als hinge sein Leben davon ab. „Wo ... wo soll ich gleich ... bitte ..."

„Hier bitte und - danke - an dieser Stelle - danke, Herr Beckenstein, damit wären alle erforderlichen Schritte Ihrerseits erledigt."

„Danke. Sie sind ein herzensguter Mensch, Herr ..." Überwältigt von der Besiegelung seines weiteren Werdegangs und dem gütigen Wesen des Beraters, unterschrieb dieser versehentlich mit Artur Nierenstein. „Wann reiten Sie vor?" Jählings wechselte Beckenstein aus dem Modus der Depression in den manischer Heiterkeit. Als Zimmermann den Mund öffnete, drehte Beckenstein zum Dank eine Reihe Pirouetten, bis sein Gesicht zum Ausgang zeigte. Keuchend schnappte er nach Luft und schleppte seinen von den Schmerzmitteln betäubten Körper Richtung Ausgang. Auf Höhe des Empfangs schlug sein Schicksal einen anderen, verhängnisvolleren Pfad ein. Er entdeckte Bruno.

„Junge, was bist du blass!" Voller Freude, und wenn er den Informationen seines Gehirns Glauben schenken durfte, dann musste er tanzen. Zitternd vor Erregung, wollte er Bruno eine kleine Rede halten, doch ihm kamen nicht die richtigen Worte in den Sinn, und so blieb er stumm.

„Du hast wohl Schlimmes durchgemacht", begrüßte er Bruno, griff nach dessen Hand und versuchte, sie kräftig zu schütteln. „Nun zier dich nicht so, Junge." Anschließend fummelte er sich den Kopfhörer über die Ohren.

„Wenn Mutter es mir erlaubte - berichte Bruno treuherzig und wahrheitsgemäß - habe ich sehr gerne Fernsehen geschaut. Die Serie 'Verblühte Rosen' rührte mich dabei besonders zu Tränen."

„Junge, da habe ich was für dich. Ich weiß ja nicht, was dein Arzt oder Apotheker dir empfiehlt, aber ich habe da prächtige kleine Helfer, die jedes Problem lösen."

„Was die Menschen so alles erleben, dachte ich oft und musste so manchen Tag betroffen über die vielen Schicksalsschläge seufzen. Wenn ich dagegen meinen Tagesablauf betrachtet habe ...“

„Wo habe ich sie denn nur?“

„Und nur, wenn das Wetter sich von seiner schlechten Seite zeigt. Krimis. Sagenhaft ... und wie der Kommissar jedes Mal den Mörder überführt.“ Bruno war begeistert. „Oft liege ich mit meinem Täter völlig daneben. Doch ich habe inzwischen gelernt, dass es nicht immer der Gärtner oder der freundliche Nachbar ist ...“

„Eh, hier hast du dich versteckt, du Luder. Du hast es auch nicht leicht, Junge“, nuschelte Beckenstein und stopfte Bruno die Kapsel in den halb geöffneten Mund.

„Herr Beckenstein, ich darf Sie bitten, die Exponate nicht zu berühren.“ Die Dame vom Empfang nahm ihm den Kopfhörer vom Kopf.

„Was heißt hier berühren, gnädige Frau. Der Junge benötigt dringend eine kleine Aufmunterung. Der steht sich hier die Füße in den Bauch ...“

„Herr Beckenstein!“ Sie klapperte mit ihren Stöckelschuhen und den fleischlosen Knochen um den Tresen herum.

„Eh! Attacke von vorne - zwölf Uhr. Du klappriger Klepper. Du Erstlingswerk eines Metzgerlehrlings, mit deinen schlecht abgeschabten Knochen ... Komm nur! Dir werde ich zeigen, wie ein echter Nierenstein solche Dinge handhabt.“

„Hallo, mein Name ist Bruno“, tönte es aus dem Kopfhörer.

„Neun Uhr, Bruno!"

„Herr Beckenstein! So nehmen Sie doch Vernunft an!", versuchte es der herbeigeeilte Zimmermann im Guten, ehe er zu härteren Bandagen griff.

„Hallo, mein Name ist Bruno", wiederholte Bruno aufgrund einer Störung seines Speichers.

„Du Lump!" Angestachelt durch den offensichtlichen Ausfall seines Verbündeten sprang Beckenstein übergangslos in den Modus 'Niemand kann mich aufhalten'. „Du ..." Weiter kam Beckenstein nicht, als er über seine Füße stolperte und im Fallen hart mit der Stirn an den Tresen stieß.

„Mutter!" Beckensteins Stimme hatte jede Kraft verloren. „Der böse Mann hat mich geschlagen. Mutter ..." Mit letzter Kraft hob er den Oberkörper, legte den Kopf in den Nacken und sackte leblos zu Boden.

„Mist!", fluchte Zimmermann, während die Dame vom Empfang zurück zu ihrem Schreibtisch eilte.

Vormittags bei den individuellen Exponaten.

„Als ich jung war", sang Jörg Drehts, „war ich von dem Glauben beseelt, Opernsänger zu werden. Aber dann verstrichen die Jahre und ich nahm mir vor, zumindest ein guter Schlagersänger ... können Sie den fatalen Abstieg nachempfinden?"

Von Stetten nickte. „Ich sehe das nicht - wie beliebten Sie noch, sich auszudrücken - als fatalen Abstieg. Gute Schlagermusik bereitet vielen Menschen Freude, Herr Drehts. Sie sollten sich glücklich schätzen, dass das Schicksal Ihnen ein solches Talent in die Wiege gelegt hat. Na, Kopf hoch! Das wird schon."

„Ihren Optimismus möchte ich haben. Vor meinem Comeback. Ausverkaufte ... gut gefüllte Hallen, und die neue CD lief überraschend gut. Platz drei in der deutschen Hitparade. Gibt es hier Zeitungen?"

„Wozu? Jetzt. Sie wollen in Erfahrung bringen, ob Ihr unerwarteter Tod Sie auf Platz eins gebracht hat."

„Wie, jetzt? Zu etwas muss er ja gut sein."

„Haben Sie übrigens von dem schlimmen Zwischenfall gestern Nacht gehört?" Schnell wechselte von Stetten das Thema. Ihm lag nichts daran, abzuwarten bis Jörg Drehts den vermeintlichen Nummer-eins-Hit zum Besten geben würde.

„Die Lesung von Emily Fasel?" Jörg Drehts rümpfte die Nase. „Allein der Titel, '*Bier ist dünner als Blut*'. Zuerst dachte ich, er handelt von Vampiren - ehe er sich als Kriminalroman entpuppte."

„Viele Besucher heute." Von Stetten ging der Andrang heute sichtlich auf die Nerven. Vermutlich aufgrund der Vorkommnisse in den vergangenen Tagen. Ein Mitarbeiter der Reinigungsfirma geriet zufällig an Rubingers Geist. Muss heute Morgen spornstreichs die Geschäftsleitung angerufen und sich massiv beschwert haben."

„Wie jetzt? Politik hat mich nie sonderlich angesprochen. Und mit den Gewohnheiten hier bin ich überhaupt nicht vertraut. Allerdings soll dieser Anton Rubinger mächtig Staub aufwirbeln."

„Hi!" Sally materialisierte sich ein Stück entfernt. „Hier treibt ihr euch herum. Hier ist bedeutend weniger Trubel. Bei Karl May, puh! Dort treten sich die Leute auf den Füßen herum - lauter Evolutionsbremsen."

„Die individuellen Exponate sind eher etwas für Künstler."

„Künstler? Wie jetzt?!"

„Wir sind in der Presse!" Sally klatschte vor Begeisterung in die Hände. „Im Klick lautet die Schlagzeile: *'Der Geist vom Spukpark'* und die WZ titelt: *'Wenn Rentner unter die Geister gehen'*. Fantastisch nicht? Und die Universaldilettanten in der Geschäftsleitung lassen die Gelegenheit ungenutzt verstreichen, mal ordentlich Kohle zu scheffeln. Schließen sogar um 15 Uhr. Dringende Arbeiten an der Stromversorgung." Sie plapperte wie ein Wasserfall. „Selbst unsere Poweromi lässt sich das nicht entgehen."

„Wie jetzt? Wir sind in der Presse? Tagesgespräch." Sofort witterte Jörg Drehts seine Chance auf Publicity. „Sind Reporter vor Ort? Ein lokaler Fernsehsender? Wie sehe ich aus?"

„Du bist ein klasse Terrorkrümel, Jörg." Sie knuffte ihn in die Seite.

„Wie jetzt? Ich muss an mein Comeback denken. Im Showbusiness bist du schneller vergessen als die Schlagzeile vom Morgen. Es könnten Reporter inkognito vor Ort sein", mutmaßte er und wurde mit jeder Sekunde unruhiger. „Ich will nur kurz - ihr versteht sicherlich ..." Knisternd hauchte er seine Anwesenheit aus.

„Künstler. Gibt es sonstige Neuigkeiten, Sally? Nicht, dass mir Rubinger zu wenig Aufregung bieten würde. Zum Glück bin ich nicht so sensationslüstern wie unser werter Neuzugang Jörg Drehts oder dieses hysterische Weibsbild von Autorin, das mehr Bier als Blut im Hirn hat."

„Nur die Begehung der Hallen mit dem Medium. Wir sehn uns!" Sally verschwand.

„Kinder", bemerkte von Stetten kopfschüttelnd, Künstler und Kinder, das sind die modernen Plagen."

„Sind Sie ein Stadtmensch?", fragte der gut aussehende Mann in den besten Jahren die wartenden Besucher. 'Stört Sie das Zwitschern der Vögel, der Duft von Laub und das Rauschen der Blätter?' Hinter ihm wurde ein in herbstlichen Farben leuchtender Wald eingeblendet ... Hier in Friedpark sind Sie keine Nummer, sondern Mensch. Versäumen sich nicht einen Besuch in unserem Souvenirshop. Nur heute! 20 Prozent auf Ansichtskarten und die neue CD des Friedpark Duos. Beachten Sie bitte unsere geänderten Öffnungszeiten; wir schließen heute bereits um 15 Uhr. Wir danken für Ihre Aufmerksamkeit und wünschen Ihnen noch einen schönen und interessanten Aufenthalt."

„Die Werbung wird auch immer schlechter." Von Stetten blieb vor einem unter einer Laterne tanzenden Paar stehen. Von den Statuen seltsam berührt, trat er näher. *Die Nächte waren wunderbar; Lilly hatte dann nicht einmal die Zeit, an ihre Angst oder an ihren merkwürdigen Zustand zu denken. Wenn es dunkel war um sie herum, dachte sie immer an Musik, so wie früher, wenn sie abends mit mir durch die Straßen lief, leise vor sich hin sang und wir unter den Laternen tanzten. Die ganze Stadt hört mir zu, sagte Lilly dann und musste selbst über ihre kindliche Naivität lächeln. Und keiner weiß, dass es Lilly ist.* Für von Stetten war es, als tanze das Paar für ihn. Irgendetwas lag über ihnen in der Luft. Worte. Von Lilly schüchtern in die Stille geknüpft - seltsame, bedeutungsvolle Worte. Dabei schlich sich ein fragender Blick in Lillys Gesicht und sanft strahlte das Mondlicht auf die Tanzenden herab.

„Unwirklich und doch beängstigend real. Und die Zeit zerfiel zu Aschenstaub", zitierte von Stetten die Sätze eines Autors, an dessen Namen er sich partout nicht erinnern konnte. „Die ganze Welt in ihrer Stofflichkeit taumelt in einem Hexentanz und löst sich vor den eigenen Augen in Rauch auf. Und sie? Urheberin und Betreiberin dieses bösen Wunders - Medusa, Circe oder unglückliche Frau, wo immer die Wahrheit liegt - wollte man ihre Geschichte erzählen - ach, es ist unmöglich."

Langsam trat er zwei, drei Schritte von dem tanzenden Paar zurück. Eine Gruppe Touristen aus Japan, mit Kameras und Smartphones bewaffnet, filmte die Exponate lächelnd, diskutierend und ohne jede Scheu oder Furcht. Erinnerungsfotos mit den Bewohnern von Friedpark. Der Spukpark erlangte einmal mehr traurige Berühmtheit. Lange war es still um ihn gewesen und die Zeiten, als Gunther von Hagen - der für seine Person den Titel 'Wegbereiter' für diese Art der Zurschaustellung von menschlichen Körpern in Anspruch nehmen durfte - mit seinen 'Körperwelten' für Diskussionsstoff gesorgt hatte, gehörten längst der Vergangenheit an. Die Eröffnung der 'Agentur Friedwald' war bis auf einige Demonstration friedlich verlaufen. Das Unternehmen erlebte eine kurze, überaus erfolgreiche Geschichte, scheiterte letztlich aber an den damals strengen, unüberwindlichen Hürden der gesetzlichen Vorgaben. An ihren Werbespruch konnte von Stetten sich gut erinnern: '*Wir werden alt, wir werden älter, wir werden Friedwälder*'. Mit der Insolvenz der Agentur wurde es still um die Präparation menschlicher Körper, bis Friedpark Jahre später seine Pforten öffnete. Kakerlaken gleich krochen die üblichen Gruppierungen aus ihren Verstecken, bewaffnet mit den alten, inzwischen verschlissenen Spruchbändern. Mittlerweile war der Protest fast zum Erliegen gekommen, und wie bei Gunther von Hagen wuchs die Akzeptanz in der Bevölkerung für die Zuschaustellung menschlicher Körper.

Die zierliche Japanerin legte ihren Arm um den Hals der tanzenden Frau, blinzelte in die Kamera, winkte ihren betagten Eltern in der Heimat zu und kommentierte wortreich das filmische Werk ihres Ehemanns. Die Reisegruppe eilte weiter, um den eng gestrickten Terminplan - Europa in acht Tagen - einhalten zu können.

Einem inneren Impuls nachgebend, oder nur, um der seltsamen Anziehungskraft der Tanzenden zu entfliehen, mischte sich von Stetten unter die Reisegruppe. Bei Winnetou war, wie Sally gesagt hatte, der Teufel los. Über die international bekannten Darsteller ergoss sich ein wahres Blitzlichtgewitter. Insbesondere Old Shatterhand der auf seine Flinte gestützt, ein imposantes Bild des unbeugsamen Streiters für Gerechtigkeit abgab, wurde regelrecht belagert.

„Wie jetzt? Sie hier?"

„Konnten Sie die Presse für ein Interview gewinnen?"

„Wie jetzt? Ah, das war ironisch gemeint. Verstehe. Leider nein. Es ist kein mir persönlich bekannter Reporter anwesend, Herr von Stetten. Wissen Sie, Publicity ist in unserem Geschäft leider unerlässlich. Ich bin jedoch kein Möchtegern-Star, der um jeden Preis um Schlagzeilen buhlt. Nein! Zu viel schlechte Presse schadet dem Image, außer man heißt Harald Juhnke. Gerade jetzt, vor meinem Comeback, sollte ich jede negative Presse tunlichst vermeiden."

„Verständlich."

„Der Trubel hier genügt mir bereits." Jörg Drehts Blick verschleierte sich, und um seine Lippen spielte ein bitteres, von Selbstmitleid genährtes, Lächeln. *„Jörg Drehts - Comeback unter Seinesgleichen oder der Liebling unserer Urgroßeltern spukt jetzt in Friedpark über die Bretter, die die Welt bedeuten.* Ha!", rief er im Stil eines Anreißers bei einem Rummelplatzvarieté, „aber ich werde es meinen Kritikern beweisen! Den Spöttern wird das Lachen im Hals stecken bleiben, wenn ich sie und ihre haltlosen Verleumdungen meiner Person in Grund und Boden singe."

„Natürlich. Ganz Ihrer Meinung."

„Wie jetzt?! Der Hinrik!" Plötzlich fuchtelte er mit den Händen in der Luft herum. „Da muss ich hin! Entschuldigen Sie mich, Herr von Stetten, aber Hinrik ist die graue Eminenz in der Branche und ..."

Von Stetten atmete befreit auf.

„Das muss die Stelle sein, Holger", flüsterte eine Frau ihrem Begleiter ins Ohr. Ihre Hände zitterten leicht als sie im Ausstellungskatalog nach der entsprechenden Seite suchte. „Gruselig, gell? Der arme Kerl von der Reinigungsfirma ... Soll sich im Krankenhaus befinden. Na, der Schock. Ich würde glatt tot umfallen." Holger nickte die Geschichte zum dreißigsten Mal mit seiner in langjähriger Ehe antrainierten Geduld ab. Seine Frau kramte in ihrer Handtasche, fand den sorgsam ausgeschnittenen und in Folie eingeschweißten Zeitungsausschnitt und las ihn ihrem Holger noch einmal vor. *„Die Geister sind los! Dieser Mann - Gustavo blickte müde in die Kamera - entkam den entfesselten Geistern in Friedpark nur durch den massiven Einsatz seiner Reinigungsmaschine. Mit ihr durchbrach er geistesgegenwärtig ihre Reihen und konnte so sein Leben retten.* Ich an seiner Stelle ... daran darf ich gar nicht denken!" Sie stöhnte, den Blick auf das Foto von Gustavo gerichtet. „Mich hätte auf der Stelle der Schlag getroffen!"

„Wäre hier nicht ein guter Platz zum Sterben, Martha? Ich meine, nur einen Schritt von deinem neuen Zuhause entfernt. Keine Umzugskosten und ..."

„Hör auf! Du mit deinem schwarzen Humor! Darüber macht man keine Scherze. Versetzt dich doch nur in die Lage dieses bedauernswerten Mannes. Wer weiß, was für ein Schicksal er und seine Familie hinter sich haben. Man liest ja jetzt so viel ... Ganze Familien auf der Flucht, und ihr ganzes Hab und Gut in einem Rücksack. Er hat Glück, findet Arbeit, und dann fällt er der Geistermeute in die

Hände. Mir rinnt schon wieder der kalte Schweiß über den Rücken!"

„Du steigerst dich zu sehr in das Ganze hinein, Martha."

„Was tue ich? Ich steigere mich in überhaupt nichts hinein; nur weil mir das Schicksal des Mannes und seiner Familie zu Herzen geht! Ich bin ja nicht so ein Holzklotz wie du, der für seine Mitmenschen nichts außer Zynismus übrig hat. Hilde hat übrigens gemeint ..."

'Oh Gott', dachte von Stetten nur und trat den Rückzug an, bevor er selbst parapsychologische Kräfte entfesselte.

20.03. 2016 Zur Kaffeezeit am Nachmittag

Hinter Joe hing ein Plakat des Friedpark Duos, auf dem die Sänger stolz ihre CD 'Holder Tod im Morgenrot' präsentierten. In Gedanken summte er den Refrain von 'Bis in alle Ewigkeit', ehe er zu 'Der neue Job' überwechselte.

„Das sieht recht ordentlich aus." Herr Weinmüller klopfte Heinz auf die Schulter.

„Perfekt, Heinz", Frau Hollerbach begutachtete Rubingers Hand, „und wenn ich es nicht besser wüsste, ich würde ich Sie für den Betreiber eines Schönheitssalons halten."

„Ich darf doch bitten, Frau Hollerbach. Das gehört nun wirklich nicht hierher. Außerdem haben wir im Moment ganz andere Sorgen."

„Ich wollte nur zum Ausdruck bringen ... die Familie wird begeistert sein über die Restauration."

„Was für ein Otto, Pedro. Denn sollte man konservieren - obwohl, dann hängt er uns an der Backe."

„Wir können ihn praktisch morgen aufstellen, oder wird er jetzt versendet?", fragte Heinz Herrn Weinmüller und fuhr mit der Hand über die verletzten, nur wegen der leicht dunkleren Hautfarbe sichtbaren Körperpartien.

„Die endgültige Entscheidung fällt nach der Begehung. Seine Frau will ihn unbedingt hier sehen und ich fürchte, sie schreckt auch vor einem weiteren Rechtsstreit nicht zurück."

Das Getuschel der anwesenden Geister gewann an Intensität. Der Vorfall mit Gustavo hatte sich nicht nur in Friedpark schneller ausgebreitet als eine Flutwelle, die auf das unbefestigte Festland zurast und mittlerweile selbst die ruhigsten Gemüter in Aufregung versetzt hätte. Seit Adams Erscheinen hatte Friedpark keinen vergleichbaren Aufruhr unter den Bewohnern mehr erlebt.

„Spürt ihr das auch? Es ist stärker als heute Morgen. Als ob jemand Energie in den Raum pumpen würde."

„Ich fühle nichts." Bruno tastete seinen Körper vorsorglich von unten nach oben ab.

„Irgendwo in diesem wirren Kopf", philosophierte von Stetten, „diesem auf wundersame Weise erhaltenen Fleisch, in diesen Myriaden von Hirnzellen, bleibt Rubingers Siegel, sein Geist zurück und verbreitet Angst und Furcht. Aus welchen Tiefen wird die zerstörerische Energie genährt, die ihn umtreibt? Sind sie ihm selbst überhaupt bekannt?"

„Er redet so schön."

„Es gibt in jedem Beruf herausragende Könner ihres Metiers", fühlte Herr Heinrich sich bemüßigt zu äußern, nachdem er eher zufällig, im Sog der anderen, hierher in die Werkstatt gelangt war. „Auf die Restauration können die beiden zu Recht stolz sein."

„Wann kommt Frau Waldheim gleich?" Ungeduldig schnippte Herr Weinmüller mit den Fingern.

„Wahlheim. Sonja Wahlheim. Um 16 Uhr, Herr Weinmüller."

„Danke, Frau Hollerbach."

„Ein Medium. Dass ich nicht lache", rief eine Stimme aus dem Pulk der Geister.

„Wenn sie Rubinger helfen kann ..." erwiderte eine ältere Frau. „So ist dieser Psychopath eine Gefahr für ganz Friedwald."

„Ja ... äh ... wo waren wir stehen geblieben? Nach der Begehung durch das Medium, besser gesagt, nach ihrer Einschätzung der Situation ... äh, der Gefahr durch ... äh, Anton Rubinger werden wir abschließend über unser weiteres Vorgehen in dieser Angelegenheit entscheiden. Mir persönlich widerstrebt Ihre Verpflichtung", setzte er Heinz seinen Standpunkt auseinander, „und ich habe mich bis zuletzt dagegen ausgesprochen. Schon das Motto ihrer Homepage: *Ich sehe was, was du nicht siehst*. Da kommt mir der Kinderbrei wieder hoch. Jedenfalls wird diese geistig behin ... übernatürlich veranlagte Frau sozusagen den Schlussstrich unter das leidige Thema setzen. Klage hin oder her. Wir sind schließlich den Interessen des Unternehmens ... äh ... und natürlich dem Wohl unserer Mitarbeiter verpflichtet."

„Nette Ansprache", sagte Renick schroff. „Seit meinem Tod hat sich in der Arbeitswelt nicht viel geändert."

„Was sollte sich ändern? Sie sind ihren Aktionären ausgeliefert, und bei einem Unternehmen wie Friedpark ist ein solcher Vorfall pures Gift." Etwas steif vom Stehen trat Adele auf der Stelle. „Du siehst ja, die Presse stürzt sich mit Genuss auf die Ereignisse von letzter Nacht. Fürchterliche Zeiten sind das, Renick. Langsam verliere ich den Glauben an die Zukunft."

„Gift? Wurde die Presse vergiftet?"

„Wieso? Alles in Ordnung, Bruno?" Seit einiger Zeit kümmerte sich Adele ein wenig um Bruno.

„Es geht mir gut. Ich war in Gedanken versunken und ich glaubte ... es war aber nicht mein Homunkulus."

„Wenn du Sorgen hast, Bruno, du darfst dich jederzeit an mich wenden. In deinem Alter ist die Welt oft schwer verständlich. Ich kann davon ein Lied singen, mein Junge." Sie tätschelte seinen Arm, bis die Funken stoben.

„Nein, wirklich alles gut", antwortete Bruno und beugte sich bei jedem Wort fast bis auf die Knie hinunter, als drücke er sie aus sich heraus wie die Töne aus einem Akkordeon.

„Wir müssen ein paar kleinere Stellen im Gesicht nacharbeiten. Sehen Sie hier, hier und hier, Herr Weinmüller, und wir benötigen dringend einen Satz Kleidung", schloss Heinz seinen Bericht über Rubingers Restauration, leckte sich über die trockenen Lippen, in der Vorfreude auf ein kühles Bier, sobald der Heini mit seinem Schoßhündchen abgerauscht war.

„Gute Arbeit. Wirklich. Sie hören von mir", verabschiedete Herr Winmüller sich und gab seiner Sekretärin ein Zeichen, während Joe die Tür aufriss.

„Danke ... wie gesagt, Sie hören von mir ..." Wiederholte er verwirrt und stolperte, gefolgt von dem Tross neugieriger Seelen, in den Korridor hinaus. „Die stickige Luft", stöhnte er und lockerte die Krawatte, „wie man unter solchen Bedingungen acht Stunden arbeiten kann?" Kopfschüttelnd tupfte er sich den Schweiß von der Stirn. „Hoffentlich ist der Schwachsinn mit dem Medium, dieser Ich-se-he-etwas-Dame, zügig erledigt!"

Das Handy von Frau Hollerbach piepste das Lied vom Tod. „Frau Wahlheim wartet nebst Hund am Empfang", informierte sie ihren Chef, der daraufhin erneute den Kopf schüttelte und in sein Taschentuch murmelte: „Auf dass der bittere Kelch an mir vorübergehe. Dann wollen wir mal!"

„Weinmüller", stellte er sich dem in schriller Kleidung wartenden Medium vor. Sie befreite ihre rechte Hand aus dem Maul ihres Zwergpinschers und vertraute sie ihrem Gegenüber an. „Und Sie müssen Frau Wahlheim sein. Ich darf Sie im Namen der Geschäftsleitung in Friedpark begrüßen und ... äh, sollen wir gleich beginnen oder bedürfen Sie ... äh ... Zeit zur Vorbereitung?"

„Ganz meinerseits. Und nein, wir können sofort beginnen", erwiderte sie distanziert und mit einem Seitenblick auf Frau Hollerbach.

„Äh ... meine Sekretärin, Frau Hollerbach ... hat Sie, verehrte Frau Wahlheim ... äh, bereits instruiert. Ich würde sagen, wagen wir uns an den Geist heran. Äh ... Waidmannsheil. Sollen wir zuerst den Ort ... äh, seines letzten Erscheinens aufsuchen?"

„Ist er jetzt komplett weich in der Birne geworden?", fragte sich nicht nur ein jüngerer Bewohner von Friedpark, „oder verträgt er ihre Schwingungen nicht?" Gelächter erhob sich, und auch Adele konnte sich eines Schmunzelns nicht erwehren.

„Was für ein Sensibelchen."

„Ich kann nur für mich sprechen", sagte Pedro in gedämpftem Tonfall, weil er mit halbem Ohr das Gespräch verfolgte und zudem die geistvolle Atmosphäre nicht zerstören wollte. „Als erfahrener Schamane ist das Brimborium! Der Kontakt mit den Verstorbenen ..."

„Ist ja gut, Pedro." Von Stetten unterbrach ihn schroff. „Doch das interessiert jetzt niemanden."

„Wie jetzt? Was interessiert nicht. Die Platzierung?"

„Die ist so medial veranlagt wie ein Holzpfosten. Die müsste längst unsere Präsenz wahrnehmen. Ich gehe! Die spürt in hundert Jahren keinen Geist auf."

„Außer den Geist in der Flasche!" Wieder brandete Gelächter auf, während der Tross der Geister sich merklich lichtete.

„Unrecht hat er nicht, Renick."

„Leider, Adele. Ich möchte mir den Spaß dennoch nicht entgehen lassen.

„Wie sagte Huckleberry Finn: '*Versuch bloß nicht, mich hereinzulegen, denn ich würd's auch nicht tun. Großes Indianerehrenwort jetzt, du bist kein Gespenst*", zitierte von Stetten, „und jetzt werden wir der Dame hinterherspuken."

Ein deutlich reduzierteres Tross neugieriger Seelen begleitete Herrn Weinmüller, dessen Sekretärin und das Medium, nebst Hündchen, zum ersten Tatort.

„Na ja", meinte von Stetten über Menschen vom Schlage Sonja Wahlheims, „sie haben für alles ein wenig Talent, aber fördern keines davon, weil ihnen die Ausdauer fehlt. Frau Wahlheim hat dazu eine Figur wie eine Bierflasche."

„Immerhin hat sie es zu einem gewissen Ruhm gebracht, mein lieber von Stetten", erwiderte Adele und fuhr schmunzelnd fort. „Aber ihr, wie sagt man heute, Outfit! Dieser knallbunte Umhang mit den Sternzeichen - also wirklich! Dazu die Schlabberhose aus Tausend und einer Nacht, und als krönender Abschluss das Peter-Pan-Oberteil", zählte sie die gesammelten Fürchterlichkeiten von Sonja Wahlheim auf.

„Hier! Dort, neben dem Jungen mit dem Huhn in der Hand. 'Das ist mein lieber Max', sagt die Frau. Sie streichelt ihm den Kopf."

„Ich kann niemanden bei Holger sehen."

„Die ist voll pfostig!" Sally stand unter Strom. „Schade, dass wir hier nicht so richtig partisani machen können, dazu leckere Rabiatperlen oder eine Shisha. Mann! Voll Banane, die Alte. Ich krieg mich nicht mehr ein!"

„Sind Sie sicher, Frau Wahlheim?", fragte Herr Weinmüller das Medium mit einem Hauch Skepsis in der Stimme. „Wir fahnden ... äh ... nach einem männlichen Subjekt. Sie haben das Bild ..."

„Nur langsam, der Herr. Nicht so ungestüm. Wir werden Ihren Geist schon finden."

„Wie jetzt? Was ist denn?"

„Was soll schon sein? Ich sehe keine Frau an bezeichneter Stelle, und das ist auch gut so. Herr Kribke ist mir ja eine so große Hilfe."

„Wie jetzt?" Jörg Drehts verstand nichts von alledem.

'Ab heute bleibt mein Ofen kalt - ich übersiedle in den Friedwald', empfing Frau Wahlheim von der anderen Seite.

„Das ist ein Werbespruch der Agentur Friedwald, Herr Weinmüller."

„Äh, danke für den Hinweis, Frau Hollerbach. Ja, jetzt erinnere ich mich", sagte er, und die Art seiner Sprache sagte, dass er sich an nichts dergleichen erinnerte.

„Das wird meinem lieben Fido nicht passieren, gell?" Sie knuddelte ihren Zwergpinscher und drückte ihm zärtlich einen Kuss auf die feuchtkalte Nase, während Frau Hollerbach sich an ihren Chef wandte, und wie eine Amsel irgendeine Frage, die sie gerade beschäftigte, herauspickte.

„Wenn Rubinger hier tatsächlich sein Unwesen treibt, wäre dann nicht die logische Konsequenz, ihn seiner normalen Bestimmung zu überantworten?"

Herr Heinrich wandte sich dem neben ihm stehenden Mann zu. „Im Prinzip ja. Leider haben die Angehörigen die Erfüllung ihres Vertrages mit Friedpark erstritten. Und - soweit mir die Fakten bekannt sind, kann das Unternehmen Friedpark den Vertrag nur dann kündigen, wenn sich im Nachhinein erweisen sollte, dass das Erscheinungsbild des ausgestellten Körpers geltendem Recht widerspricht oder die Hinterbliebenen in den Ausstellungshallen mehrfach wegen groben Unfugs, beziehungsweise ungebührlichen Verhaltens negativ in Erscheinung getreten sind. Ein außerordentlicher Kündigungsgrund bestünde zum Beispiel auch, wenn Rubinger zu Lebzeiten einen Mord begangen hätte."

„Und wie ist die Rechtslage, wenn der Verstorbene selbst für den groben Unfug verantwortlich ist?"

„Das, Adele, vor einem ordentlichen Gericht nachzuweisen, scheint mir recht kompliziert."

Fido knurrte und fletschte die frisch gereinigten Zähne.

„Ja, was hat denn mein Fido?", nuschelte Frau

Wahlheim in sein parfümiertes Fell. „Oh ... natürlich ...“ Sie atmete plötzlich schwer und griff sich mit der freien Hand an den Hals.

„Wer ist eigentlich das Medium? Sie oder das miefende Fellknäuel?“

„Mir wurde gerade mitgeteilt - Rubinger ist verflucht. Eine dunkle Macht hält ihn in unserer Dimension fest“, ergänzte Frau Wahlheim, und weil ihrer Äußerung eine kurze, nicht sehr deutliche und damit wenig aussagekräftige Vision folgte, fabulierte sie weiter: „Oh! Ein deutlicher Fingerzeig der geistigen Welt. Sie weisen mich auf ein bedrohliches Geschehnis hin!“

„Was sehen Sie, Frau Wahlheim?“ Vor Aufregung begann Herr Weinmüller, an seinen Fingernägeln zu kauen.

„Ein verletzter Körper. Sehr verschwommen ... ich ... nein, die Präsenz ist von uns gegangen.“

„Die lügt“, behauptete Bruno in aller Unschuld, „wie Madame Morgana mit ihrer Kristallkugel. Und alles für ein bisschen Hoffnung.“

„Die hat schwer einen an der Waffel!“ Fachmännisch wie Doktor Mabuse aus der Vorabendserie 'Do it yourself' diagnostizierte Sally den sich beständig besorgniserregender gestaltenden Gesundheitszustand des Mediums.

„Dissoziation! Ihr Gehirn legt praktisch den Schalter um. Das blaue Licht“, versuchte Pedro ihr den Zustand der Trance nahezubringen, „in den Tanzpalästen, das jeden Fussel auf der Kleidung sichtbar werden lässt, so musst du dir ihren momentanen Zustand vorstellen - ein Mehr an Wahrnehmung.“

„Willst du mich vergackeiern?"

„Nichts. Ein verwehender Hauch negativer Energie." Seltsam ruhig und mit geschlossenen Augen, die spitze Nase tief in Fidos Fell vergraben, wartete sie auf weitere Durchsagen aus dem Jenseits.

„Ist das aufregend! Spuckt sie jetzt das Plasmazeug aus?"

„Frau Hollerbach, bitte!" Herrn Weinmüllers Augen wurden feucht. Die nervliche Belastung der letzten Tage war nicht spurlos an ihm vorübergegangen, und zudem musste er ausgerechnet jetzt an seinen Bruder denken. Eines Abends im Herbst war dieser mit Halsschmerzen nach Hause gekommen, und am nächsten Morgen hatte er mit Fieber im Bett gelegen und fantasiert. Infektiöse Halsentzündung. Bis zuletzt hatte er unsinniges Zeug gefaselt: 'Ägypten - ich sterbe! Das Leben verrinnt wie Regenwasser in der Kanalisation. Einfach den Gully runter', und dann hatte Rudolf zu singen angefangen: 'Goodbye Mama' und 'Muss i denn zum Leben hinaus'. In seiner letzten Stunde hatte er nur noch gelacht, und dann war er aus dem Zimmer seines Bruders verwiesen worden.

„Wir können zu einem späteren Zeitpunkt ..." Herr Weinmüller wischte mit dem Handrücken sein Gesicht trocken. Trotz des weinerlichen Untertons klang seine Stimme respektvoll - vielleicht um eine Spur zu unterwürfig. Bekümmert erwiderte er Frau Wahlheims desillusionierten Blick.

„Mit der Präsenz", wahrsagte sie aus dem Stegreif, „werden Sie noch Ihre liebe Not haben. Wir sollten ihn zum Übergang ins Jenseits bewegen. Ihn von der persönlichen Weiterentwicklung, der er dort teilhaftig wird, überzeugen. Dazu müsste ich mir jedoch die Unterstützung einer Kollegin sichern, die Ihren Geist zu diesem Schritt veranlasst, sobald ich ihn in meinen Körper gezwungen habe."

„Und das funktioniert?"

„Frau Hollerbach, bitte. Wenn sie es sagt."

„Mädchen, das ist kein technischer Vorgang, aber ich bin zuversichtlich. Ich erwarte Ihre Entscheidung, Herr Weinmüller", befahl sie mit einem Blick, der ihre Erbitterung sowohl über ihren Misserfolg als auch über weinende Männer, die ihre Schwachheit hinter dem Modewort 'Softie' als besonders liebenswerten Wesenszug zu kaschieren versuchten, zum Ausdruck brachte. Sie rauschte in Richtung Ausgang und ließ den von einem überfallartig aufgetretenen Weinkrampf geschüttelten Herrn Weinmüller in den Armen seiner, mit der Situation überforderten, Sekretärin, zurück.

„Es wird alles gut, Herr Weinmüller."

„Abgespaced. Der volle Knaller, der Typ. Der leidet doch an Gehirnfraß!"

„Interessante Erfahrung", bemerkte Renick Adele gegenüber, „aber ich fürchte, sie werden Rubinger morgen früh aufstellen. Und dann? Dann gnade uns Gott, und sollte der tatsächlich existieren, wäre es wünschenswert, wenn er seinen Hintern schnellstens hierher bewegen würde. Wir können jede Unterstützung brauchen!"

„Wie jetzt? Das war alles? Was für ein miserabler Auftritt. Die Presse morgen möchte ich nicht geschenkt haben."

„Sie hat sich eben so erfunden", sprach Homunkulus durch Brunos Mund. „Tausend Geschichten hat sie infolge ihrer medialen Tätigkeit bereits erfunden; darin ist sie Meisterin."

„So weit will ich nicht gehen. Sicherlich ist ihre mediale Begabung nicht besonders ausgeprägt, aber verzweifelte Menschen, die in ihrem Kummer, nach jedem Strohhalm greifen, fällt das nicht auf. Es ist unseriös. Ich könnte das nicht verantworten."

„Genießen wir die Stunden bis zum Morgengrauen", läutete von Stetten die allmähliche Auflösung ihrer geschrumpften Gruppe ein.

20.03.2016   Nach Einbruch der Nacht

Valerie kuschelte sich an Daniel, und es war einer dieser magischen Augenblicke, in dem die Welt schwieg, sie gemeinsam auf dieser verzauberten Insel verweilten und all das glaubten, was sie sagten. Eingehüllt in die Gewissheit, dass alles sich zum Besten wenden würde, träumten sie im grünen Dämmerlicht von der Freiheit. Der große Geistertross des Todes zog in dieser merkwürdigen Dämmerung an ihnen vorüber und berührte ihrer beider Leid mit einer stillen Freude.

„Alles wird gut.“

„Ich weiß, Daniel. Gerade musste ich an Mutter denken. Da sie oft allein war, übte sie sich in der Kunst, interessante und ausschweifende Gespräche mit sich selbst zu führen. Sie sprach, wenn sie sich unbeobachtet glaubte, sogar mit ihrem Geschirr in der Küche. Wieso komme ich gerade jetzt darauf?“

„Vielleicht, weil es und hier ähnlich geht.“

„Zum Glück haben wir uns.“

„Schon ...“ Wieder driftete Daniel in nachdenkliches Schweigen ab. 'Sie waren anwesend!'. Er fühlte ihre Präsenz so intensiv als stünden sie jetzt neben ihm. 'Sie haben mich begleitet. Nur, ich habe sie aus den Augen verloren'. Der alte, tief verwurzelte Hass auf seine Eltern brach wieder in ihm auf. 'Wollte ich meinen Eltern gefallen, musste ich ihre eigenen zerstörten Hoffnungen erfüllen. Also musste ich ... sie aus meinem Leben verbannen. Ich habe', der Zorn brodelte stärker in ihm, 'mein wahres Wesen verleugnet ... es kampflos ihnen übereignet, als besäße es nicht den geringsten Wert. Ich habe mich für ein Gran Liebe geopfert'. Jede Faser seines unwirklichen Daseins schrie nach Vergeltung. Funken umspielten seinen Körper.

„Was ist mir dir? Du sprühst Funken wie eine Wunderkerze. Mein Gott ..."

„Energie!" Die Gestalt Rubingers gewann an Kontur. „Geht! Im Keller. Zerstört meinen Körper. Ihr müsst sie aufhalten. Geht jetzt! Zögert nicht länger. Helft mir ..."

„Daniel!" Valerie schrie plötzlich seinen Namen heraus und trommelte mit den Fäusten auf ihn ein. Tränen rannen ihr über das Gesicht und tropften ins Nichts.

„Sie sind hier!" Er streckte den Geistern der Verstorbenen die Arme entgegen. „Sieh nur, Valerie! Ihre Gesichter ... sie freuen sich."

„Daniel! Wach auf! Hier ist nichts außer den Regalen!"

„Du musst sie doch auch sehen können!" Er starrte auf einen Punkt hinter Valerie. „Hier", forderte er sie auf, „nimm meine Hand! Warte. Noch einen Augenblick, bis sie näher ... Sie werden uns ins Licht begleiten. Habe ich es dir nicht immer versprochen? Tief in meinem Innern habe ich es gewusst - die Erlösung liegt in uns selbst!"

„Ja. Liebster. Aber wir sollten den anderen davon erzählen, Daniel", beschwor sie ihn. „Das sind wir ihnen schuldig, Daniel. Hör doch, was ich sage! Lass uns mit Renick sprechen und später, wenn es dir besser geht, gehen wir ins Licht."

„Jetzt, Valerie - jetzt musst du es doch sehen. Dieses Licht ... ist es nicht wunderschön? Ihre Körper leuchten von innen heraus. Es blendet nicht", beschrieb Daniel ihr seine Wahrnehmung. „Sieh nur, Valerie ... Fühlst du nicht ihre Anwesenheit? Sie berühren fast deine Schulter." Von seinem inneren Erleben völlig vereinnahmt, konnte Daniel den Blick nicht mehr von dem sich öffnenden Tunnel abwenden.

„Daniel!"

„Komm!", sagte er leise und wandte sich ihr zu.

„Oh Gott!", kreischte Valerie, ehe ihr die Stimme versagte. 'Was ist mit seinen Augen?', dachte sie entsetzt, und im selben Moment fühlte sie, wie eine Hand sie sanft an der Schulter berührte. „Nein!"

„Keine Angst!" Behutsam half er ihr auf. „Gehen wir."

„Ja, Liebster ... Wenn du es möchtest!" Ihre Gegenwehr erlahmte.

„Dann können wir gehen." Lächelnd führte er sie direkt auf das Regal zu. Ein paar irrlichternde, blaue Funken stoben durch das verwaiste Handlager und verpufften knisternd, dann waren ihre Seelen von dem Dasein in Friedpark erlöst.

21.03.2016 Zur Öffnung des Kundencenters

„Bereit?" Ulrike sah ihre Freundinnen der Reihe nach an und wertete den tiefen Atemzug von Renate und Waldtrauts Schweigen als Zustimmung. „Nun denn!" Ihre Stimme drückte ihre wilde Entschlossenheit aus, kraftvoll und unangreifbar.

„Seid ihr sicher, dass wir das Richtige tun?"

„Jetzt gibt es kein Zurück mehr, Waldtraut!" Waldtraut Aufderheide war eine kleine, füllige Mittsiebzigerin mit schütterem grauen Haar. Sie hatte müde braune Augen, die ängstlich die ungewohnte Umgebung sondierten. Ihr Mann Ludwig, den der Herr im vergangenen Herbst überraschend zu sich gerufen hatte, verlieh ihr einen gewissen finanziellen Spielraum, den sie jetzt für ihre Zukunft zu nutzen gedachte.

„Unser Angsthäslein mal wieder." Renate verdrehte die Augen und bat ihre Heiligen um Hilfe. „Mach dir nur nicht ins Höschen, Waldtraut." Sie rückte ihr volles, in der Mitte gescheiteltes hellbraun gefärbtes Haar zurecht.

„Pah!"

„Hallo, ich bin Bruno", begrüßte dieser die Gruppe als Ulrike den mit seinem Speicher gekoppelten Bewegungssensor auslöste. „Ich heiße Sie in Friedpark herzlich willkommen und wünschen Ihnen einen angenehmen Aufenthalt."

„Wollen Sie nicht mitten im Wald zwischen Wurzeln umweltfreundlich ... Wir freuen uns auf Sie",

offerierte der Sprecher auf den Bildschirmen und deutete direkt auf Renate.

„Freut mich, Sie kennenzulernen", antwortete Waldtraut Bruno, die bei jedem Mann unter fünfzig Jahren dahinschmolz, sobald sie deren Augenmerk dem Lichtstrahl eines Leuchtturms gleich über ihre Person hinwegstreichen fühlte."Ganz reizend, der junge Mann. Findet ihr nicht auch?"

„Oh Gott, Waldtraut!" Kopfschüttelnd wandte sich Ulrike von ihr ab und der Dame am Empfang zu.

„Guten Morgen, Fräulein ..."

Die Dame vom Empfang legte mit einem prüfenden Blick auf ihre Nägel die Feile beiseite, erhob sich kraftlos und kam mit einem leicht schleppenden Gang nach vorne. „Guten Morgen, die Damen. Sie wünschen?"

„Wir haben einen Termin." Ulrike knallte ihren Aktenkoffer zwischen ihnen auf den Tresen, während Waldtraut sich geschickt hinter dem Rücken von Renate in Sicherheit brachte.

„Name?"

„Schuster. Ulrike Schuster."

Das Vorführmodell der Orthopädenvereinigung warf einen kurzen Blick auf den im Tresen implantierten Bildschirm und nickte bestätigend. „Neun Uhr. Herr Kiesewetter. Wenn ich Sie bitten dürfte, dort drüben Platz zu nehmen, meine Damen. Herr Kiesewetter wird Ihnen sofort zur Verfügung stehen."

„Danke." Sie nahm ihren Koffer und stürmte in Richtung Sitzgruppe. „Kommt ihr?"

„Es hat mich gefreut, Sie kennenzulernen." Waldtraut beugte sich etwas vor. „Vielleicht ergibt sich in nächster Zeit erneut die Gelegenheit ..."

213

„Waldtraut! Was willst du von dem Werbetyp?"

„Er ist doch süß!"

Gegenüber der Sitzgruppe flimmerte die Vorschau für das wichtige Heimspiel um den Aufstieg des 1 FC Friedpark über den Schirm. Dann präsentierte der Sprecher die Sonderausstellung *'Geschichte der Menschheit'* in der neu gestalteten Halle 5 und dankte den Mitgliedern des Ensembles für ihr Engagement.

„Hat Heinrich der Achte nicht eine gewisse Ähnlichkeit mit Rüdiger?"

Renates Bemerkung ließ Ulrike aufseufzen. „Wenn Rüdiger nur mit dessen Leidenschaft zu Werke gehen würde."

Kiesewetter eilte auf die Damen zu. „Guten Morgen, die Damen und ein herzliches Willkommen in Friedpark. Kiesewetter", er war leicht außer Atem geraten, „wenn ich die Damen hier herüberbitten dürfte."

„Einen Moment", sagte er, nachdem sie an seinem Schreibtisch Platz genommen hatten. „Frau Schuster, Frau Fromm und Frau Aufderheide. Wie kann ich Ihnen behilflich sein?" Arglos, ohne das Kommende auch nur im Entferntesten zu ahnen, fragte er in die Runde: „Geht es, um einen Ihrer Ehemänner?"

„Zum Glück nicht", antwortete Ulrike und animierte Waldtraut zu einem pubertären Kichern. „Obwohl", meinte Waldtraut errötend und warf Bruno einen sehnsuchtsvollen Blick zu, „dein Rüdiger ..."

„Kinder, jetzt benehmt euch! Was soll denn Herr Kiesewetter von uns denken? Wir würden gerne in Ihr

Unternehmen eintreten. Seit der Schulzeit sind wir unzertrennlich, und so ist der Wunsch in uns gereift, auch den Lebensabend gemeinsam zu verbringen."

Vergeblich versuchte Kiesewetter ein Lächeln. Stattdessen nickte er verständnisvoll, sah im Geiste einen Galgen vor sich und kehrte, etwas blasser um die Nase, in die Realität und zu seinem Computer zurück.

„Also", hüstelte er und fasste Ulrike, die ihm am wenigsten senil erschien, fest ins Auge. „Innerhalb unserer Dokumentation 'Geschichte der Menschheit' suchen wir noch gut ausgebildete Darsteller - möglichst Absolventen einer Schauspielschule, für das dunkle Kapitel der Hexenverfolgung."

„Sagt, wann treffen wir drei zusammen: Wenn Donner krachen oder wenn Blitze flammen", zitierte Renate, „Wenn verzischt des Schlachtbrands Funken. Wenn die Erde Blut getrunken."

„Macbeth", klärte Ulrike den verunsicherten Kiesewetter auf. „Welcher Art wäre unsere Tätigkeit?" Sie klappte den Aktenkoffer auf und nahm ein individuell parfümiertes Tempo heraus. Der aufdringliche Duft wehte Kiesewetter an wie ein fernes Raunen, heidnisch und göttlich zugleich.

„Sie ... würden ... am Pranger stehen."

„Dieser nette, überaus charmante Herr Bruno", warf Waldtraut in die flüchtige Stille, „ist er ein Mitarbeiter von Ihnen, Herr Kiesewetter?"

„Wie ... wer ... nein, nicht direkt jedenfalls. Er ist ... ein besonderer Mitarbeiter." Die Frage hatte Kiesewetter endgültig aus dem zuvor festgelegten Konzept geworfen.

„Aha! Interessant."

„Jetzt ist aber genug!" Ulrike schlug genervt mit der Faust auf den Tisch. „Das mit dem Pranger - ich weiß nicht. Ich sag`s mal so: An demselben haben wir den Großteil unseres Lebens verbracht, wenn Sie verstehen."

Er nickte zwei Mal, tastete nach der Maus, wie ein Verdurstender in der flirrenden Mittagshitze der Wüste nach der Wasserflasche, und scrollte nach unten.

„Im Themenbereich 'Nordische Mythologie' suchen wir speziell drei Frauen - Schicksalsfrauen, und zwar Urd, Verdani und Skuld - das Schicksal, das Werdende und die Schuld."

„Hm", meinte Renate. „Ich kenne nur die Moiren. Sind das nicht ziemlich alte Vetteln?" Sie musterte Kiesewetter, wog ihn mit ihrem Blick und bevor sie ihn für zu leicht befinden konnte erlahmte ihr Interesse an seiner Person. Stattdessen verlagerte sie ihre korpulente Leiblichkeit von links nach rechts, stützte ihr reizendes Doppelkinn in die Handinnenfläche, blies eine graue Locke aus der Stirn und betrachtete ihre geschwollenen Füße.

„Er sieht zu mir herüber. Ach, Bruno."

Ulrike klappte ihren Koffer erneut auf, griff nach dem 'Friedpark Magazin' vom letzten Monat, befeuchtete ihren Zeigefinger, blätterte die ersten Seiten um, hielt Kiesewetter das Heft in Augenhöhe vor das überraschte Gesicht und tippte auf die halbseitige Anzeige: 'Projekt Zukunft - Wohlfühlen im Alltag'.

„Hier schreiben Sie, dass leben, wohnen und sich geborgen fühlen, bei Ihnen einen hohen Stellenwert besitzen. Und weiter: Das innovative Pflege- und Betreuungskonzept ist ein zentraler Bestandteil unseres Unternehmens, das sich an bisherigen Alltagssituationen orientiert und dem gewohnten Lebensumfeld möglichst nahekommt. Genau das wünschen wir uns, Herr Kiesewetter. Einfach wie bisher weiterleben. Zusammen im Café sitzen, Kaffee trinken, ein Stück Torte genießen, aber", flocht sie zur ihrer Erheiterung ein, „bitte mit Sahne, und uns unterhalten."

„Auch das ist kein Problem", versprach Kiesewetter leichtsinnig. „Im Themenbereich '*Individuelle Einzelstücke*' ist eine wunschgemäße Unterbringung jederzeit möglich."

Plötzlich kicherte Waldtraut los und warf Bruno eine Kusshand zu, während Renate in ihrem privaten Kopfkino, sie bereits an dem freundlich gedeckten Kaffeetisch beim Plaudern sah.

„Ist er nicht niedlich?" Mit feuchten Händen kramte sie in der Handtasche nach ihrer Visitenkarte.

„Bevor wir die Vertragsdetails im Einzelnen durchgehen, noch eine Frage." Kiesewetter musterte die Frauen der Reihe nach, wobei sein prüfender Blick für die Dauer eines Atemzugs auf jeder der Bewerberinnen pausierte, bis er die unumgängliche Frage in ihre endgültige Form gegossen hatte. „Wie haben Sie sich den Umzug bezüglich Ihres Engagements in unserem Hause, vorgestellt?"

„Nun. ganz einfach. Wir übersiedeln hierher. Im Grunde", stellte Ulrike nicht zum ersten Mal fest, „ist Friedpark ein modernes Unternehmen - den Alten- und Pflegeheimen vergleichbar, nur ohne Pampers, Beruhigungsmittel und überarbeitete, mürrische Hilfskräfte. Wir tauschen nur den Platz in unserem bisherigen Café mit dem Ihren in Friedpark. Ganz einfach, nicht? Wir drei an einem Tisch, Sonnenschirm und so weiter."

„Die Männer werden verrückt nach uns sein", prophezeite Renate, ihre schmerzenden Füße aneinanderreibend. „Und im Hintergrund Ihr berühmtes Friedpark Duo mit '*Du bist mein Augenstern, ich hab dich zum Fressen gern*'. Sie summte den neu eingespielten Klassiker und schwelgte in nicht vorhandenen Erinnerungen.

„Natürlich", bestätigte Kiesewetter mit einem flauen Gefühl im Magen, „nur wie ..." Der Schweiß brach ihm aus. „Ich meine ... in ... über welchen Zeitraum ... gedenken die Damen hierher ... ich meine, Ihr gemeinsames Engagement anzutreten?" Kiesewetter schrumpfte zusammen wie zu heiß gewordene Wäsche.

„Ich verstehe nicht, Herr Kiesewetter. Wir unterzeichnen den Vertrag und alles weitere, sofern ich Ihre Werbung nicht falsch verstanden habe, wird von Ihrem Unternehmen veranlasst. Wo bitte, sehe Sie ein Problem?"

Zentimeter um Zentimeter schrumpfte Kiesewetter weiter. Mühsam bündelte er seine schwindenden Kräfte, indem er sich ablenkte und auf ein Bild seiner Kindheit konzentrierte, in dem er auf einer Wiese wahllos Blumen mitsamt ihrer Wurzel ausriss, um seine Mutter an ihrem Ehrentag damit zu beglücken. „Nun ... in welchem Zeitraum ...", haspelte er von Wort zu Wort, den Schweiß, in den er gebadet war, ignorierend, „hierher überzusiedeln? Sie werden - so steht es zu vermuten - nicht sämtlich zur gleichen Zeit ... Tag ihre Zelte abbrechen wollen."

„Oh, Bruno", seufzte Waldtraut voller Inbrunst.

„Nun wie bereits gesagt, wir reservieren unseren Tisch, wie im Restaurant zu einer bestimmten Uhrzeit, und die Gäste treffen dann nach und nach ein. Haben wir diesen Punkt jetzt endgültig geklärt, Herr Kiesewetter?"

„Ich müsste diesbezüglich bei der Geschäftsleitung nachfragen. Weil", er täuschte, um Zeit zu gewinnen, einen Hustenanfall vor, „weil der Umzug bezüglich ihres Engagements sich unter gewissen Umständen ... durchaus über einen ... längeren Zeitraum erstrecken kann."

„Jetzt verstehe ich, mein lieber Herr Kiesewetter, woher der Wind weht", sagte Ulrike voller Sarkasmus und knuffte Renate in die Seite. „Hast du das gehört? Entweder gemeinsam oder ..."

Eiligst schrieb Kiesewetter die entsprechende Mail an Herrn Weinmüller und erhielt umgehend Antwort.

„So!", begann Kiesewetter sichtlich erleichtert und mit einer Fröhlichkeit in der Stimme, die Ulrike aufhorchen ließ. Sie beugte sich zu Renate hinüber und flüsterte ihr ins Ohr: „Achtung, jetzt schiebt er uns inoffiziell unter dem Tisch einen Prospekt über das Schweizer Unternehmen zu, das Menschen beim Umzug behilflich ist. Würde mich nicht wundern, wenn er für die Vermittlung eine satte Provision kassiert."

„Wir können Ihnen und natürlich Ihren Freundinnen zwei Varianten anbieten, Frau Schuster.

Wir überbrücken den Zeitraum, bis Sie zusammen Ihr Engagement antreten können, indem wir den früher Entschlossenen ... sozusagen ein kleines, selbstverständlich klimatisiertes Zimmer zuweisen, bis Ihre Gruppe komplett ist, oder Sie entschließen sich, wie gesagt, es bleibt Ihnen überlassen, doch gemeinsam hier einzuziehen."

Ulrike fasste Kiesewetter bedrohlich ins Auge. „Soso, ein kleines Zimmer. Vermutlich ohne Fenster. So eine bessere Abstellkammer was? Seit der Einschulung sind wir unzertrennlich ..."

„Schön." Er rief den Vertrag auf, trug ihre Namen ein und vermerkte '*Drei weibliche Personen als Gruppe*', darunter: '*Explizite Ausstattung siehe unter Themengruppe, Absatz 2, Punkt 4*'."

„Ist schon ein wenig schüchtern, der Gute."

„Außerdem", wies er Ulrike auf den letzten, selbst für das Unternehmen ungewöhnlichen Zusatzpassus hin, der bisher nicht zu Anwendung gelangt war, „verpflichten sich die oben genannten Vertragsteilnehmer, mit dem Eintritt eines der Vertragsteilnehmer, bis zu ihrem eigenen Umzug in das noch näher zu spezifizierende Ensemble während der unten aufgeführten Öffnungszeiten ihren Platz in der Gruppe zu besetzen. Für diese Dienstleistung erhalten die Vertragsteilnehmer von Friedpark keinerlei Vergütung. Im Krankheitsfall ist von Seiten der Vertragsteilnehmer binnen zwei Tagen ein Ersatzperson zu stellen."

„Schöner Knebelvertrag", knurrte Ulrike und knuffte Renate in die Seite. „Vielleicht sollten wir das Ganze überdenken."

„Wieso? Was machen wir denn heute schon anderes? Meine Füße bringen mich gerade wieder um. Ob wir im Café sitzen oder hier, wo ist da ein Unterschied?"

„Und Waldtraut kann sich mit dem Schlaks verabreden."

„Dann ist es beschlossene Sache. Was ist mit Waldtraut? Sollen wir sie von dem Passus unterrichten, oder ..."

„Lieber nicht, Ulrike. Sie wird mitmachen - wie immer."

„Herr Kiesewetter, dann ist so weit alles besprochen. Wir müssen. Können Sie uns die Vertragsunterlagen zusenden?"

„Selbstverständlich, Frau Schuster", antwortete Kiesewetter geflissentlich.

„Dann dürfen wir uns verabschieden." Sie reichte ihm die Hand.

„Waldtraut! Wir sind dann so weit."

„Schon? Wie doch die Zeit vergeht, Renate. Wann ziehen wir jetzt um? Hoffentlich nicht schon morgen. Du hast den netten Verkäufer doch darauf hingewiesen, dass ich am Freitag einen Zahnarzttermin habe."

„Wir hören von Ihnen, Herr Kiesewetter", verabschiedete sich Renate, während Waldtraut wortlos hinter ihr zum Ausgang stolperte, natürlich nicht, ohne Bruno noch schnell eine Kusshand zuzuwerfen.

Nach Anton Rubinges Rückkehr in Halle 8.

„Das Ding muss fürchterlich auf der Haut kratzen." Adele wiegte mitfühlend den Kopf hin und her. „Wie kann seine Frau ihn nur so herumlaufen lassen? Dann die klobigen Stiefel!"

„Hast du das von Gustavo gehört?"

„Nein, Karl. Was ist mit ihm?"

„Nervenzusammenbruch. Gestern Abend, bei Arbeitsantritt. Hatte an der Stempeluhr einen Schrei- und Weinkrampf und schrie immer, der Mann vom Amazonas wolle ihn töten."

„Schrecklich. War so ein freundlicher Mensch. Immer vergnügt. Hoffentlich ist er bald wieder auf dem Damm."

„Der Tropenhelm ist neu", bemerkte Renick. „Vorkommnisse bisher?"

„Noch nicht", erwiderte Adele.

„Drei Stunden. Wurde er gesehen?" Renick trat näher an Rubingers Statue heran.

„Bisher nicht. Der Rummel hier macht mich verrückt!" Von Stetten Gestalt flackerte.

„Sensationslust. Pure Sensationslust! Der Spukpark ist in aller Munde, und der Bericht in der WZ über Frau Wahlheims Besuch gestern heizt die Gemüter zusätzlich auf."

„Verrückte eben, Adele." Vorsichtig berührte Renick mit den Fingerspitzen Rubingers Gesicht. „Nichts zu spüren."

„Hallo!", begrüßte Bruno sie, in dessen Schlepptau sich Pedro und Herr Heinrich befanden.

„Neuigkeiten?", wollte Pedro wissen.

„Noch nicht." Geschickt wich von Stetten einer Horde Kinder aus, die zwischen Rubinger und dessen Forscherkollegen hervorbrachen. „Räuberbande! Habt ihr ihre dreckigen Hände gesehen?"

„Es sind Kinder", beschwichtigte ihn Adele.

„Und deshalb dürfen sie alles mit ihren klebrigen Fingern verschmieren?"

„Was, vermuten Sie, wird geschehen?"

„Er wird explodieren", sagte Sally über Herrn Heinrichs Schulter hinweg. „Wie Harry unser Muskelmann. Wumm! Totalschaden."

„Sie erlauben sich einen üblen Scherz mit einem alten Mann, junge Dame."

„Der Leerkörper wird hochgehen und dann wird kein Gesichtstuning ihn wieder in Form bringen."

„Sie meinen, er ist so eine Art Selbstmordkommando", folgerte Herr Heinrich und wünschte sich in seinen Straßenbahnwagen zurück. „Oje, Hermine. In welchen Schlamassel hast du mich da wieder hineingeritten. Hier ein Irrer und in der Firma die große Hilfe - Kribke."

„Mach ein Bild, zum Beweis, dass wir wirklich hier waren", rief das Mädchen ihrem Freund zu, schmiegte ihren Kopf an Rubingers Wange und zauberte ein Lächeln auf ihr Gesicht, passend zu den Gefahren im Dschungel.

„Und jetzt?"

„Wir können nur abwarten, Pedro. Lassen wir uns überraschen, wie lange es dauert, bis er ausreichend Energie aufgenommen hat."

„Bei dem Andrang ...", meinte Renick und überließ das Spekulieren jedem selbst.

„War da nicht ein Funken?" Sally deute auf Rubingers Schulter.

„Ich habe nichts bemerkt." Adele wandte sich zu ihr um.

„Kein Scherz! Wirklich. Ich schwöre! Da war etwas."

„Wie auch immer", seufzte von Stetten. „Ich ziehe mich zurück, bevor sie mir selbst die Luft zum Atmen rauben."

„Du musst atmen?"

„Das war metaphorisch gemeint, Sally." Von Stetten verblasste.

Um die Mittagszeit bei Anton Rubinger.

Alarmiert von dem dichten Gedränge im Themengebiet '*Expedition ins Amazonasgebiet*' kämpfte sich Herr Weinmüller durch die Menschenansammlung bis zu Rubingers Statue vor. Zahlreiche Besucher ließen sich in den abenteuerlichsten Posen für ein Erinnerungsfoto mit dem Geist vom Amazonas fotografieren.

„Bitte treten Sie doch zurück, meine Damen und Herren", forderte er die Besucher mehrmals auf und schüttelte über so viel Unverständnis nur den Kopf.

„Nicht vordrängeln, der Herr!" Eine ältere Frau packte Herrn Weinmüller am Arm und versuchte, ihn von dem Objekt ihrer Begierde wegzuzerren.

„Bitte, lassen Sie meinen Arm los!"

„Das könnte Ihnen so passen, was?! Ich war vor Ihnen hier. Sie können sich gefälligst hinten anstellen."

„Jetzt habe ich aber genug!", brüllte Herr Weinmüller und riss sich von der Frau los.

Ein die ohrenbetäubender Knall unterhalb der Hallendecke ließ sämtliche Aktivitäten für die Dauer eines Atemzugs verstummen. Dann brach das Chaos um Herrn Weinmüller aus.

„Achtung!", brüllte irgendwo eine männliche Stimme. Schreie erfüllten den Raum um den Themenbereich *Amazonas*. Herr Weinmüller wurde von der in Panik geratenen und nach allen Seiten drückenden Menschenmenge mitgerissen.

„So bewahren Sie doch Ruhe!" Seine Worte gingen in dem allgemeinen Geschrei unter. In zwei Flutwellen brandete der Besucherstrom in die angrenzenden Hallen. Nach ein paar Metern gelang es Herrn Weinmüller, sich aus der Menge zu befreien und zu Rubinger zurückzukommen. Unbeschadet stand dieser auf seinem Platz, lediglich Tropenhelm und Rucksack waren von Trophäensammlern entwendet worden.

„Vorsicht! Hier liegen überall Scherben", warnte eine Frau ihre beiden Kinder.

„Hier Weinmüller!", schrie er in sein Telefon. „Frau Hollerbach, schicken Sie umgehend zwei unserer hauseigenen Putzleute zu Rubinger. Und informieren Sie die Technik. Sie sollen sofort den Strom in Halle 9 abschalten." Er sah auf die Uhr. „Heinz und dieser andere Arbeiter sollen ihren Hintern in Bewegung setzen und schleunigst mit einem Wagen hierherkommen und diesen verfluchten Rubinger ins Freie befördern. Verstanden? Gut. Ich melde mich wieder, sobald die Lage unter Kontrolle ist." Dann sah er sich Rubinger genauer an.

„Es beginnt!" Die junge Frau, die seit zwei Jahren im Orchester von Friedpark mitwirkte und die den Tag normalerweise meditierend in ihrem Körper zubrachte, näherte sich neugierig Anton Rubinger.

„Wir sollten Renick informieren!" Weitere Neonröhren explodierten mit lautem Knall. Glassplitter regneten auf die Frau und ihren Kollegen herab, der, einem Reflex gehorchend, den Kopf einzog. Vor ihnen brachte sich Herrn Weinmüller mit einem Sprung zur Seite vor den aus Rubingers Statue züngelnden Entladungen in Sicherheit.

„Wo könnte er jetzt sein?"

„In seinem Körper, Lisa." Der erste Geiger nahm Lisa bei der Hand. Sie lösten sich auf.

Die Ereignisse liefen wie eine Druckwelle durch Friedpark. In sämtlichen Hallen gerieten die Besucher in Panik und strömten den Ausgängen zu. Schreie erfüllten die Luft, unterbrochen von weiteren Detonationen. Hinter Herrn Weinmüller tauchten zwei Jugendliche auf, die das Geschehen mit ihren Handys filmten. „Bei der Müllabfuhr brennt es!" Die Stimme war kaum verklungen, als die Sprinkler in Halle 8 ansprangen.

„Hollerbach."

„Wo bleibt der Heinz? Und wurden die Techniker informiert? Den Strom abschalten! Halle 8 und am besten auch in den angrenzenden Hallen. Wie ist die Lage in den anderen Hallen?"

„Chaos! Die Menschen sind völlig in Panik. Die Notausgänge sind offen. Feuerwehr müsste nach dem Alarm unterwegs sein. Wie geht es Ihnen, Herr Weinmüller?"

„Etwas nass. Sehen Sie zu, dass Heinz endlich den Rubinger abholt. Und den Strom nicht vergessen. Melde mich!"

Blaue Energieentladungen züngelten knisternd von der Decke herab, versengten die Exponate oder krochen über den Boden bis sie erloschen. Am anderen Ende des Themenbereichs fing ein Expeditionsteilnehmer Feuer. Schnell griffen die Flammen auf seine gesamte Statue über.

„Verbrennt ihn!"

„Und dann? Sind wir für immer hier gefangen. Nur er kann uns erlösen, indem er dem Spuk hier ein Ende macht."

„Ja! Der ganze Friedpark soll niederbrennen!", kreischte ein Paar um die Fünfzig, Opfer eines Autounfalls und seit vier Jahren in Friedpark ansässig.

Keine zwanzig Meter von Rubinger entfernt, schlugen Flammen aus einem Sicherungskasten.

„Hier noch mal Weinmüller! Wo bleibt der Heinz? Suchen Sie ihn, und dann schleifen Sie ihn vor mir aus an den Haaren hierher. Wie ist die Lage? Sind sämtliche Besucher in Sicherheit? Verletzte?"

„Die meisten sind draußen. Genau werden wir es erst später wissen. Zum Glück nur leichte Verletzungen. Schnittwunden, leichte Prellungen ..."

„In Ordnung! Und schaffen Sie mir Heinz her!"

„Er trägt die Schuld!" Die ältere Frau deutete auf Herrn Weinmüller. „Heute Morgen, bei der Aufstellung, war er zugegen. Himmel! Was soll nur aus meinem Mann werden, wenn ich nicht mehr bin. Ich muss sehen, wie es in meinem Themenbereich aussieht."

„Die Situation eskaliert", sagte von Stetten noch zu Renick, bevor sein Unterkiefer kraftlos nach unten klappte.

„Zerstört ihn sofort!" Rubinger beschwor Renick und von Stetten gleichermaßen. „Ihr ahnt nicht", schrie er und packte Renick am Arm, „was hier vorgeht. Die Hölle ist mitten unter uns." Rubinger wurde von einer unsichtbaren Macht zur Seite geschleudert. Er lachte laut und schaurig auf, und es klang als käme es von jenseits aller Wirklichkeiten. Seine Erscheinung zerfiel.

„Er ist besessen", stellte von Stetten nüchtern fest, „und dagegen ist kein Kraut gewachsen."

„Dort drüben!", brüllte jemand. „Hier! Rubinger! Los, den schnappen wir uns! Der bringt ein hübsches Sümmchen."

Von der anderen Seite näherten sich Heinz und Joe, beide durchnässt bis auf die Haut.

„Endlich, Heinz! Wo haben Sie denn gesteckt? Na, egal. Hauptsache, Sie sind jetzt hier. Laden Sie Rubinger auf und dann raus mit ihm ins Freie."

„In Ordnung, Herr Weinmüller. Los, pack mal mit an, Joe."

„Sehr geehrte Besucher, aufgrund anhaltender Probleme in der Stromversorgung sehen wir uns leider aus Sicherheitsgründen veranlasst, unsere Ausstellung zu schließen. Bitte bewahren Sie Ruhe. Begeben Sie sich zu den Ausgängen. Wir danken für Ihr Verständnis und hoffen, Sie bald wieder in Friedpark begrüßen zu dürfen. Danke."

„Sind die jetzt vollkommen verrückt geworden?" Weinmüller schüttelte nur den Kopf über so viel Dummheit. „Jetzt bringen sie die Durchsage ..."

„Der ist heute in Hochform."

„Jepp. Hat seinen Weinkrampf gut überstanden. Hast du ihn, Joe?"

„Wir haben uns verstanden. Bringt ihn hinten

raus ... bei der Warenannahme." Herr Weinmüller stürmte davon.

„Glaubst du das auch, Heinz?"

„Was?"

„Na, seine besonderen Kräfte."

„Reicht dir das Chaos in den Hallen nicht als Beweis?" Heinz grinste und schürte Joes Angst noch ein wenig weiter. „Erst gingen ein paar Neonröhren zu Bruch, dann spielte in der Halle die Elektrik verrückt und dann flog der halbe Laden in die Luft", übertrieb Heinz gewaltig die vorhergehenden Ereignisse. „Wie bei einem Terroranschlag."

„Jetzt hör aber auf. Das hätte ich doch mitbekommen. Du und deine blöden Witze", brummte Joe.

„Hast du die Räder arretiert?"

„Du ... spürst du auch die Wärme, die von ihm ausgeht? Fühl mal!"

„Jetzt, wo du es sagst. Komisch. Also am Mischungsverhältnis des Harzes kann es nicht liegen. Das müsste so oder so längst ausgehärtet sein." Heinz nahm seine Mütze vom Kopf und kratzte sich ausgiebig.

„Ist wie in dem Kraftwerk in Japan. Erinnerst du dich, Heinz? Dort ist der Kern, oder wie das Ding bezeichnet wird, auch ganz heiß geworden, bis es das ganze Gebäude in Schutt und Asche gelegt hat."

„Du spinnst doch, Joe. Der ist doch kein Atomreaktor!" Heinz konnte, angesichts der Einfältigkeit von Joe, ein Grinsen nicht unterdrücken. „Manchmal benimmst du dich wie ein Kind. Aber lass mal ... man kann nicht alles wissen. Jetzt pack an, bevor Weinmüller zurück ist und uns die Hölle heißmacht."

Die bläulichen Entladungen gewannen an Stärke. Sie krochen an der Decke entlang, die Wände herab und über den Boden. Sie ließen Renick unwillkürlich an ein Adergeflecht denken. Vereinzelte Schreie drangen zu ihm und den anderen Mitbewohnern von Friedpark herüber. Mittlerweile brannten mehrere Körper. Das ausgehärtete Konservierungsmittel wurde weich und floss zähflüssig an der Oberfläche der Körper herab. Trotz der Sprinkler setzten die Energieströme ihr Vernichtungswerk ungehindert fort.

„Was sind denn das für Blitze, Heinz? Dort an der Decke und hier drüben an der Wand? Ist doch nicht normal! Und immer mehr von denen brennen ... Sollten wir nicht lieber verschwinden?"

„Sobald der Strom abgeschaltet ist hören die Entladungen auf. Mensch, Joe. Die paar Fackeln. Jetzt mach dir nicht in die Hose. Die werden schon wieder ausgehen."

„Ich weiß nicht!"

Zwei verirrte Besucher huschten den Gang entlang. Sie hielten zum Schutz vor dem Wasser Kleidungsstücke über ihre Köpfe. „Das Eintrittsgeld und die Kosten für die Reinigung, die werden sie mir ersetzen!"

„Sieh´ lieber zu, Vater, dass wir hier raus kommen. Die paar Euro ..."

„Paar Euro! Ich musste für mein Geld immer hart arbeiten. Ich kann es mir nicht leisten, so mir nichts dir nichts mein Geld aus dem Fenster zu schmeißen!"

„Dort hinüber", hörte Heinz die Frau noch sagen, ehe sie außer Hörweite waren.

„So! Und jetzt ab mit ihm! Wir nehmen den Notausgang hinten, beim Durchgang zur Halle 9."

„Du, Heinz ... der glüht förmlich. Irgendwas stimmt mit dem doch nicht und, ehrlich gesagt, ich habe keine Lust herauszufinden, was mit dem nicht in Ordnung ist. Soll der Weinmüller ihn doch selber rausschaffen!"

„Scheiße! Der knistert wie ein alter Holzofen. Verdammt! Und jetzt?"

„Ich mach mich vom Acker, Heinz. Und du kommst besser mit!" Joe wartete noch einen Augenblick, dann rannte er in Richtung Notausgang. Heinz folgte ihm nach einem kurzen Seitenblick auf Rubinger.

„Bald ist der ganze Spuk vorüber. Dann werde ich endlich wieder mit meinem Mann vereint sein."

„Oder auch nicht", erwiderte jemand aus dem Pulk der Bewohner. „Ist dir Rubinger nicht Warnung genug?"

„Aha! Und wohin führt der Weg dann, du Schlaumeier?"

„Jedenfalls nicht ins Licht. Sonst wäre er längst nicht mehr hier."

Gelächter erfüllte plötzlich die Halle. Es kroch wie aufgeschrecktes Ungeziefer aus den Ritzen und dunklen Ecken.

„Er ist verrückt geworden. Wie ich es prophezeit habe", sagte von Stetten.

„Was ist nur mit ihm?" Adele empfand Mitleid mit Rubinger. „Können wir ihm nicht helfen?"

„Nach Lage der Dinge ...?" Renick zuckte mit den Schultern.

„Er wird uns maya machen, nicht?" Sally sprach die Befürchtungen vieler aus und verlor von einem Augenblick zum nächsten ihre gewohnte, überschäumende Fröhlichkeit. „Und dann? Biss ins Gras. Vegetarischer Abgang."

„Nur die Ruhe, Kindchen. Noch ist Friedpark nicht verloren", sagte Adele in ruhigem Ton.

„Überall stehen Körper in Flammen! Bei den Landfrauen sieht es verheerend aus. Mein ..." Ihr Körper verschwand so schnell, wie er zuvor aufgetaucht war.

„Noch nicht, aber bald", antwortete Pedro mit geschlossenen Augen, als könne er so mehr wahrnehmen, verspätet auf Adeles Bemerkung.

Herr Weinmüller kam angerannt, bis auf die Knochen durchnässt. „Heinz!", rief er schon von Weitem. „Heinz!" Dann erblickte er Rubingers halb auf dem Wagen liegenden Körper. „Heinz! Was ist hier los?" Als er keine Antwort erhielt, packte er Rubinger an den Beinen und schrie im selben Moment vor Schmerzen auf. „Argh!" Er betrachtete seine geröteten Hände. „Was zum Teufel?" Er blies in seine Hände, sah noch einmal kurz auf Rubinger und rannte wieder den Gang hinunter.

„Der Tod ist da", flüsterte Pedro und schlug die Augen auf.

„Wie jetzt? Das war es? Und mein Comeback?"

Die Energieentladungen umspielten Rubingers Körper, hoben ihn, wie von unsichtbaren Fäden gezogen, in die Luft und mit jeder Sekunde, die der Vergangenheit anheimfiel, nahm das Schicksal in Friedpark unaufhaltsam seinen bedrohlichen Verlauf.

Harry tauchte auf.

„Es brennt überall, Renick!" Er wirkte atemlos. „Viele von uns stehen vor ihren brennenden Körpern und beten zu Gott um Erlösung. Ich habe es selbst gehört." Er schluckte trocken. „Sie sprachen von Licht und ... Ihr kennt die Berichte."

„Es geht los! Die Erlösung naht!" Das Stimmengewirr um Rubingers Körper, der in Augenhöhe vor Renick und von von Stetten schwebte, wurde lauter.

„Ist es das?" Adele sah der Reihe nach in die Gesichter ihrer Freunde. „Naht der endgültige Abschied?"

„Vielleicht - ich habe keine Ahnung", flüsterte Renick und verblasste.

„Wo ist er hin?", fragte von Stetten.

„Wohin schon?"

Der Pulk der Geister geriet in Bewegung. Einige drängten vehement zu Rubinger, andere verschwanden, als müssten sie in diesen ungewissen Minuten sich bei ihrem Körper aufhalten. Von Stetten blickte in Gesichter voller Verzweiflung, aber auch des Glücks. „Traurig, das mit ansehen zu müssen." Erst jetzt bemerkte er das Verschwinden von Adele, Sally und Herrn Heinrich. Er sog tief die Luft ein. „Und du, Pedro? Wahrnehmungen?"

„Eine Präsenz ..."

„Rubinger?"

Pedro schüttelte kaum merklich den Kopf. „Sie ist ... mir fremd."

Bis auf das Plätschern des Wassers, das Knistern der Einladungen und brennenden Körper war es um

Rubinger still geworden. Eine Handvoll Geister harrte im Amazonasgebiet aus. Neugierig und ängstlich zugleich konnten sie Rubingers Zerstörung miterleben. Sein Körper verformte sich auf groteske Weise. Blaue Lichtblitze brachen aus ihm hervor, irrten durch die Luft und vergingen knisternd. Der Körper begann zu tropfen. Sein rechter Arm fiel ab, klatschte auf den Boden und flammte auf. Das unheimliche Gelächter brandete noch einmal auf, und es klang wie der Abgesang eines alt gewordenen Stars. „Narren!", glaubte Pedro herauszuhören, aber weil er sich nicht sicher war verschwieg er von Stetten seine Wahrnehmung.

„Scheußlich Sache", sagte dieser und wandte sich von Rubingers in Auflösung begriffenem Körper ab.

„Er wird mich erlösen. Ich fühle es", hauchte eine Frau unmittelbar neben von Stetten mit vor Hoffnung brüchiger Stimme. „Ich ... sehe ... Franz ... du ..." Ihre Erscheinung löste sich in Licht auf.

„Es geschieht wirklich ... dort ... seht", stammelte ein Greis mit ausgestreckten Armen, als griffe er nach etwas und löste sich auf.

„Ich muss ..." Pedro verschwand und ließ von Stetten zurück.

„Bis dann ..." Von Stetten schloss die Augen und dachte an die Abenteuer von Tom Sawyer und Huckleberry Finn.

Renick betrachtete voller Wehmut seine Stadt. Einsatzfahrzeuge der Feuerwehr rasten vorüber, gefolgt von Krankenwagen und bedrängten ihn mit ihrem Sirenengeheul. Letzte Schreie aus den verwaisten Hallen drangen bis zu ihm, mischten sich mit den elektrischen Entladungen und dem Geräusch der letzten brennenden Körper, die nicht von der Sprinkleranlage gelöscht werden konnten. Rauch stieg aus den Themenbereichen auf, während die Einsatzkräfte in die Hallen vordrangen. Ihnen bot sich ein grausiges Bild von verkohlten oder bis zur Unkenntlichkeit verformten Statuen und zerstörten Requisiten. Andererseits hatten größere Bereiche das Ganze unbeschadet überstanden, bis auf die durch die Sprinkleranlage verursachten Wasserschäden.

„Du bist meine Stadt", flüsterte Renick liebevoll. Er hatte plötzlich das Gefühl als wäre jede Sekunde, die er länger hier in Friedpark zubrachte, vergeudet. Spielte das reale Leben nicht dort draußen?

„In jedem Augenblick geschieht in meinem Viertel Wunderbares. Wenn es mir nur gelingen würde, es mitzuerleben, dann könnte ich vielleicht den Schlüssel zu meinem eigenen Geheimnis finden."

„Komm!" Er erkannte die Stimme sofort, und als er überrascht den Kopf drehte, sah er die in Licht gehüllte Gestalt Adams neben sich. Ein besonderes Lächeln, das er so schmerzlich vermisst hatte, spielte um dessen Mundwinkel. „Es wird Zeit für dich."

Renick machte einen Schritt auf Adam zu, zögerte und ...

Ende

Friedpark
Das etwas andere Unternehmen ist zurück
Teil 1

Allmählich verloren die Mitglieder des Begrüßungskomitees das Interesse an dem jungen Mann, zumal er regungslos vor seiner Statue ausharrte, ohne auch nur einen Laut von sich zu geben. Umschlungen von der Dunkelheit im Augenblick seines Todes, der dunkelsten Dunkelheit, die er je erlebt hatte und die weit von der entfernt war, wie sie nach dem Untergang der Sonne eintrat. Es war eine alte, längst in Vergessenheit geratene Dunkelheit, vertraut nur mit sich selbst. Er spürte, wie sie ihn liebkoste, über Hals und Gesicht leckte, sanft und mit aller Vorsicht, so wie Katzen es tun, um herauszufinden, ob sie etwas fressen möchten. Sein Bewusstsein, verlor sich darin, schwand dahin, bis es luftig wurde und substanzlos wie wispernde Stimmen. Ihn fröstelte und einer Gewohnheit folgend suchte er nach dem Licht - vergeblich.

**Wir werden alt, wir werden älter,
wir werden Friedwälder.**

(Philosophie der Agentur Friedwald, aus der später das Unternehmen Friedpark hervorging)